DARIUS, O GRANDE, NÃO ESTÁ NADA BEM

ADIB KHORRAM

DARIUS, O GRANDE, NÃO ESTÁ NADA BEM

Tradução
Vitor Martins

Rio de Janeiro, 2021

Copyright © 2018 by Adib Khorram
Copyright de tradução © 2021 HarperCollins Brasil
Título original: Darius the Great is Not Okay

Todos os direitos desta publicação são reservados à Casa dos Livros Editora LTDA. Nenhuma parte desta obra pode ser apropriada e estocada em sistema de banco de dados ou processo similar, em qualquer forma ou meio, seja eletrônico, de fotocópia, gravação etc., sem a permissão do detentor do copyright.

Diretora editorial: *Raquel Cozer*
Gerente editorial: *Alice Mello*
Editor: *Victor Almeida*
Copidesque: *Marina Góes*
Revisão: *Rodrigo Austregésilo e Anna Clara*
Ilustração de capa: *Adams Carvalho*
Capa original: *Samira Iravani*
Adaptação de capa: *Julio Moreira | Equatorium Design*
Diagramação: *Abreu's System*

Dados Internacionais de Catalogação na Publicação (CIP)
(Câmara Brasileira do Livro, SP, Brasil)

Khorram, Adib
    Darius, o grande, não está nada bem / Adib Khorram ; tradução Vitor Martins. – Rio de Janeiro : HarperCollins Brasil, 2021.

    Título original: Darius the great in not okay
    ISBN 978-65-5511-185-9

    1. Ficção juvenil 2. LGBTQ – Siglas I. Título.

21-69029   CDD-028.5

Índices para catálogo sistemático:

1. Ficção : Literatura juvenil   028.5
Cibele Maria Dias – Bibliotecária – CRB-8/9427

Os pontos de vista desta obra são de responsabilidade de seu autor, não refletindo necessariamente a posição da HarperCollins Brasil, da HarperCollins Publishers ou de sua equipe editorial.

HarperCollins Brasil é uma marca licenciada à Casa dos Livros Editora LTDA.
Todos os direitos reservados à Casa dos Livros Editora LTDA.
Rua da Quitanda, 86, sala 218 — Centro
Rio de Janeiro, RJ — CEP 20091-005
Tel.: (21) 3175-1030
www.harpercollins.com.br

Para a minha família, por sempre deixarem a chaleira ligada.

A maior e mais importante das calamidades

O vapor borbulhava e apitava. O suor escorria pela minha nuca.

Smaug, o Terrível, estava furioso comigo.

— Como assim, "erro no filtro"? — perguntei.

— Aqui.

O sr. Apatan balançou a mangueira que saía das costas cromadas e reluzentes de Smaug. A luz vermelha que piscava apontando o erro apagou.

— Melhorou?

— Acho que sim.

Smaug borbulhou com alegria e começou a ferver a água novamente.

— Que bom. Você estava apertando os botões?

— Não, só estava checando a temperatura — respondi.

— Não precisa checar, Darius. Ela deve ficar sempre em cem graus.

— Certo.

Era inútil argumentar com Charles Apatan, gerente da Paraíso do Chá no Centro Comercial de Fairview Court. Ele tinha certeza, mesmo depois de todas as matérias que imprimi para ele — porque ele se recusava a ler páginas na internet —, de que todo e qualquer chá deveria ser infusionado em ponto de ebulição, independente de ser robusto como um yunnan ou frágil como um gyokuro.

Mas não é como se existissem chás sofisticados assim na Paraíso do Chá. Tudo que nós vendíamos era rico em antioxidantes, feito com extratos naturais de fruta ou formulado para saúde e beleza.

Smaug, o Mimado Irreprimível, era nossa caldeira industrial de água. Decidi chamá-lo de Smaug na minha primeira semana de trabalho, quando consegui me queimar três vezes em um único turno, mas até o momento o apelido não havia pegado entre os outros funcionários da Paraíso do Chá.

O sr. Apatan me entregou uma garrafa térmica vazia.

— Precisamos de mais chá de açaí com mirtilos.

Peguei o chá em uma lata laranja e brilhante e despejei dentro do filtro, cobrindo com duas colheres de açúcar e colocando debaixo da torneira. Smaug, o Inexorável Pressurizador, cuspiu seu conteúdo fumegante dentro da garrafa. Tentei desviar, mas os respingos de água fervente caíram nas minhas mãos.

Smaug, a Maior e Mais Importante das Calamidades, triunfava mais uma vez.

Como grupo social, persas são geneticamente predispostos a gostarem de chá. E mesmo sendo apenas metade persa, herdei da minha mãe o gene do amor por chá.

— Sabe como os persas fazem chá? — perguntava minha mãe.

— Como? — perguntei.

— Nós colocamos um pouquinho de inferno antes de infusionar — respondia ela.

E eu dava risada porque era engraçado ouvir minha mãe, que nunca usava nem mesmo os trocadilhos mais bobos, falar esse tipo de coisa.

Em persa, a palavra "cardamomo" (*hel*), que é o que deixa o nosso chá tão delicioso, soa um pouco como a palavra em inglês para inferno (*hell*).

Quando expliquei a piada para o sr. Apatan, ele não achou a menor graça.

— Você não pode dizer "inferno" para os clientes, Darius — disse ele.

— Eu não ia fazer isso. É só a língua persa. É só uma piada.

— Não faça isso.

Charles Apatan era a pessoa mais literal que eu conhecia.

Depois de encher nossas garrafas de amostra estrategicamente posicionadas com chá fresco, repus os copos plásticos em cada um dos balcões.

Eu era categoricamente contra copos de plástico. O plástico deixa tudo nojento, com um gosto sem graça de química.

Profundamente repugnante.

Não que isso fizesse muita diferença na Paraíso do Chá. A quantidade de açúcar nas nossas amostras era alta o bastante para mascarar o gosto dos copos de plástico. Talvez fosse alta o bastante até para dissolvê-los, se você esperasse por tempo suficiente.

A Paraíso do Chá, no Centro Comercial de Fairview Court, não era um lugar ruim para se trabalhar. De verdade. Era um avanço significativo se comparado com meu emprego anterior: trocar a placa de especial do dia em uma daquelas lojas que vendem pizzas congeladas para assar em casa. Sendo assim, quando eu me formasse, poderia trabalhar em uma loja de chá artesanal, em vez de uma que adiciona o mais novo extrato superprocessado a qualquer substância obscura e sombria que as corporações do chá conseguem comprar pelo menor preço possível.

O emprego dos meus sonhos era na Cidade das Rosas, uma loja na região noroeste que trabalhava apenas com pequenos lotes de chá escolhidos a dedo. Não havia sabores artificiais nos chás vendidos por eles, mas era preciso ter dezoito anos para trabalhar lá.

Eu estava enchendo o reservatório de copos descartáveis quando escutei a risada de hiena do Trent Bolger do lado de fora da loja.

Eu estava completamente exposto. A fachada da Paraíso do Chá era composta de janelas gigantes que, apesar de serem esfumadas para reduzirem a entrada da luz do sol, ofereciam uma visão completa e atrativa dos produtos (e dos funcionários) do lado de dentro.

Desejei em silêncio que o sol refletisse no vidro, cegando Trent e me poupando do que certamente seria um encontro desagradável. Ou, no mínimo, para que Trent continuasse andando e não me reconhecesse no uniforme do trabalho, com uma camiseta preta e um avental azul chamativo.

Não funcionou. Trent Bolger virou a esquina e imediatamente percebeu minha presença.

Ele agarrou a maçaneta e se arrastou para dentro da loja, seguido de um dos seus Minions Desalmados da Ortodoxia, Chip Cusumano.

— E aí, D-rrota!

Trent Bolger nunca me chamava de Darius. Não se ele tivesse algum apelido sugestivo para usar em vez disso.

Minha mãe disse que me deu esse nome por causa de Darioush, o Grande, mas acho que meu pai e ela estavam pedindo para se decepcionarem dando ao filho o nome de uma figura histórica como aquela. Eu era muitas coisas — D-mônio, D-rrota, D-rrotado — mas, definitivamente, eu não era Grande.

Talvez, no máximo, eu fosse um grande alvo para Trent Bolger e seus Minions Desalmados da Ortodoxia. Descobri que quando seu nome começa com D, as piadas já vêm praticamente prontas.

Pelo menos Trent era previsível.

Tecnicamente, Trent Bolger não praticava *bullying*. O Colégio Chapel Hill — onde Trent, Chip e eu cursávamos o segundo ano do ensino médio — tinha uma política de tolerância zero ao *bullying*.

E também uma política de tolerância zero a brigas, plágio, drogas e álcool.

E se todo mundo no Colégio Chapel Hill tolerava o comportamento de Trent, isso significava que não era *bullying*.

Certo?

Trent e eu nos conhecíamos desde o jardim de infância. Éramos amigos naquela época, daquele jeito como todo mundo é amigo no jardim de infância, antes das alianças sociopolíticas começarem a se formar, mas quando chega a terceira série, você se vê sendo escolhido por último em todas as brincadeiras, sendo completamente ignorado por toda a turma até começar a se perguntar se ficou invisível.

Trent Bolger era apenas um Atleta Nível Dois (Nível Três, no máximo). Ele era qualquer-coisa-back no time júnior de futebol americano do Colégio Chapel Hill (Vai, Chargers!). Também não era particularmente atraente. Trent era quase uma cabeça mais baixo do que eu, com o cabelo preto cortado rente, óculos de aros pretos e grossos e um nariz de ponta afiada.

Trent Bolger tinha as maiores narinas já vistas por qualquer pessoa no mundo.

Entretanto, Trent era desproporcionalmente popular entre os alunos do segundo ano no Colégio Chapel Hill.

Chip Cusumano era mais alto, mais bonito e mais legal. Seu cabelo era longo e ondulado no topo e raspado nas laterais. Ele tinha um nariz curvado de um jeito elegante que você só vê em estátuas e pinturas, e suas narinas eram perfeitamente proporcionais.

Ele também era muito mais legal que o Trent (com a maioria das pessoas, se não comigo), o que, é claro, o tornava bem menos popular.

Além do mais, ele se chamava Cyprian, um nome ainda mais incomum que Darius.

Trent Bolger tem o mesmo sobrenome que Fredegar "Fofo" Bolger, um hobbit de *O Senhor dos Anéis*. Aquele que fica em casa no Condado enquanto Frodo e companhia partem para a aventura.

Fofo Bolger é basicamente o hobbit mais entediante de todos.

Eu nunca chamei Trent de "Fofo" na frente dele.

Era um Desastre Nível Cinco.

Eu havia evitado que qualquer pessoa no Colégio Chapel Hill descobrisse onde eu trabalhava, especificamente para evitar que esta informação caísse nas mãos de Trent e seus Minions Desalmados da Ortodoxia.

Chip Cusumano me cumprimentou da porta de entrada e começou a observar nossa prateleira de canecas coloridas e brilhantes. Mas Trent Bolger veio direto até o meu balcão. Ele vestia um short de ginástica cinza e seu moletom do time de luta greco-romana do Colégio Chapel Hill.

Trent e Chip praticavam luta livre no inverno. Trent estava no time júnior, mas Chip havia conseguido entrar na escalação do time oficial, o único aluno do segundo ano a obter esse feito.

Chip também vestia seu moletom do time, mas usava calças de corrida, daquelas com listras na lateral e elásticos nos tornozelos. Chip nunca usava shorts de ginástica fora da aula de educação física, provavelmente pelo mesmo motivo que eu também evitava aqueles shorts.

Era a única coisa que tínhamos em comum.

Trent Bolger estava parado na minha frente com um sorriso malicioso. Ele sabia que eu não poderia fugir dele enquanto estivesse no trabalho.

— Bem-vindo a Paraíso do Chá — falei, repetindo a Saudação Corporativa Obrigatória. — Gostaria de provar um dos nossos excelentes chás hoje?

Teoricamente, eu também deveria abrir um Sorriso Corporativo Obrigatório, mas não dava para fazer milagre.

— Vocês vendem saquinhos de chá?

Do outro lado da loja, Chip soltou uma risada e balançou a cabeça.

— Hum.

Eu sabia o que Trent estava tentando fazer. Não estávamos no Colégio Chapel Hill, e a Paraíso do Chá no Centro Comercial de Fairview Court não tinha uma política de tolerância zero contra o *bullying*.

— Não. Só vendemos filtros telados e sachês biodegradáveis.

— Que pena. Aposto que você adora uns saquinhos.

O sorriso de Trent se abriu, tomando conta de metade do seu rosto. Ele sempre sorria apenas com metade da boca.

— Você parece ser o tipo de cara que gosta muito deles.

— Hum.

— Você gosta muito, né?

— Eu estou tentando trabalhar, Trent — anunciei.

Então, só porque eu tinha a sensação de que o sr. Apatan estava por perto, cautelosamente me vigiando e julgando meu atendimento ao cliente, pigarreei e perguntei:

— Gostaria de provar nossa Incrível Mistura de Ervas com Flores de Laranjeira?

Eu me recusava a chamar de chá quando a bebida não tinha nenhuma folha de chá.

— Tem gosto de quê?

Peguei um copo de amostras da pilha, enchi com as Incríveis Flores de Laranjeira e ofereci para Trent, usando a palma da mão como uma espécie de pires.

Ele bebeu em uma golada só.

— Eca, tem gosto de suco de laranja e saco.

Chip Cusumano soltou uma risada na direção do bule de chá vazio que ele estava observando. Era um da nossa nova coleção de primavera, estampado com folhas de cerejeira.

— Você preparou corretamente, Darius? — perguntou o sr. Apatan atrás de mim.

Sr. Apatan era ainda mais baixo do que Fofo Bolger, mas, de alguma forma, ele conseguia ocupar mais espaço enquanto se posicionava entre nós dois para encher um copo de amostra para ele.

Fofo deu uma piscadinha para mim.

— Até mais, D-Saco.

D-Saco.

Meu mais novo apelido sugestivo.

Era só questão de tempo.

Trent encarou Chip, que sorriu e acenou inocentemente para mim, como se não tivesse acabado de ser cúmplice da minha humilhação. Os dois se empurraram para fora da loja, gargalhando.

— Obrigado por escolherem a Paraíso do Chá — eu disse. — Voltem sempre.

A Despedida Corporativa Obrigatória.

— Ele te chamou de "saco"? — perguntou o sr. Apatan.

— Não.

— Você sugeriu nossos filtros telados?

Assenti.

— Humm — disse ele, sorvendo o restante da amostra. — **Esse** aqui ficou ótimo. Bom trabalho, Darius.

— Obrigado.

Eu não havia feito nada digno de elogios. Qualquer um poderia preparar as Incríveis Flores de Laranjeira.

Aquele era o verdadeiro propósito da Paraíso do Chá.

— Ele é seu amigo da escola?

Claramente as nuances da minha interação com Fofo Bolger, o hobbit mais entediante do mundo, passaram despercebidas para Charles Apatan.

— Da próxima vez, ofereça o chá de mirtilos.

— Tudo bem.

Sacos de caminhonete

O bicicletário do Centro Comercial de Fairview Court ficava no fundo dos estabelecimentos, do lado de fora de uma daquelas lojas de roupa que abasteciam os Minions Desalmados da Ortodoxia como Fofo Bolger e Chip Cusumano. Do tipo que exibia fotos de caras sem camisa com abdomens com tantos gominhos que era possível perder as contas.

Cinco tipos diferentes de perfumes fortes entraram em guerra no meu nariz enquanto eu passava pela loja. Quando finalmente cheguei no estacionamento, ainda dava para ver o sol. Estava quase se pondo, mas deixava pra trás seus raios avermelhados. O ar estava seco e leve depois de semanas de chuva.

Eu pedalava do Colégio Chapel Hill até a Paraíso do Chá no Centro Comercial na Fareview Court desde que havia conseguido o emprego. Era mais fácil do que pegar carona com meu pai ou com minha mãe.

Mas quando cheguei ao bicicletário, minha bicicleta havia desaparecido.

Depois de olhar com mais calma, vi que não era bem assim — apenas parte dela havia desaparecido. O quadro ainda estava lá, mas faltavam as rodas. A bicicleta estava tombada, presa pelo cadeado.

O selim também havia sumido e quem o levou havia deixado uma coisa azul no lugar.

Bem, não era uma coisa azul. Era um par de testículos azuis de borracha.

Eu nunca havia visto testículos azuis de borracha antes, mas soube de cara de onde tinham vindo.

Como eu disse, não havia uma política de tolerância zero contra *bullying* no Centro Comercial na Fairview Court. Apenas contra roubo, mas aparentemente aquilo não valia para assentos de bicicleta.

Minha mochila começou a pesar nos ombros.

Eu tinha que ligar para o meu pai.

— Darius? Está tudo bem?

Meu pai sempre atendia assim. Nunca um *Oi, Darius*, e sim *Está tudo bem?*

— Oi, você pode vir me buscar no trabalho?

— Aconteceu alguma coisa?

Foi muito humilhante contar para o meu pai sobre os testículos azuis de borracha, especialmente porque eu sabia que ele iria rir.

— Sério? Tipo aqueles sacos de caminhonete?

— O que são sacos de caminhonete?

— Tem gente que pendura isso no parachoque da caminhonete, para parecer que o carro tem testículos.

Minha nuca começou a formigar.

Durante aquela ligação, eu e meu pai usamos a palavra testículos muito mais vezes do que seria considerado saudável em qualquer relação entre pai e filho.

— Certo, eu chego daqui a pouco. Você pegou os peixinhos dourados?

— Hum.

Meu pai soltou um Suspiro de Decepção Nível Cinco.

Minhas orelhas arderam.

— Vou buscar agora.

— Oi, filho.

Meu pai saiu do carro e me ajudou a colocar a bicicleta sem rodas e sem selim no porta-malas do seu Audi.

Stephen Kellner amava aquele Audi.

— Oi, pai.

— Cadê o saco de caminhonete?

— Joguei fora.

Não precisava daquela lembrança.

Meu pai pressionou o botão para fechar o porta-malas e entrei no carro. Deixei minha mochila no banco de trás antes de me jogar no banco do carona, com os peixes dourados nadando em sua prisão de plástico entre as minhas pernas.

— Eu quase não acreditei.

— Eu sei.

Ele levou meia hora para ir me buscar.

Nossa casa ficava a dez minutos de distância.

— Sinto muito pela bicicleta. Os seguranças descobriram quem fez isso?

Afivelei o cinto de segurança.

— Não, mas tenho certeza de que foi o Trent Bolger.

Meu pai deu partida no Audi e começou a sair do estacionamento.

Stephen Kellner gostava muito de dirigir rápido, porque seu Audi tinha muitos cavalos de potência e ele podia fazer aquele tipo de coisa: dar partida em velocidade total, pisar nos freios quando necessário (para evitar passar por cima de uma criança segurando seu ursinho de pelúcia feito sob demanda, novinho em folha), e então acelerar novamente.

Felizmente, o Audi tinha um monte de luzes e sensores que ativavam um alerta vermelho quando detectavam uma possível colisão.

Meu pai manteve os olhos na estrada.

— Por que você acha que foi o Trent?

Eu não tinha certeza se queria contar para ele sobre toda a saga da minha humilhação.

— Darius?

Stephen Kellner nunca aceitava não como resposta.

Contei a ele sobre Trent e Chip, mas só as partes mais leves. Evitei mencionar todas as vezes que Trent fez alguma referência a eu gostar de sacos.

Eu nunca mais queria conversar sobre testículos com Stephen Kellner.

— Só isso? — perguntou ele, balançando a cabeça. — Como você sabe que foram eles, então?

Eu sabia, mas isso não fazia diferença para Stephen Kellner, o Advogado do Diabo.

— Deixa pra lá, pai.

— Bem, se você simplesmente se defendesse, eles te deixariam em paz.

Puxei os cordões do capuz do meu casaco.

Stephen Kellner não entendia nada sobre as dinâmicas sociopolíticas do Colégio Chapel Hill.

— Você precisa cortar o cabelo — disse ele quando entramos na via expressa.

Cocei a nuca.

— Nem está tão grande assim.

Meu cabelo mal chegava nos ombros, embora fosse porque os fios eram ondulados nas pontas.

Mas não fazia diferença. Stephen Kellner usava seu cabelo muito liso e muito loiro cortado muito curto, e tinha olhos muito azuis também.

Meu pai era, basicamente, um Super-homem.

Eu não herdei essa boa aparência.

Bem, as pessoas costumavam dizer que eu tinha o "maxilar forte" dele, seja lá o que isso significasse. Mas, na verdade, eu era parecido mesmo com a minha mãe, o cabelo preto e ondulado e os olhos castanhos.

O básico persa.

Algumas pessoas diziam que meu pai tinha traços arianos e isso sempre o deixava desconfortável. A palavra ariano, que um dia tivera um significado nobre — uma palavra antiga em sânscrito, que minha mãe dizia ter origem no Irã —, tinha se transformado em outra coisa.

Às vezes eu pensava em como eu era metade ariano e metade *ariano*, mas acho que isso me deixava desconfortável também.

Às vezes eu pensava em como é estranho que uma palavra possa mudar de significado tão drasticamente.

Às vezes eu pensava em como não me sentia, de forma alguma, filho de Stephen Kellner.

A notável Careca do Picard

Ao contrário do que hobbits entediantes como Fofo Bolger poderiam pensar, eu não cheguei em casa e comi falafel no jantar.

Em primeiro lugar, falafel nem é uma comida persa de verdade. Sua origem misteriosa está perdida em uma era que existiu antes do mundo ser mundo. Seja ela no Egito ou em Israel, ou em algum lugar completamente diferente, uma coisa é certa: falafel não é persa.

Em segundo lugar, eu não gostava de falafel porque eu era categoricamente contra feijão. Exceto aquelas balas que só se *parecem* com feijão.

Tirei o uniforme da Paraíso do Chá e me juntei à minha família na mesa de jantar. Minha mãe havia preparado espaguete à bolonhesa — provavelmente a comida menos persa de todas, mas colocou um pouquinho de açafrão no molho, dando a ele uma cor levemente alaranjada.

Minha mãe só preparava pratos persas nos finais de semana porque, basicamente, todo o cardápio persa é um processo complicado que envolve muitas horas de cozimento e ela não tinha tempo para se dedicar à cozinha quando estava preocupada com alguma Emergência de Código Nível Seis.

Minha mãe era designer UX em uma empresa no centro de Portland, o que pode parecer incrivelmente legal. Tirando a parte em que eu não entendia o que ela de fato fazia.

Meu pai era sócio em um escritório de arquitetura em que boa parte dos projetos eram museus, casas de shows e outros "centros sociais para a vida urbana".

Na maioria das noites nós jantávamos em uma mesa redonda com tampo de mármore no canto da cozinha, nós quatro sentados em um pequeno círculo: a mãe de frente para o pai, e eu de frente para a minha irmãzinha, Laleh.

Enquanto eu enrolava o espaguete no garfo, Laleh descrevia seu dia detalhadamente, incluindo o passo a passo da brincadeira de pique-esconde em que ela foi a última a ser encontrada em três rodadas diferentes.

Ela estava apenas na segunda série, com um nome muito mais persa do que o meu e, ainda assim, conseguia ser mais popular do que eu.

Não fazia sentido pra mim.

— O Park nunca me encontrava — disse Laleh. — Ele ficou procurando sem parar, mas nunca achava.

— Deve ser porque você é muito boa em se esconder — comentei.

— Provavelmente.

Eu amava minha irmãzinha. De verdade.

Era impossível não amar.

Mas não era o tipo de coisa que eu poderia dizer para alguém. Não em voz alta, pelo menos. Quer dizer, garotos não costumam amar suas irmãs mais novas. Nós podemos protegê-las. Podemos intimidar qualquer pessoa com quem elas tiverem marcado um encontro, embora eu torcesse para que ainda faltassem alguns anos até que isso acontecesse com Laleh. Mas não podemos dizer que as amamos. Não podemos admitir que tomamos chá da tarde ou brincamos de boneca com elas, porque isso não é coisa de homem.

Mas eu brincava de bonecas com Laleh. E também de chá da tarde (porém, eu insistia em servir chá de verdade, e não imaginário e, certamente, nada que viesse da Paraíso do Chá). E nada daquilo me envergonhava.

Eu só não contava para mais ninguém.

Isso é normal.

Certo?

Finalmente, as histórias de Laleh foram terminando e ela começou a encher a boca com garfadas de espaguete. Minha irmã sempre cortava o espaguete em vez de enrolar no talher, o que eu acreditava ser uma afronta contra a existência e o propósito daquela massa.

Usei o momento de calmaria na conversa para me esticar sobre a mesa e pegar mais macarrão, mas, em vez disso, meu pai me passou a tigela de salada.

Era inútil argumentar com Stephen Kellner sobre imprudências alimentares.

— Obrigado — murmurei.

Salada é inferior a espaguete de todas as formas possíveis.

Depois do jantar, meu pai lavou a louça e eu sequei enquanto esperava a chaleira elétrica esquentar a água a 80°C, a temperatura que eu gostava para infusionar o genmaicha.

Genmaicha é um chá verde japonês com arroz tostado. Às vezes, o arroz tostado estoura feito pipoca, deixando pequenas nuvens fofinhas no chá. É delicioso. Tem um sabor de ervas e é levemente amendoado, parecido com pistache. E tem a mesma cor amarela esverdeada do pistache também.

Ninguém mais na minha família bebia genmaicha. Ninguém bebia nada que não fosse chá persa. Meus pais sentiam o aroma e bebiam um gole às vezes se eu fizesse uma xícara e implorasse para que experimentassem, mas nada além disso.

Meus pais não sabiam que genmaicha tinha arroz tostado, basicamente porque eu não queria que minha mãe soubesse. Persas têm padrões muito restritos em relação ao uso do arroz. Nenhum persa legítimo prepara arroz tostado.

Quando terminamos de lavar a louça, meu pai e eu nos preparamos para nossa tradição noturna. Nós nos sentamos de ombros colados no sofá de camurça bege — o único momento em que ficávamos assim — e meu pai colocou nosso próximo episódio de *Star Trek: A nova geração*.

Toda noite, assistíamos precisamente um episódio. Víamos sempre em ordem de exibição, começando com a série original, mas as coisas complicaram depois da quinta temporada de *A nova geração*, já que a sexta passava junto com *Deep Space Nine*.

Eu já havia assistido a todos os episódios de todas as séries, até mesmo a animada. Provavelmente mais de uma vez. Mas rever com meu pai me levava de volta à infância, e minha memória não era tão boa assim. Mas não fazia diferença.

Um episódio por noite, todas as noites.

Era o nosso combinado.

Me fazia bem aquele momento com meu pai, em que eu o tinha só para mim durante 45 minutos, e ele poderia fingir que estava aproveitando minha companhia durante o episódio.

O episódio da noite era "Quem observa os observadores?", um da terceira temporada onde uma sociedade primitiva começa a idolatrar o capitão Picard como uma divindade chamada O Picard.

Eu conseguia entender o motivo.

O capitão Picard era, sem dúvida, o melhor capitão de *Star Trek*. Era inteligente, amava "Chá. Earl Grey. Quente", e tinha a melhor voz de todas: grave, profunda e com sotaque inglês.

Eu tinha a voz esganiçada demais para ser capitão de uma nave espacial.

E não para por aí, ele era careca e ainda assim confiante, o que é bom, porque eu havia visto fotos dos homens do lado da minha mãe da família e todos compartilhavam a mesma notável Careca do Picard.

Em vários aspectos, eu não havia puxado muita coisa de Stephen Kellner, o Super-homem teutônico, mas esperava manter uma cabeça cheia de cabelo como a dele, mesmo que o meu fosse preto e cacheado. E que, de acordo com os padrões do Super-homem, precisasse de um corte.

Às vezes, eu pensava em raspar as laterais da cabeça, ou talvez deixar crescer e fazer um coque.

Mas isso levaria Stephen Kellner à loucura.

Capitão Picard fazia seu primeiro monólogo do episódio quando o computador da minha mãe começou a apitar, o barulho se espalhando por toda a casa. Ela estava fazendo uma chamada de vídeo. Meu pai pausou o episódio por um segundo e olhou em direção à escada.

— Ops — disse ele. — Parece que fomos contactados.

Meu pai sorriu para mim e sorri de volta. Nós dois nunca sorríamos um para o outro — não de verdade —, mas ainda estávamos nos nossos 45 minutos mágicos onde as regras normais não se aplicavam.

Por precaução, meu pai aumentou o volume da TV. Obviamente, depois de um segundo, minha mãe começou a gritar em persa para o computador.

— Jamsheed! — gritou ela.

Dava para escutar mesmo durante a trilha musical que começou logo depois do monólogo.

Por algum motivo, sempre que fazia uma chamada de vídeo, minha mãe precisava garantir que o som da sua voz alcançaria a órbita terrestre.

— Cheroti toh? — berrou ela.

Isso significa "Como você está?" em persa, mas apenas se você for íntimo da pessoa com a qual está conversando, ou mais velho do que ela. Persa é uma língua com diferentes formas de falar, dependendo da formalidade da situação ou da sua relação com a outra pessoa.

A questão é que persa é um idioma muito profundo: profundamente específico, profundamente poético, profundamente sensível ao contexto.

Vejam o irmão mais velho da minha mãe, Jamsheed, por exemplo.

Dayi significa tio. Mas não qualquer tio. É um tio específico: o irmão da sua mãe. E não é apenas a palavra para tio, mas também para a sua relação com ele. Então eu posso chamar Dayi Jamsheed de meu dayi, mas ele pode me chamar de dayi também, como um termo carinhoso.

Meu conhecimento de persa consiste em quatro pilares principais: 1) relações familiares; 2) nomes de alimentos, porque minha mãe sempre chama a comida persa que ela prepara pelo nome original; 3) nomes de chás porque, bem, eu sou assim; e 4) frases de boas maneiras, tipo aquelas que você aprende na escola durante as aulas de línguas estrangeiras, apesar de nenhuma escola em Portland ter oferecido persa como opção.

A verdade é que meu persa era pavoroso. Eu nunca havia aprendido quando era mais novo.

— Acho que você nunca vai precisar usar — explicou minha mãe quando eu perguntei o motivo e isso nunca fez muito sentido pra mim, porque ela tinha amigos persas nos Estados Unidos e toda a sua família morava no Irã.

Diferente de mim, Laleh falava persa quase fluentemente. Quando ainda era bebê, minha mãe conversava com ela em persa e todos os amigos faziam o mesmo. Laleh cresceu com o ouvido afiado para o idioma, para as fricativas uvulares e os trinados alveolares que eu nunca conseguia acertar.

Quando Laleh era bebê, eu também tentei conversar em persa com ela. Mas nunca conseguia pegar o jeito, e os amigos da minha mãe sempre me corrigiam. Então, com o tempo, eu meio que desisti. Depois disso, eu e meu pai começamos a falar com Laleh apenas em inglês.

Sempre me pareceu que persa era a coisa especial entre minha mãe e Laleh, assim como *Star Trek* era para mim e ele.

Isso sempre deixava nós dois no escuro quando estávamos em alguma reunião com os amigos da minha mãe. Era o único momento em que eu e meu pai estávamos no mesmo time: quando estávamos presos no meio de pessoas falando em persa, sem nada além da companhia um do outro. Mas mesmo quando isso acontecia, acabávamos ficando parados em um Silêncio Constrangedor Nível Sete.

Stephen Kellner e eu éramos especialistas em Altos Níveis de Silêncio Constrangedor.

Laleh se jogou de pernas cruzadas do outro lado do pai, desequilibrando completamente o campo gravitacional do sofá, então ele se afastou de mim para se aproximar dela. Meu pai pausou o programa novamente. Laleh nunca assistia a *Star Trek* com a gente. Era uma coisa só nossa.

— O que houve, Laleh? — perguntou ele.

— Mamãe está conversando com o Dayi Jamsheed — respondeu ela. — Ele está na casa de Mamou e Babou agora.

Mamou e Babou eram os pais da minha mãe. Seus nomes na verdade são Fariba e Ardeshir, mas nós sempre os chamávamos de Mamou e Babou.

Mamou e Babou significam mãe e pai em dari, o dialeto dos meus avós que foram criados como zoroastras em Yazd.

— Stephen! Laleh! Darius! — ecoou a voz da minha mãe do andar de cima. — Venham dar um oi!

Laleh pulou para fora do sofá e subiu as escadas correndo.

Olhei para o meu pai, que deu de ombros, e nós dois seguimos minha irmã até o escritório.

Moby, a baleia

Minha avó parecia gigante no monitor, a cabeça pequena e o tronco enorme.

Eu só via meus avós por este ângulo: debaixo do nariz.

Sua conversa com Laleh em persa estava em ritmo acelerado, alguma coisa relacionada à escola, eu imaginava, porque Laleh ficava mudando o idioma da conversa para usar palavras como refeitório ou pique-esconde.

A imagem de Mamou travava e destravava o tempo inteiro, e de vez em quando ela se transformava em um monte de blocos de acordo com o sinal da internet.

Era como uma transmissão distorcida de uma nave espacial sob ataque.

— Maman — disse minha mãe. — Darius e Stephen querem dar um oi.

Maman é outra palavra em persa que pode ser usada tanto para uma pessoa quanto para uma relação — neste caso, mãe. Mas também pode significar avó, mesmo que tecnicamente o correto seja mamanbozorg.

Eu tinha quase certeza de que maman era um termo emprestado do francês, mas minha mãe não confirmava nem negava.

Meu pai e eu nos ajoelhamos no chão para encaixarmos nossos rostos dentro do enquadramento da câmera, enquanto Laleh se sentava no colo da mãe, sentada em sua cadeira de rodinhas do escritório.

— Ei! Oi, maman! Oi, Stephen! Como vocês estão?

— Oi, Mamou — disse meu pai.

— Oi — cumprimentei.

— Que saudades, maman. Como vão os estudos? E o trabalho?

— Hum — foi o que eu respondi, porque nunca sabia como falar com Mamou, mesmo estando feliz em vê-la.

Era como se eu tivesse um poço dentro de mim, mas toda vez que eu via Mamou, ele se fechava. Não sabia como expressar meus sentimentos.

— Os estudos vão bem. O trabalho é legal...

— Como está o Babou? — perguntou meu pai.

— Sabe como é, está indo — respondeu Mamou, que então olhou para a minha mãe e continuou: — Jamsheed levou ele ao médico hoje.

Assim que ela disse isso, meu tio Jamsheed apareceu na tela. Sua cabeça careca parecia ainda menor.

— Ei! Oi, Darioush! Oi, Laleh! Chetori toh?

— Khoobam, merci — disse Laleh, e quando me dei conta ela já estava contando pela terceira vez sobre sua brincadeira de pique-esconde.

Meu pai sorriu, acenou e se levantou. Meus joelhos estavam começando a doer, então eu fiz o mesmo e me virei em direção à porta.

Minha mãe participava da conversa com Laleh, rindo em todos os momentos certos enquanto eu seguia meu pai em direção à sala de estar.

Não era como se eu não quisesse conversar com Mamou.

Eu sempre queria conversar com ela.

Mas era muito difícil. Ela não parecia simplesmente estar do outro lado do mundo, e sim do outro lado do universo — como se viesse até mim de uma realidade alternativa.

Era como se Laleh pertencesse a esta realidade, mas eu estava apenas de visita.

Acho que meu pai era visita também.

Pelo menos isso nós tínhamos em comum.

Eu e meu pai continuamos assistindo até os créditos terminarem (isso era parte da tradição também), e então ele subiu para ver como a minha mãe estava.

Laleh havia voltado para a sala durante os últimos minutos do episódio, mas ela ficou parada perto da mesa de Haft-Sin, observando os peixinhos dourados nadando no aquário.

Todos os anos, no primeiro dia de março, meu pai faz a gente transformar a mesa de canto em uma Haft-Sin. E todo ano minha mãe diz que é cedo demais. E todo ano meu pai diz que isso vai nos deixar no clima do Noruz, mesmo que o Noruz (o Ano-novo persa) só aconteça no primeiro dia da primavera.

A maioria das Haft-Sin, uma disposição de mesa típica sempre com sete elementos, possui vinagre, sumac, brotos, maçãs, pudim, azeitonas secas e alho, ou seja, apenas coisas que começam com o som de S em persa. Algumas pessoas acrescentam outras coisas que não começam com S em suas mesas também: símbolos de renovação e prosperidade, como espelhos e tigelas cheias de moedas. E outras famílias (como a nossa) colocam peixinhos dourados. Minha mãe dizia que tinha algo a ver com o zodíaco e o signo de Peixes, mas já havia confessado que se não fosse pela Laleh, que amava cuidar dos peixes, ela não colocaria na mesa de jeito nenhum.

Às vezes eu achava que meu pai gostava do Noruz mais do que todos nós juntos.

Talvez isso fizesse com que ele se sentisse um pouquinho persa.

Talvez.

Então nossa Haft-Sin estava cheia de tudo que a tradição permitia, e uma foto emoldurada do meu pai no cantinho. Laleh insistiu para que a gente colocasse, porque Stephen começa com S.

Era difícil argumentar contra a lógica da minha irmã.

— Darius?

— Sim?

— Esse peixe só tem um olho!

Me ajoelhei ao lado de Laleh enquanto ela apontava para o peixe em questão.

— Olha!

Era verdade. O maior peixe, um leviatã quase do tamanho da mão de Laleh, tinha apenas o olho direito. O lado esquerdo de sua cabeça (rosto? Peixes têm rostos?) era completamente liso, coberto de escamas alaranjadas.

— Você tem razão, eu não tinha reparado.

— Ele vai se chamar Ahab.

Já que Laleh era a responsável por alimentar os peixes, ela também tinha assumido a solene missão de dar nome a eles.

— O capitão Ahab tinha uma perna só, olhos ele tinha os dois — apontei. — Mas é uma boa referência literária.

Laleh olhou para mim, seus olhos grandes e redondos. Eu meio que tinha inveja dos olhos dela, que eram enormes e azuis, como os do nosso pai. Todo mundo sempre dizia como os olhos de Laleh eram lindos.

nosso Ninguém nunca havia me dito que eu tinha lindos olhos castanhos, exceto minha mãe, o que não contava porque a) eu puxei os olhos dela e b) ela era minha mãe, então ela tinha que dizer esse tipo de coisa. Assim como ela tinha que me chamar de bonitão mesmo quando isso era uma mentira deslavada.

— Você está zoando com a minha cara?

— Não, eu juro. Ahab é um bom nome. E estou muito orgulhoso que você conheça essa referência, é de um livro bem famoso.

— Moby, a Baleia!

— Exato.

Eu não era capaz de corrigir a minha irmãzinha.

— E os outros?

— Este é o Simon — disse ela, apontando para o peixe menor —, este é o Garfunkel. E aquele é o Bob.

Me perguntei como Laleh poderia ter tanta certeza de que todos os peixes eram machos.

Me perguntei como as pessoas diferenciavam peixes machos de peixes fêmeas.

Decidi que não queria saber como.

— Ótimos nomes. Gostei de todos — disse, e me inclinei para beijar a cabeça de Laleh.

Ela se esquivou, mas sem se esforçar o bastante para fugir. Assim como eu precisava fingir não gostar de tomar chá da tarde com a minha irmã mais nova, Laleh tinha que fingir não gostar de ganhar beijos do irmão mais velho, mas ela ainda não era muito boa em fingir.

Depois que terminei de beber meu genmaicha, levei a xícara vazia para a cozinha, lavei e sequei. Então enchi um copo com água gelada e fui até o armário onde guardávamos os remédios de todo mundo. Procurei entre os potes alaranjados até encontrar o meu.

— Pode pegar o meu também? — pediu meu pai.

— Claro.

Ele entrou na cozinha e fechou a porta de correr. Uma porta pesada de madeira que corria sobre um trilho e se encaixava em um espaço atrás do fogão. Eu não conhecia ninguém que tivesse uma porta como a nossa.

Quando eu era pequeno e meu pai tinha acabado de me apresentar *Star Trek*, eu gostava de dizer que era uma Porta Turbolift. Brincava com ela o tempo todo, e meu pai também, chamando os números do convés para que o computador nos buscasse, como se estivéssemos a bordo da Enterprise.

Um dia eu sem querer fechei a porta nos meus dedos, com muita força, e fiquei uns dez minutos chorando de dor, chocado ao perceber que a porta havia me traído.

Eu tinha a lembrança muito clara do meu pai gritando para que eu parasse de chorar para que ele pudesse olhar a minha mão, e de como eu não deixava porque estava com medo de que ele piorasse tudo.

Meu pai e eu nunca mais brincamos com a porta depois daquele dia.

Peguei o frasco do meu pai e coloquei sobre a bancada, e então abri a tampa do meu frasco e retirei os comprimidos.

Nós dois tomávamos remédio para depressão.

Tirando *Star Trek* — e não saber falar persa — a depressão era basicamente a única coisa que nós tínhamos em comum. Tomávamos remédios diferentes, mas nos consultávamos com o mesmo médico, o que eu achava meio esquisito. Eu tinha uma certa paranoia de que o dr. Howell pudesse falar sobre mim com o meu pai, mesmo sabendo que ele não faria uma coisa dessas. E o dr. Howell sempre foi muito honesto comigo, então eu tentava não me preocupar demais.

Tomei meus comprimidos e bebi o copo d'água inteiro em um gole só. Meu pai ficou ali parado ao meu lado, observando, como se estivesse preocupado que eu fosse engasgar. Ele tinha um certo olhar, a mesma decepção estampada em seu rosto quando contei sobre como o Fofo Bolger tinha substituído o assento da minha bicicleta pelos testículos azuis.

Ele tinha vergonha de mim.

Ele tinha vergonha da gente.

Super-homens não deveriam precisar de remédios.

Meu pai engoliu seus comprimidos a seco, seu Pomo de Adão Germânico e proeminente descendo e subindo.

— Então, você ficou sabendo que o Babou foi ao médico hoje? — perguntou ele, se virando para mim.

Ele baixou a cabeça. Um Silêncio Constrangedor Nível Três começando a se formar entre nós, como o hidrogênio interestelar sendo puxado pela gravidade para formar uma nova nebulosa.

— Sim, é...

Eu engoli em seco.

— Por causa do tumor? — perguntei.

Eu ainda me sentia esquisito quando falava aquela palavra em voz alta.

Tumor.

Babou tinha um tumor no cérebro.

Meu pai olhou para a Porta Turbolift, ainda fechada, e depois de volta para mim.

— O resultado dos últimos exames não foi muito bom.

— Ah.

Eu não conhecia o Babou pessoalmente, só pela tela do computador, e ele nunca conversava comigo. Ele até falava inglês bem o bastante, e as poucas palavras que eu conseguia arrancar dele eram carregadas de sotaque, mas bem articuladas.

Ele só não tinha muito o que dizer para mim.

E eu acho que também não tinha muito o que dizer para ele.

— Ele não vai melhorar, Darius. Eu sinto muito.

Girei o copo entre as minhas mãos.

Eu também sentia muito. Mas não tanto quanto deveria. E eu meio que me sentia péssimo por causa disso.

A questão é que, àquela altura, a presença do meu avô na minha vida havia sido puramente virtual. Eu não sabia como ficar triste por ele estar morrendo.

Como eu disse, o poço dentro de mim estava fechado.

— E o que vai acontecer agora?

— Eu e sua mãe conversamos — disse meu pai. — Nós vamos ao Irã.

Manobras Gravitacionais

Não era como se nós pudéssemos largar tudo e viajar no dia seguinte.

Meus pais sabiam que poderia acontecer a qualquer momento, mas ainda assim nós precisávamos das passagens, dos vistos e tudo mais.

Então, duas semanas depois, sentado à mesa do refeitório da escola, fiz o anúncio.

— Estamos indo amanhã.

Imediatamente realizei um Desvio Evasivo Beta, jogando o corpo delicadamente para a esquerda. Minha companhia de almoço, Javaneh Esfahani, costumava espirrar refrigerante pelo nariz se fosse pega de surpresa na mesa do refeitório.

Javaneh espirrou duas vezes — ela sempre espirrava duas vezes depois de botar o refrigerante para fora pelo nariz — e limpou o rosto com um dos guardanapos da lanchonete. Então enfiou uma mecha de cabelo que escapou de volta para dentro do seu lenço de cabeça.

Javeneh sempre usava seu lenço no Colégio Chapel Hill, o que eu considerava um ato muito corajoso. O cenário sociopolítico do Chapel Hill High School já era traiçoeiro o bastante se você não desse às pessoas uma desculpa para implicarem com você.

Javaneh Esfahani era uma leoa.

Ela piscou, desacreditada.

— Amanhã? Como passou rápido. Você está falando sério?

— Estou, já estamos com nossos vistos e tudo.

— Uau.

Limpei a explosão gasosa sobre a mesa enquanto Javaneh bebia seu refrigerante com um canudo.

Javaneh Esfahani dizia que ela era fisiologicamente incapaz de arrotar, então sempre usava um canudo para beber refrigerante. Eu não tinha certeza de que aquilo era possível — ser fisiologicamente incapaz de arrotar —, mas Javaneh era a coisa mais próxima que eu tinha de uma amizade no Colégio Chapel Hill, então eu não queria correr o risco de perdê-la me metendo demais na sua vida.

Javaneh tinha a aparência delicada, os tons de uma persa legítima, com as sobrancelhas arqueadas e tudo. Eu meio que tinha inveja dela — minha mãe havia herdado a cor pálida de Mamou, o que significava que eu não tinha nem metade da melanina persa —, mas, por outro lado, a ascendência de Javaneh era constantemente questionada, coisa que eu conseguia evitar se as pessoas não descobrissem meu nome.

Ela pegou um bolinho de batata.

— Eu sempre quis conhecer o Irã. Mas meus pais não querem arriscar.

— Sim. Minha mãe também não queria, mas...

— Eu não acredito que você está mesmo indo. Você vai estar lá durante o Noruz! — disse Javaneh, balançando a cabeça. — Mas você vai perder o Chaharshanbe Suri, não é?

— Eram as passagens mais baratas — respondi. — Além do mais, a gente deve sobrevoar alguma fogueira. Isso conta, certo?

Chaharshanbe Suri é a noite de terça-feira antes do Noruz. O que é estranho porque, tecnicamente, chaharshanbe significa quarta-feira. Mas acho que representa a noite antes da quarta. De qualquer forma, o jeito tradicional de comemorar o Chaharshanbe Suri é pulando uma fogueira.

(E também preparando uma montanha de comida persa. Não existe nenhuma comemoração persa que não envolva comida o bastante para alimentar o Vale do Willamette inteiro).

Meus pais sempre nos levavam para comemorarmos o Chaharshanbe Suri no Parque Oaks, onde todos os persas legítimos, os meio-persas e os persas por casamento — independente de crença — se reuniam todo ano para um enorme piquenique noturno com uma fogueira aprovada pelo Corpo de Bombeiros de Portland.

Stephen Kellner, com suas pernas compridas e sua força germânica, era um excelente pulador de fogueiras.

Já eu, não muito.

De acordo com uma história da família, quando eu tinha dois anos de idade, meu pai tentou me segurar enquanto pulava sobre a fogueira, mas eu chorei e esperneei tanto que meus pais tiveram que ir embora da festa e me levar pra casa.

Meu pai nunca mais tentou fazer isso, ao menos não até a Laleh chegar. Quando ele a segurou em seus braços e pulou sobre o fogo, ela se empolgou e deu risada e bateu palmas, implorando para que ele fizesse mais uma vez.

Minha irmã era muito mais corajosa do que eu.

Para ser sincero, eu não estava tão triste assim de perder o Chaharshanbe Suri. Me sentia mais confortável voando sobre uma fogueira a quase dez mil metros do chão do que pulando sobre uma, mesmo sabendo que Stephen Kellner perderia mais uma excelente oportunidade de se decepcionar comigo.

Depois do intervalo, fui até a enfermaria. Por causa da política de tolerância zero a drogas, a enfermeira era responsável por entregar os medicamentos de todos os alunos do Colégio Chapel Hill.

A sra. Killinger me entregou o pequeno copo descartável com meu comprimido dentro. Era um copo daqueles que se usam em todas as instituições psiquiátricas em todos os filmes e séries de TV.

Exceto em *Star Trek*, é claro, porque eles usavam hyposprays para aplicar os medicamentos direto na pele, a partir de jatos de ar comprimido.

Enchi de água um dos copos descartáveis que ficavam no bebedouro da sala da sra. Killinger. Eu não conseguia me curvar sobre o bebedouro para tomar meu remédio; ou eu me engasgaria ou deixaria o comprimido cair. Também não conseguia engolir o remédio a seco como Stephen Kellner; a única vez que tentei fiquei com um Prozac entalado no fundo da garganta e passei cinco minutos tentando colocar o remédio pra fora enquanto o pó amargo dissolvia lentamente no meu esôfago.

Isso foi antes do dr. Howell cortar o Prozac, que me dava oscilações de humor tão intensas que mais pareciam Manobras Gravitacionais, poderosas o bastante para me arremessar na órbita do sol e até uma dobra temporal.

Tomei Prozac por apenas três meses até o dr. Howell trocar meu medicamento, mas foram basicamente os três piores meses da Busca Pelo Remédio Certo.

Meu pai nunca falava sobre o próprio diagnóstico de depressão. Era uma história perdida em uma era antes deste mundo. Tudo o que ele dizia era que aconteceu quando estava na faculdade, e que os seus medicamentos o mantiveram saudável por anos, e que eu não deveria me preocupar com isso porque não era grande coisa.

Quando fui diagnosticado e o dr. Howell estava tentando encontrar a combinação correta de medicamentos para o meu tratamento, Stephen Kellner já tinha sua depressão sob controle havia tanto tempo que nem se lembrava mais como era. Ou talvez ele nunca tivesse tido Manobras Gravitacionais de Humor pra começo de conversa. Talvez os medicamento tivessem calibrado seu cérebro logo de cara, e ele tenha voltado a ser um Super-homem funcional em um piscar de olhos.

Já o meu cérebro era bem mais difícil de calibrar. O Prozac havia sido o terceiro remédio que o dr. Howell tentou, quando eu estava na oitava série. Eu já estava tomando por seis semanas quando experimentei minha primeira Manobra Gravitacional, episódio em que surtei com um garoto do Acampamento de Escoteiros chamado Vance Henderson porque ele fez uma piada com o sotaque da minha mãe.

Eu tinha passado a vida inteira lidando com piadas daquele tipo — bem, pelo menos desde que comecei a estudar — então não era nada novo. Mas aquela vez me atingiu como um torpedo quântico de alta performance.

Foi a única vez na minha vida em que eu bati em alguém.

E fiquei muito arrependido logo depois.

E então, fiquei com raiva. Eu realmente odiava os escoteiros. Odiava acampar e odiava os outros garotos, que já estavam no caminho certo para se tornarem Minions Desalmados da Ortodoxia .

Depois disso, me senti envergonhado.

Vivi muitas Manobras Gravitacionais naquela tarde.

Mas não senti vergonha de ter defendido minha mãe, mesmo que aquilo significasse ter batido no Vance Henderson. Mesmo que significasse ter deixado uma marca vermelha perfeita da minha mão no rosto dele.

Meu pai ficou bem decepcionado.

Um fracasso involuntário

O Colégio Chapel Hill tinha dois ginásios, supostamente chamados de Ginásio Principal e Ginásio Pequeno, mas a maioria do alunos os chamava de Ginásio dos Garotos e Ginásio das Garotas, porque os garotos sempre ficavam com o maior.

Isso tudo apesar da política de tolerância zero ao sexismo no Colégio Chapel Hill.

Eu estava no meio da escada em direção ao ginásio quando escutei a voz dele: Chip Cusumano.

Mantive a cabeça baixa e desci a escada mais rápido, me balançando no corrimão enquanto me aproximava dos últimos degraus.

— Ei! Ei! Darius!

Ignorei e comecei a andar mais rápido.

— Espera! — gritou Chip mais uma vez, sua voz ecoando nas paredes de concreto da escadaria. Eu tinha acabado de chegar ao fim da escada quando ele me puxou pela mochila.

— Me solta.

— É só que…

— Me deixa em paz, Chip — eu disse, tentando me desvencilhar.

Mas, em vez disso, minha mochila sofreu um fracasso involuntário, rasgando a costura que segurava o bolso principal. Meus livros e papéis se espalharam pela escada mas, pelo menos, meu tablet continuou intacto, preso por um fecho de velcro.

— Ops.

— Sério, Chip?

Eu me ajoelhei para pegar todos as folhas antes que alguém as chutasse para longe.

— Valeu. Valeu mesmo.

— Desculpa.

Chip me entregou um livro que caiu alguns degraus abaixo. Ele tinha um sorriso bobo em seu rosto enquanto balançava a cabeça para afastar o cabelo dos olhos.

— Eu só queria te avisar que sua mochila estava aberta.

— Minha bicicleta não foi o bastante?

— Ei. Aquilo foi só uma piada.

— Ah, sim, porque não ter mais uma bicicleta é realmente muito engraçado.

— Do que você está falando? As rodas estavam escondidas nos arbustos.

Eu o encarei.

Como eu poderia saber?

— Você não encontrou as rodas?

— Me deixa em paz, Chip.

O primeiro sinal de aviso tocou. Eu tinha um minuto para chegar à aula.

— Qual é, cara, deixa eu te ajudar.

— Vai embora.

Eu não confiaria na ajuda de Cyprian Cusumano de forma alguma.

Ele deu de ombros e ficou de pé.

— Beleza. Eu aviso ao treinador Fortes que você vai se atrasar.

Juntei todos os meus papéis em uma pilha quase organizada e os coloquei entre meus livros de economia e geografia.

Minha mochila não tinha salvação: com a costura arrebentada, as alças haviam se soltado também. A única parte usável era o bolso da frente onde eu guardava minhas canetas.

O segundo sinal tocou. Amarrei as duas alças soltas para que eu pudesse jogar o que sobrou da mochila sobre os ombros, como uma bolsa transversal, juntei minhas coisas e corri para a quadra.

O treinador Fortes balançou a cabeça quando viu minha pilha de livros e os restos mortais da mochila.

—Cusumano me avisou — disse ele.

Por que professores de educação física sempre chamam os alunos pelo sobrenome?

— Desculpa, treinador.

Por que os alunos sempre chamam os professores de educação física de "treinador" e deixam seus nomes de lado?

— Tudo bem, vá se trocar.

Estávamos no bimestre dos esportes de rede, o que significava duas semanas de badminton, duas semanas de pingue-pongue e, para fechar, duas semanas de vôlei.

Eu era péssimo em esportes de rede. Para ser sincero, eu não era bom em nenhum tipo de esporte, mas, quando era criança, costumava jogar futebol. Então eu era um pouco melhor nos esportes onde eu poderia ao menos ficar correndo de um lado para o outro, porque em corrida eu não era ruim. Eu tinha muita energia e era bem veloz, o que surpreendia as pessoas porque eu estava meio acima do peso.

Bom. "Meio" nada. Eu estava acima do peso, ponto final, e era por isso que Stephen Kellner estava sempre me passando a tigela de salada.

Como se a salada pudesse reverter o peso que eu ganhava por causa dos remédios.

Como se a falta de disciplina fosse a raiz de todos os meus problemas.

Como se a preocupação dele com o meu peso não me deixasse pior do que eu já estava.

Peguei meu uniforme de educação física — shorts pretos e uma camiseta vermelha do Colégio Chapel Hill — e corri até o ginásio para me juntar aos outros no aquecimento. Cheguei bem no finalzinho das abdominais e depois corremos em volta da quadra por cinco minutos.

Chip Cusumano me alcançou durante a terceira volta.

— Ei, D! — disse ele.

Já que estávamos no Colégio Chapel Hill, com uma reforçada política de tolerância zero ao *bullying*, ele não poderia acrescentar a segunda parte do apelido.

Corri mais rápido e Chip acompanhou meu ritmo, mas pelo menos ele não estava mais sorrindo.

— Eu só queria avisar que o fecho estava aberto. Eu não queria ter arrebentado sua mochila.

— Que seja. Pelo menos agora você não pode esconder testículos de borracha dentro dela.

— Sinto muito pela sua bicicleta. De verdade.

Eu quase acreditei nele.

Quase.

Diferente dos outros esportes de rede, que eram organizados aleatoriamente, nós tínhamos times montados para o vôlei. O treinador Torres organizou as partidas em forma de torneio. Não havia eliminatórias, mas o time com mais vitórias ganharia créditos extras.

Eu não entendia o motivo e o propósito de dar créditos extras para os vencedores quando eles tinham, estatisticamente falando, as maiores chances de serem bons atletas e, portanto, os que menos precisavam de créditos extras.

Como era de se esperar, eu estava preso no mesmo time de Fofo Bolger, o que deu a ele ainda mais oportunidades de fazer piadas sobre bolas batendo na minha cara.

Como eu disse, ao menos ele era previsível.

Trent sacou primeiro — ele sempre sacava primeiro — e os jogadores rebatiam de um lado para o outro enquanto eu tentava ficar fora do caminho de Trent, porque ele era um jogador de vôlei muito intenso. Especialmente intenso porque estávamos jogando contra o time de Chip. Apesar de serem melhores amigos, Chip e Trent batalhavam como Vulcões Emocionalmente Comprometidos quando estavam em times opostos.

Aquilo não fazia o menor sentido para mim. Se eu tivesse um melhor amigo — Javaneh era minha amiga mais próxima, mas não estávamos nem perto de sermos melhores amigos — estaríamos sempre no mesmo time. Não no sentido de times de esportes com redes, mas eu ficaria feliz se ele ganhasse e ele ficaria feliz se eu ganhasse.

Fofo me deu uma cotovelada para me tirar do caminho e passar a bola para Craig, que estava na nossa frente, pronto para cortar.

— Se liga no jogo, Kellner! — gritou o treinador Fortes.

Eu estava ligado no jogo. Só que Fofo Bolger parecia estar jogando com regras diferentes.

Então, quando a bola veio para mim novamente, me coloquei bem embaixo dela, estiquei os cotovelos e rebati.

Mas em vez de ir para frente, a bola voou direto para trás de mim, acertando em cheio a cabeça do Craig.

Eu era péssimo em esportes de rede.

Craig me encarou enquanto buscava a bola.

— Foi mal.

Craig deu de ombros e jogou a bola por debaixo da rede para Chip, que seria o próximo a sacar.

— Cuidado com a mira da próxima vez — disse Trent. — Terrorista.

Não era a primeira vez que alguém me chamava de terrorista. Não acontecia com tanta frequência — nenhum professor deixaria passar impune, caso escutasse —, mas a escola era a escola, e eu era um garoto com ascendência do Oriente Médio, mesmo tendo nascido e crescido em Portland.

Mas eu não me incomodava muito com isso.

Não muito.

Quer dizer, D-Saco era muito pior.

Terrorista era tão ridículo que eu conseguia deixar passar.

Minha mãe costumava dizer que esse tipo de piada não a incomodava porque persas jamais poderiam ser terroristas. Nenhum persa conseguiria acordar cedo o bastante para bombardear qualquer coisa.

Sei que ela dizia isso porque, no fundo, a incomodava. Mas é mais fácil fazer piada com a situação. Dessa forma, quando os hobbits entediantes como Fofo Bolger disserem esse tipo de coisa, não vai fazer diferença. Porque nós já fizemos a piada antes.

Mas acho que, no fundo, aquilo me incomodou um pouco.

Só um pouquinho.

Proporções cuidadosamente calibradas

— Oi, filho. O que aconteceu com a sua mochila?

Joguei minha lição de casa no banco de trás do Audi e me sentei na frente.

— Um colapso na integridade estrutural do campo de força.

Meu pai riu da referência a *Star Trek*, e também porque finalmente havia realizado seu desejo: ele estava pegando no meu pé para que eu trocasse de mochila desde o início do semestre.

— Melhor na escola do que no aeroporto.

— Chip Cusumano não estaria no aeroporto para rasgar a mochila.

Expliquei como tudo aconteceu e, na metade da história, meu pai já começou a balançar a cabeça.

— Bastava você ter se imposto.

— Mas eu fiz isso e ele não me escutou.

— Ele só continua fazendo isso porque sabe que está atingindo você.

Me perguntei se era por isso que meu pai me tratava daquele jeito. Porque ele sabia que estava me atingindo.

Desde que as atividades da minha bicicleta foram encerradas, eu estava pegando o ônibus para a escola de manhã, e meu pai me buscava de tarde para me deixar na Paraíso do Chá. A rotina de trabalho dele era bem mais flexível do que a da minha mãe.

Acho que nós dois nos dávamos bem — não muito, mas ainda assim — porque não nos víamos com tanta frequência, por causa da escola e do trabalho durante a tarde. E quando eu o via, geralmente era no jantar, quando minha mãe ou Laleh estavam por perto para amenizar, ou durante nosso momento sagrado de *Star Trek*.

O tempo extra que passávamos no carro estava acabando com as proporções cuidadosamente calibradas da nossa interação.

Contudo, eu gostava muito de andar no Audi do meu pai.

Só não podia dizer isso para ele.

Meu pai deu de ombros enquanto aguardava por uma deixa para tirar o carro da vaga.

— Vai ficar tudo bem — disse ele. — A gente compra uma nova quando voltarmos de viagem. E eu tenho certeza que foi apenas um mal-entendido com Chip.

Stephen Kellner claramente não entendia meu papel social no Colégio Chapel Hill. Ele nunca precisou lidar com os Fofo Bolgers e Cyprian Cusumanos do mundo.

Stephen Kellner era um Modelo da Masculinidade Germânica.

— Marquei um horário para cortarmos o cabelo.

Ele virou à direita no estacionamento, em direção ao Centro Comercial de Fairview Court.

Eu não precisava trabalhar naquela noite — o sr. Apatan havia me dado folga na última semana por conta dos preparativos para a viagem —, mas era lá onde meu pai geralmente cortava seu cabelo.

— Hum — eu disse. — Estou de boa.

— Você precisa cortar o cabelo — disse meu pai, que balançou sua mão para cima e para baixo em minha direção. — Isso está fora de controle.

— Eu gosto desse jeito. Nem está tão comprido assim.

— Está quase do tamanho do cabelo da sua irmã. Que tipo de exemplo você quer dar para ela?

— Não, não está.

Bem, tecnicamente talvez estivesse, porque minha cabeça era maior do que a de Laleh, mas proporcionalmente meu cabelo ainda estava mais curto.

— Você poderia pelo menos dar uma aparada.

— O cabelo é meu, pai — rebati. — Por que você se importa tanto com isso?

— Porque está ridículo. Você já parou para pensar que talvez as pessoas não implicassem tanto com você se você não fosse tão…

Meu pai articulou o queixo para frente e para trás.

— Tão o quê, pai?

Mas ele não respondeu.

O que mais ele poderia dizer?

Esperei no carro enquanto meu pai saiu para cortar o cabelo.

Eu não suportava ficar no mesmo ambiente que ele. Acho que era um sentimento recíproco.

Quando voltamos para casa, ele subiu correndo as escadas até seu escritório sem dizer mais uma palavra. Deixei a mochila despedaçada na mesa da cozinha e enchi a chaleira com água filtrada da jarra que ficava em cima do balcão. Eu sempre usava água filtrada — muito melhor do que água da torneira — apesar das reclamações de Stephen Kellner sobre como era redundante ter uma jarra de água filtrada se a nossa geladeira já tinha um filtro embutido.

Stephen Kellner reclamava de tudo que eu gostava.

Na Rússia, as pessoas usam um samovar — uma versão pequena de Smaug, o Volumoso — para esquentar um monte de água de uma vez, e então misturam com chá superforte em um pote menor. Os persas adotaram esse método também, só que a maioria usa uma chaleira grande e um recipiente menor que pode ser acoplado na parte de cima, como uma caldeira dupla.

Então, quando a água ferveu, enchi nosso bule — um de aço inoxidável que veio junto com a chaleira — com três colheres da nossa mistura de chá persa e um sachê de Earl Gray comprado na Cidade das Rosas. Minha mãe dizia que esse era o seu ingrediente secreto: tinha a quantidade suficiente de tangerina para aromatizar um bule duas vezes maior que o nosso, então sempre que ela recebia convidados persas, eles sempre elogiavam como nosso chá era cheiroso.

Peguei o vidro de cardamomo, tirei três gomos e os posicionei debaixo do pote.

Puff, puff, puff.

Talvez eu estivesse um pouco mais empolgado do que o normal para amassar aquele inferno depois da briga com o meu pai.

Talvez fosse isso.

Joguei os gomos amassados dentro do pote, enchi de água e mandei infusionar.

Minha mãe buscou Laleh no caminho de volta do trabalho. Ela subiu as escadas para fazer as malas, enquanto eu tomava chá com Laleh, uma tradição nossa nos dias em que eu não trabalhava depois da escola.

Laleh sempre tomava seu chá com três cubos de açúcar e um cubo de gelo, e sempre batia com a colher nas bordas da xícara enquanto mexia a bebida. De alguma forma, independentemente da força ou da empolgação que ela usava para mexer, nunca derrubava chá pelas bordas da xícara ou respingava o líquido em si mesma. Eu não sabia como ela conseguia.

Eu ainda derramava meu chá pelo menos uma vez por semana.

Laleh tomou um gole para experimentar, segurando a xícara com as duas mãos.

— Muito quente?

Ela estalou os lábios.

— Não.

Eu não entendia como Laleh conseguia beber chá morno.

— Ficou gostoso?

— Ficou.

Dividir chá com Laleh era muito bom. A gente não se via muito nas noites em que eu trabalhava, mas, como eu disse, o sr. Apatan havia me dado uma semana de folga. Apesar da sua mentalidade frustrante e literal, sr. Apatan era um chefe legal.

— É a primeira vez que você viaja para casa? — Ele havia perguntado.

— Hum.

Achei interessante o jeito como ele chamou de casa.

Me perguntei por que ele usou aquela palavra. O que fez ele chamar o Irã de casa, quando sabia que eu havia nascido e crescido em Portland.

— Vai ser minha primeira visita ao Irã.

— É muito importante, sabe? Conhecer o lugar de onde viemos.

O sr. Apatan nasceu em Manila, nas Filipinas, e viajava para lá uma vez por ano.

— Você tem muitos parentes lá?

— Temos. Minha mãe tem dois irmãos. E os pais dela.

— Muito bom — disse o sr. Apatan, olhando para mim por cima dos óculos. — Aproveite a viagem, Darius.

— Obrigado.

Minha mãe pediu pizza no jantar, para evitar ter muita bagunça para arrumar antes de viajarmos. Era uma de massa fina, metade pepperoni, metade abacaxi.

Laleh amava abacaxi na pizza.

Normalmente, eu estaria muito empolgado para jantar pizza — era basicamente a minha imprudência alimentar favorita —, mas eu podia sentir meu pai observando cada mordida que eu dava, inflando as narinas.

Primeiro eu me recusava a cortar o cabelo, agora estava comendo pizza.

E, ainda por cima, uma pizza sem nenhum vegetal.

Laleh nos contou sobre como sua professora procurou imagens do Irã e mostrou para a turma o lugar para onde ela estava indo, o que eu achei bem legal.

— E como foi seu dia, Darius? — perguntou minha mãe.

— Foi bom.

— E as aulas?

— Hum, a de economia foi boa. Geografia também.

Eu não queria comentar que tinha sido chamado de terrorista.

— Ficou sabendo da minha mochila?

— O que aconteceu com a sua mochila? — perguntou Laleh.

— Ah, ela rasgou.

— Como?

— Chip Cusumano puxou com muita força e ela rasgou.

— Que falta de educação!

Meu pai bufou. Minha mãe o encarou.

— Pois é — concordei.

— Talvez se você... — Meu pai começou, mas foi interrompido pela minha mãe.

— Vamos comprar uma nova quando voltarmos de viagem. Mas seu pai tem uma bolsa que ele pode te emprestar. Certo?

Meu pai olhou para minha mãe. Era como se estivessem trocando mensagens telepáticas.

— Ah, sim. Claro.

Eu não sabia ao certo se queria qualquer coisa emprestada por Stephen Kellner.

Mas eu não tinha muita escolha.

Não assistimos a *A nova geração* naquela noite. Com todas as malas por fazer, não tínhamos tempo.

Além do mais, *Star Trek* era o nosso momento de fingir sermos pai e filho de verdade e nenhum de nós dois estava no clima para fingir naquela noite.

Eu estava dobrando minhas cuecas quando minha mãe avisou que Mamou e Babou estavam no Skype.

— Mamou, Babou — disse minha mãe. — Darioush está aqui.

Minha mãe fazia isso às vezes: me chamar de Darioush em vez de Darius.

Darioush é a versão persa original do nome Darius.

Minha Prioridade Número Um na vida era nunca deixar que Trent Bolger ou qualquer um dos seus Minions Desalmados da Ortodoxia descobrirem que a pronúncia persa do meu nome era Darr-ioosh.

Era uma meta ainda mais importante agora que eu havia virado D-Saco.

As possíveis formas alternativas e apelidos eram horrendos demais para imaginar.

Eu me espremi para dentro da imagem, me apoiando no ombro da minha mãe. Mamou e Babou também estavam espremidos, lado a lado em duas cadeiras. Babou um pouco mais atrás, olhando para o monitor por cima da armação dos óculos.

— Oi, maman! — disse Mamou.

Seu sorriso parecia prestes a explodir através da tela.

— Estou tão feliz que vou te ver em breve.

— Eu também. Você precisa de alguma coisa de Portland?

— Não, obrigada. Só venha logo.

— Tudo bem. Oi, Babou.

— Olá, baba — respondeu meu avô, com sua voz grave e seu sotaque mais carregado do que o de Mamou. — Em breve você vai estar aqui.

— Vou. Hum, vou sim.

Babou piscou para mim. Ele não sorriu, não exatamente, mas também não franziu o rosto.

A maioria das minhas conversas com Babou era assim.

Nós não sabíamos o que dizer um para o outro.

Analisei meu avô no monitor. Ele não parecia diferente. As mesmas sobrancelhas rígidas, o bigode que balançava quando ele falava, a notável Careca de Picard (mas a dele parecia um pouco mais macia porque seu cabelo era cacheado, assim como o meu).

Mas, de acordo com os meus pais, ele estava morrendo.

Eu não sabia como falar sobre isso, sobre como eu estava triste, sobre como eu me sentia mal.

E eu não sabia como dizer para ele que eu também estava empolgado por finalmente conhecê-lo.

Quer dizer, não dá pra dizer "Prazer em conhecê-lo" para o seu próprio avô.

Eu tinha o sangue dele em mim. Dele e de Mamou. Eles não eram estranhos.

Mas eu estava prestes a conhecê-los pela primeira vez.

Senti um aperto no peito e engoli em seco.

— Hum, melhor eu terminar de fazer a mala.

Babou pigarreou antes de responder:

— Até breve, Darioush.

Monte Olimpo

O negócio é o seguinte:

Ninguém deveria ter que acordar às três da manhã.

O alarme do meu celular era o ALERTA VERMELHO da Enterprise, mas mesmo com o som barulhento do klaxon, eu só queria enfiar a cabeça debaixo do travesseiro e voltar a dormir.

Mas acordar às três da manhã nem foi a pior parte. A pior parte era o que estava me esperando quando me olhei no espelho.

Minha testa havia se tornado hospedeira de um parasita alienígena: a maior espinha que eu já havia tido em toda a minha vida.

Ali estava o brilho avermelhado e sinistro no meio das minhas sobrancelhas como um Olho de Sauron, aberto e envolto em chamas. Era tão grande que emitia seu próprio campo gravitacional.

Eu tinha certeza de que, se eu a estourasse, a explosão sugaria a mim, minha família e nossa casa inteira para dentro de um vácuo de onde nós nunca conseguiríamos escapar.

Mas estourei mesmo assim. Não poderia viajar com um organismo extraterrestre habitando o meu rosto.

Juro que, quando ela explodiu, tinha cheiro de gás natural e chá vermelho pu-erh, o que era estranho e nojento.

Eu nunca bebia pu-erh. Era uma categoria de chá que eu simplesmente não conseguia amar. Tinha cheiro de compostagem e gosto de sushi velho, não importava o quanto eu tentasse ou quantas infusões eu fizesse.

A espinha sangrou por um tempo. No banho, esfreguei com meu óleo facial contra acnes e, mesmo enquanto eu me vestia, minha testa ainda ardia.

Sem minha mochila, precisei usar uma das bolsas transversais do meu pai como bagagem de mão ou "item pessoal".

Nunca entendi o motivo e o propósito de bolsas transversais. A que meu pai havia me emprestado tinha o logo da sua empresa: um K e um N estilizados usando os formatos de réguas de escala, réguas T e lápis de rascunho, mesmo que a Kellner & Newton fosse inteiramente digital desde antes de eu nascer.

Eu havia feito minha mala na noite anterior, mas deixei para arrumar a bolsa transversal da Kellner & Newton naquela manhã. O que foi um erro.

Stephen Kellner da Kellner & Newton não estava nem um pouco feliz às três e meia da manhã. Em especial porque ele ainda estava claramente chateado comigo.

— Darius — chamou ele, enfiando a cabeça pela fresta da porta do meu quarto. — Precisamos sair em meia hora. Por que você ainda está fazendo as malas?

— É só minha mala de mão. Já estou quase pronto.

— Não esqueça o passaporte. E seus remédios.

Eu já havia checado cinco vezes, e meu passaporte estava no bolso da frente da bolsa transversal da Kellner & Newton. Os remédios foram checados três vezes.

— Pode deixar, pai — respondi.

Era difícil colocar livros dentro da bolsa transversal. Na minha mochila, que ela descanse em paz, eu conseguia carregar quatro livros da escola, mas a bolsa transversal da Kellner & Newton era claramente feita para ser usada de enfeite, e não para caber coisas. Só consegui colocar um livro dentro dela, espremido entre as pastas com a lição de casa que eu pretendia fazer no avião.

Escolhi *O Senhor dos Anéis*, porque já havia se passado mais de um ano desde a minha última leitura, e era grande o bastante para durar boa parte da viagem.

Também tive que fazer caber uma latinha de chá da Cidade das Rosas: algumas folhas soltas de chá preto Darjeeling FTGFOP1 que eu havia comprado de presente para Mamou. Tinha um aroma meio frutado e floral, mas o sabor era suave.

Chás FTGFOP são os que possuem as folhas da mais alta qualidade, e o número 1 significa que aquelas são as melhores folhas dentre todas as FTGFOP.

O sr. Apatan ficava chateado sempre que eu mencionava esse tipo de coisa na Paraíso do Chá. Ele dizia que era "elitista".

Eu esperava que Mamou gostasse do chá. Persas são conhecidos por serem exigentes com chá — como eu disse, eu não podia deixar minha mãe descobrir os ingredientes de genmaicha —, mas não consegui pensar em mais nada que pudesse ser um presente bom o bastante.

Era difícil presentear uma pessoa que eu mal conhecia, mesmo sendo minha avó.

— Darius! — gritou meu pai do andar de baixo.

— Estou indo!

Minha irmã mal conseguia andar às quatro e meia da manhã, quando paramos o carro no Aeroporto Internacional de Portland.

Eu estava grato — mas não muito — pela bolsa transversal da Kellner & Newton, porque eu conseguia deslizá-la para frente e carregar minha irmã nas costas pelo aeroporto até chegarmos na vistoria enquanto meus pais empurravam nossa bagagem. Estava ventando e o cabelo fino de Laleh esbarrava na minha boca. Tinha cheiro de morango por causa do shampoo, mas o gosto não era bem esse.

— Você vai conseguir carregar sua irmã? — perguntou meu pai.

— Vou, de boa.

— Certo.

Ele olhou para o rosto sonolento de Laleh por um tempo e então, de volta para mim.

— Obrigado, Darius.

— Sem problemas.

A mulher na nossa frente na fila para a inspeção usava coturnos na altura do joelho. Que tipo de pessoa usa coturnos na altura do joelho para embarcar em um avião? A bota era de couro preto, com ponteiras de aço e cadarços verdes neon, que davam voltas do seu tornozelo até o joelho magro, culminando em um laço.

A moça de coturno usava um casaco de lã dos Seattle Seahawks grande demais para o seu tamanho e shorts de moletom, o que, de certa forma, explicava tudo.

Suas botas eram grandes demais para os tubos de plástico cinza, então a moça de coturno as jogou na esteira, ao lado da bandeja com menos de cem gramas de líquidos (em uma embalagem plástica transparente) e caminhou em direção ao raio-x.

O agente de segurança do raio-x bocejou e se espreguiçou com tanta força que eu achei que os botões do seu uniforme fossem estourar e sair voando. Do outro lado da fila eu conseguia sentir seu hálito de café.

Ele coçou o nariz e assentiu para a moça de coturno.

— Laleh — balancei as pernas dela, apoiadas no meu cotovelo. — Hora de acordar.

— Tô cansada.

Laleh resmungou, mas me deixou colocá-la no chão. Ela ainda estava de pijama, exceto pelos tênis.

Minha irmã tinha os tênis brancos mais limpos que qualquer criança de oito anos poderia ter. Eu não sabia como ela os mantinha tão impecáveis.

— Nós podemos dormir quando entrarmos no avião, mas antes você precisa passar pelo raio-x.

Coloquei a bolsa transversal da Kellner & Newton na esteira, verifiquei meus bolsos duas vezes e esperei que a entrada de Laleh fosse liberada antes de me encaminhar para o escâner.

Coloquei os braços sobre a cabeça e tive que me segurar para não dizer "Energizar!".

Eu me sentia em um transportador, exceto pela parte em que ninguém precisava ficar com as mãos para o alto por mais de três segundos na Enterprise.

Depois disso, fui "aleatoriamente selecionado" para uma vistoria aprofundada apesar de não haver nenhum líquido, gel ou aerossol na minha bolsa.

— Para onde você está indo? — perguntou o segurança.

Era um cara corpulento com sobrancelhas escuras e angulares e rosto redondo, enquanto passava um cotonete nas minhas mãos.

— Yazd. Quer dizer, nosso voo é para Teerã, mas meu avô mora em Yazd.

O segurança me encarou, segurando minha mão com suas luvas azuis, o que me deixava nervoso.

— Meu avô está com um tumor no cérebro.

A máquina apitou.

— Sinto muito por isso. Liberado.

Ele jogou o cotonete no lixo e voltou a olhar para mim.

— Eu não sabia que o seu povo também fazia esse negócio.

— Que negócio?

— Você sabe — disse ele, apontando para a própria testa, bem no meio das sobrancelhas robustas.

Passei a ponta do dedo no mesmo lugar na minha própria testa e senti a cicatriz do Monte Olimpo, que era como eu havia decidido batizar as ruínas da minha espinha.

Monte Olimpo é como chamam o ponto mais alto de Marte. É um vulcão com mais de 25 quilômetros de altura que ocupa mais metros quadrados do que o estado do Oregon inteiro. Tecnicamente, Monte

Olimpo seria um nome melhor para a minha espinha antes de ser espremida, já que a cicatriz parecia mais uma cratera do que um vulcão, mas foi o melhor que consegui pensar às três da manhã.

Minhas orelhas ardiam.

— Ah, isso é só uma espinha.

O segurança riu tão alto que seu rosto ficou vermelho.

Foi profundamente constrangedor.

Deslocamento temporal

Naquela manhã nós voamos de Portland para Nova York. Nossa conexão para Dubai estava marcada para a noite.

Dormi durante todo o voo até o aeroporto JFK, com a cabeça apoiada na janela e os joelhos apertados contra o assento à minha frente. Como o fuso horário de Nova York estava três horas à frente de Portland, já passava da hora do almoço quando pousamos. Comemos na praça de alimentação (pedi uma salada para agradar meu pai, que não estava muito feliz com a pizza fria que eu havia comido no café da manhã), e Laleh usou o resto da nossa conexão interminável para visitar todas as lojas e quiosques do Terminal 4 no JFK.

Nosso voo para Dubai durou catorze horas, e cruzamos oito fusos horários. Fiquei totalmente acordado. Laleh havia comprado um saco de balas ácidas enquanto passeava pelo Terminal 4, e a combinação de açúcar e deslocamento temporal provou ser explosiva.

Ela se virou para trás, a cabeça enfiada entre o seu assento e o de nosso pai, enchendo nossa mãe de perguntas sobre o Irã, sobre Yazd, sobre Mamou e Babou. Onde vamos dormir? O que vamos fazer? O que vamos comer? Quando vamos chegar? Quem vai nos buscar no aeroporto?

Um nó começou a se formar bem no meio do meu plexo solar.

Todas aquelas perguntas estavam me deixando nervoso porque Laleh não estava fazendo as perguntas que realmente importavam.

E se não nos deixarem entrar?

E se tivermos problemas na imigração?

E se for tudo muito esquisito?

E se ninguém gostar da gente?

Laleh finalmente se cansou por volta da meia-noite no horário de Portland, embora eu não tivesse a menor ideia de que horas eram ou em qual fuso horário nós estávamos. Ela se virou para frente, recostou no ombro do meu pai e caiu no sono.

Minha mãe mexia no meu cabelo, enrolando os cachos em volta dos dedos, enquanto eu preparava um Sencha da Cidade das Rosas (um

chá verde japonês) em um copo de papel cheio de água quente que pedi
para um comissário de bordo.

Mexi o sachê para cima e para baixo antes de jogá-lo no copo vazio
que eu havia usado para tomar meus remédios.

— Darius, posso conversar com você sobre uma coisa?

— Claro.

Minha mãe franziu os lábios e abaixou as mãos.

— Mãe?

— Desculpa. É que eu não sei muito bem como explicar. É que...
Eu só quero que você esteja preparado. As pessoas no Irã não lidam com
saúde mental do mesmo jeito com que nós lidamos em casa.

— Hum.

— Então se alguém disser qualquer coisa para você, não leve para
o lado pessoal. Tá bem, querido?

— Tá bem.

Ela voltou a mexer no meu cabelo. Eu bebi meu chá.

— Ei, mãe.

— Sim?

— Você está nervosa?

— Um pouquinho.

— Por causa de mim e do meu pai?

— Não, é claro que não.

— Então, por quê?

Minha mãe sorriu, mas seus olhos estavam tristes.

— Eu deveria ter ido visitar muito mais cedo.

— Ah.

O nó no meu plexo solar ficou ainda mais apertado. Minha mãe
passou uma mecha de cabelo por trás da minha orelha enquanto eu
encarava a janela.

Eu nunca havia sobrevoado um oceano antes. Era noite e, enquanto
eu olhava para a água escura lá embaixo, coberta pelo reflexo branco
da lua sobre as ondas, sentia que nós éramos os últimos seres humanos
vivos do planeta Terra.

— Mãe?

— Sim?

— Eu também estou um pouquinho nervoso.

Era noite novamente quando pousamos no Aeroporto Internacional
de Dubai. Nós havíamos voado por um dia inteiro e voltamos tudo de
novo.

Eu não conseguia lembrar da última vez em que havia tomado meus remédios. Ou escovado os dentes. E meu rosto estava oleoso o bastante para gerar mais umas três espinhas do tamanho do Monte Olimpo.

Meu corpo dizia que era ontem, mas os relógios diziam que já era amanhã.

Por isso que eu odeio viajar no tempo.

Eu estava tenso, me esticando por cima do assento de Laleh, tentando alongar a coluna.

— Nosso voo sai em três horas — disse minha mãe. — Vamos pegar algo para jantar.

— Já é hora do jantar?

Meu corpo discordava. Eu só conseguia pensar em uma xícara de chá quente. Estava cultivando uma dor de cabeça por pelo menos duas horas — o tipo de dor de cabeça que me dava a sensação de que meus olhos estavam prestes a saltar do crânio a qualquer momento — e cafeína geralmente ajudava.

Laleh estava faminta, o primeiro sinal de um Lalehpocalipse iminente. Ela se arrastava pelo corredor de desembarque, segurando minha mão e olhando para o chão desanimada até chegarmos no terminal e ela sentir o cheiro do Subway.

Subway era o restaurante favorito da minha irmã.

O brilho das letras verdes e amarelas instantaneamente a animou. Ela largou minha mão e correu diretamente para lá. Fui atrás, com a bolsa transversal da Kellner & Newton batendo contra minhas pernas.

Eu odiava bolsas transversais.

— A gente pode comer no Subway? — perguntou Laleh.

— Temos que pedir ao pai e a mãe.

— Mãe! Pai! Podemos? — pediu ela.

Sua voz ficava mais dengosa a cada segundo, o som agudo aumentando como uma chaleira prestes à assobiar.

— Claro, meu amor.

Minha mãe analisava o cardápio. Mesmo nos Emirados Árabes, Subway era Subway. O menu era basicamente o mesmo de Portland, exceto por um sanduíche de frutos do mar e outro de frango tikka masala.

Meu pai trocou sua bolsa da Kellner & Newton de ombro. A dele era de couro escuro com a marca gravada em relevo, muito mais bonita que a minha de lona e poliéster.

— O que você vai querer?

— Hum...

Meu estômago roncou.

Eu havia comido duas refeições no avião — um quase jantar e um quase café da manhã — e, apesar de nenhuma das duas ter sido satisfatória, eu não queria comer no Subway.

Eu não suportava o cheiro de Subway desde o meu emprego antigo onde eu segurava as placas da pizzaria. O lugar ficava na frente do estacionamento de um Subway e, desde então, sempre que eu sentia o cheiro do pão do Subway assando, me sentia preso e claustrofóbico por causa da fantasia de porco-espinho que eles me obrigavam a usar.

Que tipo de pizzaria tem um porco-espinho como mascote?

— Hum — repeti. — Não estou muito a fim de Subway.

— Você não pode continuar comendo as balas azedas da Laleh.

Stephen Kellner estava extremamente atento às minhas imprudências alimentares.

Observei o cardápio.

— Hum. O de frango tikka masala, então?

Meu pai suspirou.

— Não tem nada aí com vegetais que seja do seu agrado?

— Stephen — disse minha mãe.

Ela olhou para o meu pai e eles pareciam estar trocando algum tipo de mensagem telepática. Laleh se balançava para frente e para trás na ponta dos pés enquanto observava o balcão. Ela já estava perigosamente próxima de iniciar um Lalehgedom com força total.

— Deixa pra lá. Nem estou com fome mesmo.

— Darius — chamou minha mãe, mas eu apenas balancei a cabeça.

— Está tudo bem. Preciso ir ao banheiro.

Fiquei no banheiro pelo máximo de tempo possível.

Eu ainda tinha algumas das balas azedas de Laleh.

Porém, quando não dava mais para me esconder, encontrei meus pais e minha irmã sentados em bancos azuis com formato de ampulheta, em volta de uma mesa de aço. Laleh já havia detonado seu sanduíche de almôndegas e estava com a boca suja com litros de molho: uma guerreira Klingon encharcada com o sangue de seus inimigos. Ela lambia o molho em seus dedos, ignorando a conversa dos nossos pais.

— Você precisa parar de tentar controlá-lo — disse minha mãe. — Precisa deixar que ele tome as próprias decisões.

— Você sabe como os outros tratam ele — respondeu meu pai. — É isso que você quer para ele?

— Não. Mas será que deixar o menino com vergonha de tudo vai ajudar em alguma coisa?

— Eu não quero que ele sinta vergonha — rebateu meu pai. — Mas ele já precisa lidar com muita coisa por causa da depressão, não precisa ter que lidar com *bullying* também. Ele não seria um alvo tão grande se tentasse se encaixar um pouco. Ele poderia, sei lá, ser um pouco mais normal.

Minha mãe encarou meu pai assim que me viu.

— Vem cá — chamou ela, puxando um banquinho para mim. — Tem certeza de que não quer comer nada? Podemos ir em outro lugar.

— Estou bem. Valeu.

— Você não está passando mal?

Minha mãe pressionou a mão sobre a minha testa. Estava oleosa por ter ficado tanto tempo no avião abafado.

— Não. Estou bem. Desculpa.

Meu pai mal olhava para mim. Continuava analisando suas mãos e se limpando com o guardanapo branco do Subway, apesar de eu duvidar que suas mãos estivessem sujas, já que ele comeu uma salada.

Stephen Kellner sempre pedia salada no Subway.

— Já volto. Alguém precisa de alguma coisa?

Minha mãe negou com a cabeça. Meu pai pegou seu copo de água vazio e saiu para buscar um refil.

— Darius… — disse minha mãe assim que ele ficou longe o bastante para não nos ouvir.

— Está tudo bem — respondi.

— Não fica chateado — disse ela, apertando minha mão. — Ele só quer…

Laleh escolheu aquele exato momento para soltar um arroto enorme e barulhento.

Eu ri, mas minha mãe ficou chocada.

— Laleh!

— Desculpa — disse ela, mas ao menos estava sorrindo novamente.

Felizmente, o sanduíche de almôndegas havia impedido o Lalehclisma.

Ela ainda estava rindo quando nosso pai voltou. Ele mergulhou um guardanapo na água gelada e entregou para que Laleh pudesse se limpar, mas a coisa toda era um caso perdido.

— Vem — disse minha mãe, ficando de pé. — Vamos ao banheiro, Laleh. Anda.

Um Silêncio Constrangedor Nível Seis se estabeleceu entre nós dois, apesar do movimento barulhento do terminal.

Esse é o poder dos Silêncios Constrangedores.

— Ei — disse ele, pigarreando. — Sobre o que aconteceu mais cedo...

Olhei para ele, que continuava encarando suas mãos.

Stephen Kellner tinha mãos angulares e poderosas. Exatamente o que você esperaria de um Super-homem.

— Vamos tentar nos dar bem, certo? Quero que você aproveite a viagem.

— Claro.

— Desculpa.

— Tudo bem.

Quer dizer, eu não estava bem.

Eu nem sabia direito por qual parte do dia ele estava se desculpando. O nó no meu plexo solar ainda estava ali.

Como eu disse, nós só nos dávamos bem se não ficássemos muito tempo juntos, e a viagem para o Irã já havia comprometido a calibragem da nossa interação.

Então ele olhou para mim e disse:

— Te amo, Darius.

E eu respondi:

— Te amo, pai.

E aquilo significava que nós não tocaríamos mais no assunto.

Não consegui dormir durante o voo para o Teerã. A previsão de chegada no Aeroporto Internacional de Tehran-Imam Khomeini era às 2h35 da manhã no horário local, o que significava uma jornada de meia hora para o futuro.

Eu não entendia. Qual era o motivo e o propósito de um deslocamento temporal de meia hora?

Enquanto os comissários de bordo andavam pelos corredores recolhendo todas as garrafinhas plásticas de álcool, as mulheres no avião começavam a puxar os lenços de dentro das bolsas de mão para cobrirem seus cabelos.

Laleh era nova o bastante para que, tecnicamente, não precisasse usá-lo, mas minha mãe achou que seria uma boa ideia de qualquer forma. Ela entregou um lenço rosa para o meu pai por cima do recosto da poltrona, e ele enrolou o tecido sobre o cabelo de Laleh. O lenço da minha mãe era azul escuro, com estampas de penas de pavão bordadas nele.

Meu coração vibrava quando o piloto anunciou a chegada e o avião começou a descer.

A camada de poluição que cobria o Teerã se transformou em nuvens densas e alaranjadas pelas luzes da cidade lá embaixo e, quando atravessamos as nuvens, eu não conseguia ver mais nada. Estávamos flutuando através de um vácuo dourado e brilhante.

— Eu não quero mais voar — disse Laleh.

Ela coçava seu lenço de cabeça e se recusava a deixar meu pai ajustá-lo.

— Minha cabeça tá doendo.

— Falta pouco, Laleh — disse minha mãe da poltrona da frente.

Ela sussurrou algo em persa para minha irmã, algo que eu não consegui entender, e então se voltou para frente e segurou minha mão.

Ela entrelaçou nossos dedos e sorriu para mim.

Estávamos quase lá.

Eu mal podia acreditar.

Havia quatro luzes

Apenas um guichê estava aberto quando passamos pela Imigração. O guarda responsável parecia estar vivendo sua própria versão de distorção cronológica. Ele tinha Olheiras Nível Oito e bocejava toda vez que alguém o entregava um passaporte. Parte de mim esperava que o funcionário ali teria um turbante e uma barba cheia, como todos os homens do Oriente Médio que apareciam na TV. O que era triste, já que eu sabia que aquilo não passava de um estereótipo. Quer dizer, eu mesmo conhecia várias pessoas do Oriente Médio que não se encaixavam naquele padrão.

O guarda era pálido, mais do que minha mãe, com olhos verdes, cabelos ruivos e barba por fazer.

Aparentemente, olhos verdes eram comuns no norte do Irã.

Eu meio que queria ter olhos verdes como os iranianos do norte.

O guarda encarou meu pai, depois a mim, e então seus olhos escanearam minha mãe e Laleh, antes de voltarem para o meu pai.

— Passaportes?

A voz dele era rouca e seu sotaque não era tão carregado quanto o da minha mãe. Um por um, ele olhou todos os passaportes, segurando a página da foto ao lado dos nossos rostos para conferir se éramos, de fato, quem o Departamento de Estado dos Estados Unidos da América dizia que éramos.

— Qual é o motivo da viagem para o Irã?

— Turismo.

Meu pai deu essa resposta porque era essa a resposta que ele deveria dar. O problema é que Stephen Kellner era geneticamente incapaz de mentir.

— E também para visitar a família da minha esposa em Yazd. O pai dela está doente.

— Você conhece o idioma?

— Não. Minha esposa conhece.

O guarda da Alfândega se virou para minha mãe fazendo algumas perguntas em persa, rápido demais para que eu conseguisse entender qualquer coisa além de você (ele usou shomaa, a versão formal). Ele assentiu e devolveu nossos passaportes.

— Bem-vindos ao Irã.

— Merci — disse meu pai.

Persa e francês usam a mesma palavra para "obrigado". Minha mãe nunca conseguiu me explicar exatamente o porquê.

Guardei meu passaporte na bolsa transversal emprestada e apertei o fecho com força antes de seguir meu pai. Atrás da gente, mamãe segurava Laleh pela mão, enquanto ela arrastava os pés para fazer um barulho agudo com o tênis no piso do aeroporto.

— Estou cansada — disse ela.

— Eu sei, querida — disse minha mãe. — Você vai poder descansar durante todo o caminho para Yazd.

— Meu pé tá doendo.

— Eu levo ela no colo — sugeri.

Mas, nesse momento, outro guarda da Alfândega entrou na minha frente, estendendo a mão em minha direção.

— Venha comigo, por favor — disse ele.

— Ahn.

Meu primeiro instinto era correr.

Diferentemente de seu antecessor, guarda da Alfândega II não parecia sonolento de forma alguma. Ele parecia atento e alerta. Sua sobrancelhas se curvavam como uma flecha afiada apontando para o nariz comprido.

— Hum. Tudo bem. Mãe?

Minha mãe chamou meu pai, que não tinha notado que nós havíamos sido parados. Ela tentou me seguir, arrastando Laleh que derrapava as solas de borracha do calçado sobre o piso, mas o guarda levantou a mão cuidadosamente para não encostar nela.

— Apenas ele.

Eu me perguntei o que eu tinha feito para que ele quisesse falar apenas comigo.

Eu me perguntei o que me tornava um alvo tão grande.

Eu me perguntei o que ele queria.

Minha mãe disse algo em persa, o segurança respondeu, mas, novamente, era rápido demais para que eu pudesse entender. E, a não ser que eles estivessem falando sobre comida, eu não entenderia muita coisa de qualquer forma.

Guarda da Alfândega II balançou a cabeça, me segurou pelo cotovelo e me puxou para longe.

Existe um episódio na sexta temporada de *Star Trek: A nova geração* chamado "Cadeia de comando".

Na verdade, é um episódio de duas partes então o correto é "Cadeia de comando, partes I e II". Nele, o capitão Picard é capturado pelos Cardassianos no final da parte I e durante a parte II é interrogado e torturado. O interrogador, Gul Madred, acende quatro luzes na cara do capitão Picard e fica perguntando quantas luzes ele vê.

Todas as vezes, capitão Picard responde "quatro", mas Gul Madred tenta confundi-lo, insistindo que são cinco.

Guarda da Alfândega II me levou para uma sala pequena.

Havia quatro luzes florescentes no teto.

Quando ele se sentou atrás de uma mesa larga de madeira — do tipo que obviamente não era feita de madeira, mas coberta com alguma coisa que parece madeira — meu coração trovejou.

Diferente do guarda da Alfândega I, o guarda da Alfândega II possuía a barba cheia e resplandecente de um persa legítimo.

— Passaporte?

Sua voz era intensa, ríspida e pesada.

Abri a bolsa da Kellner & Newton, desejando mais uma vez pela minha mochila antiga, e tateei pelo passaporte que eu havia guardado ali apenas alguns minutos antes.

— Por que você veio ao Irã?

— Visitar a família — respondi. — Meu avô está com um tumor no cérebro.

Havia uma janela atrás da cadeira dele, dessas que você só consegue enxergar através dela quando está de um dos lados.

Eu não entendia por que eles chamavam de espelhos de duas vias quando, na verdade, eram de uma via só.

— Vai ficar por quanto tempo?

— Hum. Vamos embora no dia três de abril.

— Você tem seu visto? As passagens aéreas?

Engoli seco.

— Meu pai está com tudo.

— Onde está o seu pai?

— Lá fora. — Assim eu esperava.

Presumi que minha mãe tivesse conseguido falar com ele, mas aquela não seria a primeira vez em que Stephen Kellner acidentalmente me deixava para trás.

Minha mãe adorava contar a história da primeira vez em que eu fui ao mercado. Aparentemente eu consegui fugir de dentro do carrinho de compras e comecei a andar sozinho pelos corredores, e meu pai só percebeu que eu não estava dentro do carrinho quando chegou no caixa.

Cocei minha orelha. Guarda da Alfândega II continuava escrevendo. Eu não sabia ler nada em persa, sequer os nomes das comidas, mas aquilo me deixava nervoso.

Havia quatro luzes.

— O que tem na sua bolsa?

Eu estava tão nervoso que derrubei tudo.

— Desculpa. Hum. É meu dever de casa. Da escola. E um livro. E meus remédios.

Ele abriu e fechou a palma da mão, gesticulando para que eu entregasse tudo. Peguei a bolsa transversal do chão e passei para ele. O guarda vasculhou a bolsa, tirando dela meus trabalhos da escola e *O Senhor dos Anéis*.

Ele folheou o livro por um minuto antes de deixá-lo de lado, vasculhando mais fundo na bolsa até encontrar o pequeno pote laranja à prova de crianças com os meus comprimidos.

— Você tem a receita médica?

Confirmei.

— Sim. Hum. Em casa. Mas está escrito no recipiente.

— É remédio pra quê?

— Depressão.

— Só isso? O que te deixa deprimido?

Minhas orelhas arderam. Olhei para as quatro luzes no teto e torci para que não me acorrentassem e arrancassem minhas roupas.

Eu odiava aquela pergunta: o que te deixa deprimido? Porque a resposta era nada.

Eu não tinha nada que me deixasse deprimido. Nunca aconteceu uma coisa muito ruim comigo.

Eu só me sentia muito inadequado.

Meu pai me dizia que eu não podia controlar as reações químicas do meu cérebro da mesma forma que não podia controlar o fato dos meus olhos serem castanhos. O dr. Howell sempre me dizia para não ter vergonha.

Mas em momentos como aquele, era difícil.

— Nada — respondi. — Meu cérebro só não consegue fazer as reações químicas do jeito certo, só isso.

— Provavelmente é a sua dieta — disse o guarda da Alfândega II, olhando para mim de cima à baixo. — Comendo muito doce.

Engoli em seco. Minhas orelhas estavam mais quentes do que uma câmara de reação de matéria e antimatéria.

Guarda da Alfândega II apontou para a marca da Kellner & Newton costurada na frente da minha bolsa transversal.

— O que é isso?

— Hum. É a empresa do meu pai. Ele e o sócio são arquitetos.

O guarda da Alfândega II arqueou as sobrancelhas.

— Arquitetos?

— Sim.

E então ele sorriu, um sorriso tão grande e brilhante que parecia que a sala realmente possuía cinco luzes.

Era a transformação mais deslumbrante (e preocupante) que eu já havia presenciado.

— Temos muita arquitetura no meu país — disse ele. — Vocês deveriam visitar a Torre Azadi.

— Hum.

Eu já havia visto fotos da Torre Azadi, e ela era magnífica — ângulos brancos reluzentes que se entrelaçavam para formar um edifício alto, com treliças intercaladas que me lembravam *O Senhor dos Anéis*.

Apenas elfos poderiam criar algo tão delicado e fantástico.

— E o Museu de Teerã.

Aquele eu não conhecia.

— E o Shah Cheragh em Shiraz.

Daquele eu já havia ouvido falar. Era uma mesquita coberta com espelhos do lado de dentro, e a luz que refletia neles transformava a coisa toda em uma caixa de joias reluzente.

— Pode deixar.

— Aqui — disse ele, enfiando os papéis e meus remédios de volta na bolsa transversal da Kellner & Newton.

Eu a pendurei sobre os ombros.

— Liberado — disse ele. — Bem-vindo ao Irã.

Eu não tinha certeza do que estava acontecendo, mas agradeci e saí da sala.

Parte de mim queria gritar "HÁ! QUATRO! LUZES!" enquanto eu saía, assim como o capitão Picard fez quando finalmente foi liberto, mas parecia que o guarda da Alfândega II havia decidido que gostava de mim e eu não queria arruinar tudo com uma referência que ele provavelmente não entenderia.

Além disso, eu não queria causar um incidente internacional.

Minha mãe segurou meu braço com um Aperto Mortal Nível Sete pelo resto do caminho enquanto saíamos do aeroporto.

Queria me soltar dela e contar para o meu pai sobre o interrogatório e sobre como realmente havia quatro luzes.

Queria contar sobre a Torre Azadi e os outros lugares que o guarda da Alfândega II mencionou.

Queria contar como o guarda da Alfândega II ficou impressionado quando descobriu que ele era arquiteto.

Mas meu pai andava na nossa frente, lutando uma batalha perdida para manter Laleh de pé e caminhando em uma linha razoavelmente reta.

Minha irmã estava à beira de um colapso.

— Deixa que eu carrego ela — eu disse.

Minha mãe me soltou para que eu pudesse levar Laleh nas costas, e nós atravessamos as portas automáticas de vidro em direção à noite fria de Teerã.

O ventilador dançante

Fazia mais frio do que eu esperava do lado de fora. Meu corpo tremeu, mesmo com o calor de Laleh contra as minhas costas. Eu vestia uma camisa de manga comprida e calças — minha mãe tinha dito que essa era a melhor opção para vestir durante a passagem pela Imigração. Eu queria estar vestindo minha jaqueta, mas ela estava na mala.

O cheiro de Teerã não era tão diferente de Portland. Eu meio que esperava que tudo tivesse cheiro de arroz. (Em minha defesa, a maioria das casas persas, até mesmo parcialmente persas como a nossa, tinha um pouquinho de cheiro de arroz basmati). Mas o ar em Teerã era como o de uma cidade qualquer, com um toque de poluição e um pouco menos de cheiro de terra molhada do que em Portland.

Um grito cortou a noite, como o choro agudo de um Nazgûl, e eu quase deixei Laleh cair no chão.

— Aaaaaaaaaaaaahhhh!

Mamou — minha avó de verdade, em carne e osso — gritava e corria em nossa direção. Ela foi de encontro à minha mãe e a segurou pelo rosto, beijando suas bochechas, esquerda-direita-esquerda, e então a envolveu em um abraço forte o bastante para entortar a carcaça de uma nave espacial.

Minha mãe riu e abraçou sua mãe pela primeira vez em dezessete anos.

Eu nunca havia a visto tão feliz na vida.

Dayi Jamsheed levou Mamou de carro até Teerã, e nós voltamos para Yazd amontoados em sua SUV prateada. Minha mãe foi no banco da frente, conversando com ele em persa e compartilhando um saco de tokhmeh, sementes de melancia torradas, o petisco favorito de persas legítimos em qualquer lugar do mundo. Meu pai foi atrás, com Laleh esticada em seu colo; ela finalmente havia apagado, mas não antes de ser abraçada por Mamou e Dayi Jamsheed até quase morrer.

Eu fui no meio ao lado de Mamou.

Fariba Bahrami era uma mulher baixinha — antes, eu só a conhecia dos ombros para cima —, mas, quando ela passou seus braços em volta de mim, era como se tivesse cinquenta anos de abraços guardados só para mim. Ela manteve o braço sobre os meus ombros durante toda a viagem, me segurando perto de si.

Analisei suas mãos. Eu nunca tinha visto as mãos da minha avó antes.

Mamou tinha as unhas curtas e bem feitas, pintadas com um vermelho romã. Seu perfume tinha aroma de pêssegos e ela era muito quentinha. Ela me apertava e me apertava, como se tivesse medo de que eu fosse voar pela janela se não me segurasse forte o bastante.

Talvez ela estivesse tentando fazer uma vida inteira de abraços perdidos caber em uma única viagem de carro.

Talvez.

— Conta tudo sobre a escola, maman.

— A escola é legal, eu acho.

As dinâmicas sociopolíticas do Colégio Chapel Hill pareciam um tema um pouquinho complicado para abordar com Mamou durante uma viagem de carro, especialmente porque eu não queria que ela soubesse que as pessoas me chamavam de D-Saco e deixavam testículos brilhantes e azuis na minha bicicleta.

Eu esperava nunca ter que falar sobre testículos com a minha avó.

— Você tem muitos amigos? Uma namorada?

Minhas orelhas entraram imediatamente em modo alerta vermelho.

Persas legítimos são extremamente interessados nas oportunidades reprodutivas dos seus descendentes.

— Hum. Na verdade, não — respondi.

O alerta vermelho se espalhava pelas minhas bochechas.

"Na verdade, não" foi a forma mais segura de dizer "não" que eu consegui inventar.

Eu não conseguiria lidar com a decepção da minha avó.

— É? Por quê?

Mamou tinha um jeito engraçado de entonar o final das palavras para transformá-las em perguntas.

— Você é tão lindo, maman.

Não sabia como ela era capaz de dizer uma coisa dessas. Eu estava oleoso e inchado por causa do voo de 32 horas, e ainda tinha a cratera do maior vulcão do sistema solar queimando entre as minhas sobrancelhas.

Além disso, ninguém reparava em mim. Não do jeito que reparavam nos Minions Desalmados da Ortodoxia como Chip Cusumano, que era realmente bonito.

Dei de ombros, mas o gesto se transformou em um bocejo. Todas as dilatações temporais pelas quais nós passamos estavam começando a me atingir.

— Você está cansado, maman.

— Estou bem.

— Por que não dorme um pouco? Ainda estamos a algumas horas de Yazd.

Ela me puxou para mais perto, para que eu pudesse apoiar a cabeça sobre seus ombros enquanto ela me fazia cafuné.

— Estou tão feliz por você estar aqui.

— Eu também.

Sua mão era quente, mas seus dedos me davam calafrios de euforia no couro cabeludo.

Ela beijou a minha testa várias vezes. Fiquei com o cabelo molhado das lágrimas dela, mas não me importei.

— Te amo, maman.

Vovó e Oma, as mães do meu pai, não diziam aquilo com tanta frequência. Não é como se elas não nos amassem, mas elas eram cheias de barreiras teutônicas, e não expressavam afeto o tempo todo.

Mamou não era assim.

Para Fariba Bahrami, o amor era uma oportunidade, não um fardo.

Engoli o nó na garganta.

— Te amo, Mamou.

Não consegui dormir direito durante a viagem para Yazd. Estava cansado demais para cair em sono profundo e, apesar do ombro de Mamou ser macio e aconchegante, ficar recostado nele não era lá uma posição totalmente confortável. Então, fiquei naquele estado semiadormecido, flutuando nas nuvens que eu via pelas janelas da SUV do Dayi Jamsheed.

Aquilo me lembrava de quando eu era pequeno e minha mãe cantava para mim em persa toda noite antes de dormir. Era difícil descrever o canto em nosso idioma: o jeito como minha mãe entoava sua voz como as notas de um violino enquanto recitava poemas de Rumi ou Hafez. Eu não sabia o que aquelas palavras significavam, mas não me importava. Era tranquilo e reconfortante.

O trabalho da minha mãe era me colocar para dormir, porque meu pai me deixava muito agitado. Ele costumava se sentar na minha cama para me cobrir, e então começava a contar uma história, deixando espaços para que eu completasse com heróis e monstros.

E aí contávamos a história juntos.

Tem muita coisa que não me lembro muito bem, anos antes da minha própria Grande Depressão. O dr. Howell diz que os antidepressivos podem fazer isso às vezes, apagar partes da memória. Além disso, eu era pequeno demais naquela época. Mas, seja como for, eu me lembro das histórias de dormir com meu pai porque me lembro da noite em que elas pararam de acontecer.

Foi mais ou menos seis meses antes da Laleh nascer.

Meu pai foi até o quarto para me cobrir. Ele me beijou, disse "Te amo" e se virou para ir embora.

— Pai? Não tem história hoje? — choraminguei.

Minha voz era muito mais esganiçada naquela época, como coalhada de queijo.

Meu pai piscou para mim e suspirou.

— Hoje não, Darius.

E então ele se foi. Simplesmente saiu do quarto.

E eu fiquei lá, deitado, esperando minha mãe vir cantar para mim.

E nunca mais contamos histórias depois daquela noite.

Eu não entendia por que meu pai havia parado. Não sabia o que eu tinha feito de errado.

— Você não fez nada de errado — explicava minha mãe. — Eu posso te contar uma história.

Mas não era a mesma coisa.

Shirin Kellner era uma cantora excelente, porém uma péssima contadora de histórias.

E não importava a história que ela me contasse, a que eu havia contado a mim mesmo, aquela que lá no fundo eu acreditava, era esta: Stephen Kellner não queria mais contar histórias para mim.

— Acorde, Darisoush-jan — disse Mamou, coçando minha cabeça e arrepiando os pelos da minha nuca. — Chegamos.

Pisquei para a manhã acinzentada, me sentei e vi Yazd pela primeira vez.

Para ser sincero, mesmo tendo visto várias fotos, eu ainda esperava que Yazd fosse parecida com uma cena de Aladdin: ruas de terra cercadas de palmeiras, palácios abobadados feitos de alabastro cintilante, camelos carregando mercadorias para uma feira com barracas de madeira cobertas por toldos de tecido de cores brilhantes.

Não havia nenhum camelo à vista, independentemente do que Fofo Bolger pudesse afirmar. Eu nem sabia que jóquei de camelo era uma ofensa de verdade até ele me chamar assim pela primeira vez. Trent Bolger não era particularmente criativo, mas era meticuloso e sutil o bastante para não ser pego pela política de tolerância zero a ofensas étnicas e raciais no Colégio Chapel Hill.

As ruas no bairro de Mamou não eram tão diferentes das ruas de casa: asfalto cinza e sem graça.

As casas também não eram tão diferentes, exceto por serem feitas de tijolos esbranquiçados em vez de ripas de madeira. Algumas tinham portas duplas de madeira com ornamentos e elaboradas maçanetas de metal. Quase me lembravam as portas dos buracos dos hobbits, exceto pelo fato de não serem redondas.

Dayi Jamsheed parou o carro em frente a uma casa branca um pouco parecida com as outras. Ela só tinha um andar, com um quintal pequeno na frente, coberto por um gramado esparso e rasteiro.

Não havia cactos em lugar nenhum — mais um erro de Fofo Bolger, porque eu pesquisei e cactos na verdade são plantas nativas dos Estados Unidos.

Dayi Jamsheed estacionou sua SUV sob a sombra de uma nogueira enorme que recaía sobre a rua e rachava a calçada com suas raízes.

— Agha Stephen — disse Dayi Jamsheed.

Ele pronunciava como *esStephen*, do jeito como muitos persas legítimos chamavam meu pai. Em persa não se começa uma palavra com duas consoantes. Você precisa colocar uma vogal antes delas (ou entre elas, como algumas das pessoas faziam ao chamar meu pai de "Setephen").

— Acorde, Agha Stephen.

Sua voz soava como o estalar de um chicote, e ele estava sempre sorrindo, as sobrancelhas arqueadas e travessas. Meu tio tinha as sobrancelhas separadas — nem um único fio conectando as duas — o que era profundamente reconfortante, porque eu sempre morri de medo de ter uma monocelha persa.

Dayi Jamsheed começou a descarregar nossas bagagens do porta-malas. Balancei a cabeça para espantar o sono e saí da SUV logo atrás de Mamou, enquanto meu pai tentava acordar Laleh.

— Deixa eu te ajudar, Dayi.

— Não! Pode ir entrando. Deixa isso comigo, Darioush-jan.

Nós tínhamos muitas malas, e Dayi Jamsheed tinha apenas dois braços. Ele claramente precisava de ajuda, mas era geneticamente pré-disposto a recusar.

Aquele foi meu primeiro taarof oficial no Irã.

Taarof é uma palavra em persa difícil de traduzir. É o Comportamento Social Mais Importante para os iranianos, que junta hospitalidade, respeito e educação tudo em uma coisa só.

Na teoria, taarof significa pensar nos outros antes de pensar em si. Na prática, significa que, quando alguém visita sua casa, você precisa oferecer comida; mas como seu convidado precisa usar o taarof, ele tem que recusar; e então você, o anfitrião, precisa usar o taarof de volta, insistindo que não é incômodo algum e que ele absolutamente precisa comer; e por aí vai, até que um dos lados fique cansado e finalmente dê o braço a torcer.

Eu nunca levei muito jeito com o taarof. Não é um comportamento social norte-americano. Quando minha mãe conheceu as mães do meu pai pela primeira vez, elas ofereceram uma bebida, e minha mãe educadamente recusou — e parou por aí.

O problema é que ela realmente queria beber alguma coisa, mas não sabia como pedir.

Ou seja, ainda precisava aprender os comportamentos sociais norte-americanos.

Todo ano, no Dia de Ação de Graças, meu pai conta essa história e, todo ano, minha mãe ri e diz que vai matá-lo se ele contar mais uma vez.

Talvez fazer piadas seja o Comportamento Social Mais Importante dos norte-americanos.

— Por favor — eu disse. — Quero ajudar.

— Não precisa. — Assim como Mamou, Dayi Jamsheed também dava uma entonação engraçada no final das palavras. — Você está cansado. E é visita.

Ambas aquelas afirmações eram verdadeiras, mas a verdade é irrelevante quando se trata de taarof.

— Hum.

Minha mãe apareceu para me salvar.

— Jamsheed.

Ela se enfiou dentro do carro para remover o corpo inconsciente de Laleh dos braços do meu pai. Minha irmã era praticamente uma boneca de pano quando estava dormindo.

— Deixe o Darius ajudar.

Meu pai se desdobrou para fora da SUV enquanto Dayi e minha mãe discutiam em persa. Um idioma tão bonito e poético ficava duro como Klingon quando eles brigavam, principalmente depois que Mamou transformou aquilo em uma discussão entre três pessoas.

Laleh continuava pendurada nos braços da minha mãe. Eu não sabia como ela era capaz de continuar dormindo no meio de tudo aquilo.

Meu pai bocejou enquanto andava de um lado para o outro alongando o corpo. Ele piscou para mim e movimentou a cabeça em direção à minha mãe.

Dei de ombros.

— Taarof — sussurrei, e meu pai assentiu.

Aquela não era a primeira vez em que ficávamos os dois presos como espectadores diante de uma batalha de taarof que não conseguíamos entender.

Finalmente, minha mãe venceu e Dayi Jamsheed me entregou a mala de rodinhas de Laleh.

— Obrigado, Darioush-jan.

— Imagina.

A mala de Laleh era duas vezes mais pesada que a minha, porque estava lotada com coisas que minha mãe tinha trazido dos Estados Unidos.

Não eram apenas coisas para a nossa família. Quando minha mãe avisou que iríamos para o Irã, todas as famílias persas do Vale Willamette começaram a ligar lá para casa, perguntando se ela poderia levar uma coisa para algum parente iraniano, ou trazer algo de volta.

Mamou é quem teria o trabalho de distribuir as coisas para todo mundo depois que fôssemos embora. Eram coisas aleatórias: um tipo específico de shampoo, ou creme facial, ou até mesmo Tylenol, que aparentemente não é vendido no Irã.

Peguei minha mala, pendurei a bolsa transversal da Kellner & Newton na alça retrátil e segui Mamou em direção à entrada.

— Onde está o Babou?

— Na cama — disse Mamou, baixando seu tom de voz enquanto nos deixava entrar. — Ele queria ir até o aeroporto, mas estava cansado demais. Ele tem dormido bastante.

Senti meu estômago se revirar.

Conhecer Mamou — quer dizer, conhecê-la de verdade — sem conhecer Babou me parecia errado, como terminar um episódio com um gancho numa cena de suspense.

Eu estava ansioso para conhecer meu avô, mas também um pouco assustado.

Isso é normal.

Certo?

As luzes ainda estavam apagadas e as janelas estreitas não deixavam muita luz do sol entrar. E quando deixavam, pequenos feixes de luz atingiam a poeira suspensa no ar e iluminavam as fotos nas paredes.

Havia muitas fotos penduradas. Algumas emolduradas, sozinhas ou agrupadas, mas muitas apenas coladas com fita adesiva, presas com alfinetes ou enfiadas em qualquer canto que pudesse segurá-las. Eu queria parar para observar — A Galeria de Retratos da Família Bahrami —, mas, em vez disso, apenas tirei os Vans dos pés, deixando-os no capacho, e segui Mamou corredor adentro em direção aos fundos da casa. Ela parou em frente ao último cômodo à direita.

— Este quarto está bom pra você?

— Claro.

— É uma suíte — disse ela, apontando para uma porta no canto.

— Ah! — Minha mãe já havia me alertado sobre os banheiros persas.

— Está com fome, maman?

— Não. Acho que não.

Na verdade, eu nem sabia mais. Nossa jornada através do espaço-tempo, seguida pela minha experiência de Tortura Sancionada Pelo Estado nas mãos do guarda da Alfândega II, haviam me deixado desorientado e nojento.

— Tem certeza? Não será incomodo algum.

Era meu segundo taarof no Irã e, daquela vez, minha mãe não estava por perto para me ajudar.

— Hum. Tenho certeza. Acho que vou tomar um banho antes, se não tiver problema. E talvez tirar um cochilo.

— Tudo bem. Tem toalhas para você no armário.

— Obrigado.

Mamou me puxou para um abraço, beijou minhas duas bochechas e foi ajudar a colocar Laleh na cama.

Deixei a mala de Laleh no corredor, puxei a minha para dentro e fechei a porta.

O cômodo tinha mais ou menos metade do tamanho do meu quarto: uma cama de solteiro com lençóis verde oliva, e cortinas combinando que cobriam a pequena janela redonda sobre a cama. Uma mesa de madeira no canto e mais fotos na parede. Reconheci Dayi Jamsheed e Dayi Soheil com seus filhos, mas havia alguns desconhecidos nas outras fotos também. Algumas eram em preto e branco muito antigas da época em que Mamou era uma criança.

Uma delas me era familiar: uma foto de Mamou com seus pais. Mamou devia ter a minha idade, com o cabelo longo e liso, caído sobre o peito. Ela não estava sorrindo, mas tinha o olhar de quem queria sorrir.

Minha mãe tinha uma cópia daquela foto emoldurada na sala de estar da nossa casa, na parede perto da cozinha e da Porta Turbolift. Era a única foto dos meus bisavós (por parte de Mamou) que nós tínhamos.

Tirei minha camisa. Estava grudenta e fedida por conta da viagem. Meu rosto estava tão oleoso que parecia prestes a derreter e cair no chão a qualquer momento. Eu precisava de um banho.

Mais do que isso, na verdade, eu precisava mesmo era fazer xixi.

Encarei a privada: uma perfeita tigela de porcelana, posicionada no chão e cercada de azulejos cor-de-rosa que formavam um mosaico abstrato.

Minha mãe já havia me alertado sobre os banheiros de Mamou. No Irã — principalmente em casas antigas — a pessoa precisa se agachar sobre o vaso em vez de se sentar sobre. Era considerado bem mais higiênico.

Torci para que os músculos das minhas pernas fossem fortes o bastante, quando chegasse a hora. Naquele momento, andei em volta da privada, analisando como se eu fosse um Guerreiro Klingon avaliando o inimigo. Eu não sabia muito bem como conseguiria usar aquela privada sem fazer a maior bagunça.

Mas eu realmente precisava fazer xixi.

Tomei banho, vesti um short e peguei meus remédios, mas decidi que iria tomá-los quando acordasse, junto com o café da manhã.

O ar dentro do quarto era muito denso. Não era úmido, mas eu conseguia sentir cada molécula tocando o meu rosto recém-lavado.

Havia um ventilador de pé em um dos cantos, e eu o puxei para longe da parede antes de ligar. Ele vibrou um pouco e eu tive uma breve visão do ventilador sofrendo um fracasso involuntário e explodindo em uma nuvem de fumaça e partículas de motor, mas então ele ganhou velocidade.

O ventilador não ficava parado. Ele rebolava e balançava pelo chão, dançando em minha direção.

Mudei o ângulo para que ele dançasse para longe de mim. Mas no momento em que tirei o short e me cobri com o lençol, o ventilador já tinha dançado de volta para me encarar novamente, tremendo e balançando inexoravelmente em direção à minha cama.

Aquele ventilador era do mal.

Puxei o Ventilador Dançante para o meio do quarto, usando minha mala como apoio para que ele não saísse do lugar. Ele sacudiu de forma ameaçadora, pulando para frente e para trás sobre seus pés de borracha. A mala bloqueava parte da corrente de ar mas pelo menos eu sabia que ele não iria mais se rastejar até mim enquanto eu dormia.

Deitei na cama virado para a parede, mas ainda conseguia sentir aquele troço.

Ele me observava. Só esperando eu baixar a guarda.

Foi profundamente irritante.

A história das relações entre americanos e iranianos

Bum.

Tap ploft tap.

Pisquei enquanto olhava ao meu redor. Durante o sono, joguei o cobertor para fora da cama, e o Ventilador Dançante estava virado para baixo com suas pás soprando um vento fraco em direção ao chão.

O quarto estava abafado e seco. Minha nuca grudou na almofada bege de Mamou quando me sentei. Minha boca estava seca e nojenta.

Tap ploft tap. Alguma coisa batia na janela, por trás da cortina verde. A sombra de algo que parecia ser uma pessoa se projetava através dela. Abri a cortina para dar uma espiada, piscando em direção à luz, mas seja lá quem (ou o que) estava lá fora já havia desaparecido.

Vesti uma roupa qualquer e saí de fininho pelo corredor.

A casa estava silenciosa. Minha mãe, meu pai e Laleh ainda dormiam depois de nossa longa jornada através do espaço-tempo, mas consegui encontrar a cozinha e uma porta que dava para o quintal dos fundos.

Pisquei em direção ao sol e esperei meus olhos se ajustarem à luz, espirrando por causa da claridade. O sol em Yazd era mais intenso, e estava bem no topo da minha cabeça. Todas as superfícies brilhavam.

Era de cegar.

Espirrei mais uma vez.

Uma voz grave vinda do alto disse alguma coisa em persa. Pisquei e olhei para cima.

Ardeshir Bahrami, meu avô, havia apoiado uma escada na lateral da casa, bem ao lado da pequena janela redonda sobre a minha cama, e já estava na metade do caminho em direção ao telhado.

Babou era mais alto do que eu esperava. Ele vestia uma calça social cáqui, uma camisa de botão branca com riscas de giz e sapatos sociais, com as meias emboladas ao redor do tornozelo. E estava subindo em uma escada.

Ele parecia saudável para mim, embora meus pais dissessem que não. Apesar de Mamou ter dito que ele andava dormindo bastante.

Ele parecia bem.

Pigarreei e joguei o cabelo para trás. Meu cabelo sempre acordava armado (era um dos fardos de ter cabelo persa), mesmo eu não tendo dormido por muito tempo. Pelo menos a sensação era essa. Talvez o que parecia ter sido apenas algumas horas foi, na verdade, um dia inteiro.

Talvez já fosse amanhã.

Tentei dizer oi, mas minha garganta estava travada, e acabei soltando um barulho esganiçado.

Era esquisito falar em voz alta sabendo que ele poderia me escutar. Sabendo que eu poderia me aproximar e tocá-lo — se ele decidisse descer do telhado, é claro.

Acho que eu imaginava nosso primeiro encontro de uma forma um pouquinho diferente.

Babou subiu no telhado, oscilando por um momento quando chegou no topo, e eu estava convencido de que estava prestes a testemunhar meu avô despencando em direção à morte.

— Sohrab! — gritou ele.

Ele olhava para o jardim, além das plantações de ervas, em direção a um galpão escondido atrás de um pé de kiwi.

Filhos de persas — até mesmo os filhos dos meio-persas — aprendem a reconhecer árvores frutíferas desde muito cedo.

Havia um garoto desenrolando uma mangueira no galpão, desembolando e desfazendo os nós pouco a pouco.

Eu nunca havia visto aquele garoto antes. Parecia ter a minha idade, o que significava que ele não era meu primo, porque todos eles eram mais velhos que eu.

Olhei para Babou, que gritou "Sohrab!" mais uma vez, e de novo para o garoto, que gritou de volta em persa.

— Hum.

Babou balançou por um momento e então olhou para baixo, em minha direção.

Ele arqueou as sobrancelhas.

— Ah! Oi, Darioush. Vou descer em um instante. Vá ajudar Sohrab.

Sohrab gritou de volta e acenou em minha direção. O sol batia em minha nuca enquanto eu corria em sua direção. Logo, o chão de pedra deu lugar a um gramado rasteiro e, em seguida, pedras novamente. Elas queimavam a sola dos meus pés descalços.

Sohrab era mais baixo que eu, compacto e esguio. Seu cabelo preto era cortado rente, e ele tinha o nariz persa mais elegante de todas as pessoas que eu já havia conhecido. Seus olhos eram castanhos, assim como os meus, mas havia certa luz escondida atrás deles.

Talvez olhos castanhos não fossem tão sem graça.

— Hum — murmurei. — Oi.

Eu me dei conta de aquele era, possivelmente, o cumprimento mais bobo na história das relações entre americanos e iranianos.

Então, completei:

— Quer dizer, salaam.

Salaam significa "paz". Não é uma palavra persa — é árabe —, mas é o cumprimento padrão entre a maioria dos persas legítimos.

— Salaam — respondeu Sohrab.

— Hum. Khaylee kami farsi harf mizanam.

Tudo o que eu sabia dizer em persa era gaguejar que eu não sabia dizer quase nada em persa.

Os olhos de Sohrab se enrugavam quando ele sorria. Quase como se estivesse apertando os olhos para me ver melhor.

— Podemos falar seu idioma, sem problemas.

— Ah, que bom. Hum. Eu sou o Darius. Neto do Babou... Quer dizer, de Agha Bahrami.

— Da América — disse Sohrab, assentindo e me passando um dos nós que ele estava tentando desatar.

Segurei a mangueira enquanto Sohrab a pegou pela ponta, dando a volta através dos nós pelo caminho reverso. Ele tinha dedos curtos e proporcionais. Reparei nisso porque eu sempre achei meus dedos esquisitos, longos e ossudos.

Sohrab balançou a mangueira para que ela ficasse mais frouxa. Segurei outro nó e passei para ele.

— Hum.

Sohrab me observou e então voltou ao trabalho.

— Nós somos parentes? — perguntei.

Aquela era uma pergunta constrangedora porém séria para se fazer a outra pessoa persa. Eu era parente (distante) de várias famílias persas em Portland. Na maioria dos casos era por causa de casamentos, mas, tirando isso, eu tinha um primo de terceiro grau em Portland também.

Quando se trata de construir a árvore genealógica, persas são ainda mais detalhistas do que os hobbits. Especialmente persas que não moram no Irã.

Sohrab estreitou os olhos novamente e deu de ombros.

— Eu moro aqui perto.

Nunca havia me ocorrido que Mamou e Babou poderiam ter vizinhos.

Quer dizer, eu sabia que existia uma cidade inteira ao redor deles, mas os outros moradores de Yazd sempre foram um conceito abstrato. Até as fotos que eu já havia visto sempre eram desprovidas de humanos.

Mamou e Babou sempre existiram dentro do seu próprio universo cúbico: os dois e as bordas da tela do computador.

Sohrab desembolou o último nó na mangueira. E então, antes que eu pudesse impedi-lo, ele apontou o esguicho em minha direção e apertou a válvula. Estendi minhas mãos e gritei, mas só caiu um pingo d'água.

Sohrab riu. Eu gostei da risada de Sohrab: era solta e livre, como se ele não se importasse com quem pudesse escutá-lo.

Quando ele apertou meu ombro sua mão estava quente, apesar de ele estar mexendo na mangueira úmida.

— Desculpe, Darioush. A torneira não está aberta ainda.

Tentei ficar carrancudo, mas era impossível porque Sohrab estreitou os olhos mais uma vez e eu acabei rindo também.

Decidi, então, que eu gostava dele.

É o seguinte: todo iraniano conhece alguém chamado Sohrab. Se não conhece, ele conhece alguém que conhece alguém chamado Sohrab. Em Portland, um dos amigos da minha mãe (que não é nosso parente) tem um sobrinho chamado Sohrab.

E agora eu conhecia meu próprio Sohrab.

O nome vem da história de Rostam e Sohrab no Livro dos Reis, o Shahnahmeh, que é basicamente o *Silmarillion* das fábulas e lendas persas. Existem outras histórias também, como a de Feridoun e seus três filhos, Zal e o Simurgh (a versão persa da lenda da fênix), e o rei Jamsheed, mas nenhuma delas é famosa como a história de Rostam e Sohrab.

Rostam era um lendário guerreiro persa que acidentalmente matou seu filho, Sohrab, em uma batalha.

Profundamente trágico.

Uma história tão enraizada no DNA de todos os homens e garotos persas que, provavelmente, explicava por que os filhos persas se esforçavam tanto para agradar seus pais.

Eu me perguntava se, secretamente, todos os pais gostariam de matar seus filhos. Só de vez em quando.

Talvez isso explicasse Stephen Kellner.

É. Talvez.

— Sohrab! Darioush!

— Bebakhshid, Agha Bahrami.

Bebakhshid significa "desculpa". Ou "com licença".

Como eu disse, persa é um idioma profundamente sensível ao contexto.

Ajudei Sohrab a arrastar a mangueira até Babou, que levou algumas bobinas para o telhado. Sohrab ficou na base da escada, com o pé esquerdo firmando o primeiro degrau.

— Você gosta de figo, Darioush?

— Hum.

Gostar de figo não era um traço de personalidade persa que eu havia herdado.

Todos os persas legítimos gostam de figo.

Mas eu achava esquisito porque li por acidente em algum lugar sobre como figos eram polinizados por pequenas vespas que entravam neles, cruzavam e morriam. Desde então, não conseguia parar de pensar que eu poderia estar comendo vespas mortas.

— Seu avô cultiva os melhores figos de Yazd — disse Sohrab, mas, logo em seguida, deu de ombros. — Mas eles só estarão bons no verão.

— Darioush-jan — chamou Babou do telhado e apontou em direção ao galpão. — Abra a torneira, por favor.

— Tudo bem.

A mangueira vazou um pouco quando virei o registro, então apertei da melhor forma que podia, voltei para o lado de Sohrab e nós observamos Babou. Ele cambaleava entre as telhas, regando suas figueiras como se aquele fosse o procedimento mais seguro e inteligente do mundo.

Sohrab estreitou os olhos para mim.

— Relaxa, Darioush. Ele faz isso toda semana.

O que só me deixou mais preocupado.

Prendi a respiração quando Babou se inclinou sobre a beirada do telhado para alcançar as folhas de figueira mais afastadas.

Fiquei parado ao lado da escada e me aproximei de Sohrab.

— Ele deveria mesmo estar fazendo isso?

— Provavelmente não.

— Então a gente só observa até ele terminar?

— Isso.

— Tudo bem.

Uma visão holográfica

Babou passou dez minutos regando a copa das figueiras, andando de um lado para o outro pelo telhado. Ele não caiu, mas foi por pouco quando se curvou para me mandar desligar a torneira. O chão tinha cheiro de argila molhada nos lugares onde a mangueira havia pingado, apesar de meus esforços para apertá-la. Balancei os dedos do pé sobre a água gelada.

Sohrab segurou a escada para Babou quando ele finalmente decidiu descer. Entregou a mangueira para que o rapaz a devolvesse ao galpão e acenou em minha direção.

— Olá, Darioush-jan.

Ele apertou meus ombros com suas mãos fortes e me segurou a um braço de distância. Suas mãos estavam molhadas e eram tão calejadas que eu conseguia sentir os calos através do algodão da minha camiseta.

— Bem-vindo a Yazd.

Eu estava esperando que Babou me puxasse para um abraço. Estava tão convencido, inclusive, que comecei a me inclinar em sua direção. Mas ele manteve a distância, me segurando firme e me observando de cima à baixo.

— Você é alto. Igual ao seu pai. Diferente da Mamou.

— Sim. Hum.

Arrumei minha postura porque eu estava um pouco curvado enquanto esperava pelo abraço que parecia não chegar. Babou arqueou as sobrancelhas, mas não sorriu.

Não exatamente.

— Obrigado. Merci. Por nos receber.

— Estou feliz que vocês vieram — disse Babou. Ele então me soltou e acenou para Sohrab, que lutava com a mangueira. — Aquele é o Sohrab. Ele mora mais pra baixo aqui na rua.

— Sim.

— Ele é um bom garoto. Muito legal. Você deveria ser amigo dele.

Eu nunca havia recebido ordens para ser amigo de alguém antes.

Olhei de volta para Sohrab, que estreitou os olhos e balançou a cabeça.

Minhas orelhas arderam.

— Sohrab. Já está bom. Deixa isso pra lá.

— Baleh, Agha Bahrami.

Babou perguntou algo em persa para Sohrab, mas tudo que consegui entender foi *Mamou* e *robe*, que significa melaço de romã.

Como eu disse, geralmente conseguia reconhecer nomes de comidas.

— Claro. Darioush, quer vir comigo?

— Hum. Onde?

— Até a loja do amou dele — anunciou Babou. — Vá com ele, baba.

— Tudo bem.

— Vem, Darioush — chamou Sohrab. — Vamos nessa.

Amarrei os cadarços do meus Vans enquanto Babou entregava algumas notas dobradas para Sohrab e então saímos.

A luz do dia em Yazd me cegava. Tive que piscar por um momento e espirrei. Sem a sombra das figueiras de Babou, a vizinhança tinha uma luminosidade branca tão brilhante que eu conseguia sentir meus nervos ópticos cozinhando.

Agora que era dia e eu não estava morrendo de sono, estava conseguindo apreciar como cada casa no quarteirão de Mamou tinha sua própria personalidade. Algumas mais novas, outras mais antigas; umas com jardins grandes como o de Babou, outras com uma entrada a mais para estacionar o carro na parte de trás. Havia casas cáqui, bege, brancas e algumas com a pintura desgastada, ficando amareladas por causa do tempo.

Quase todos os carros estacionados na rua (ou, em alguns casos, sobre o meio-fio) eram angulosos e de cores claras, marcas e modelos que eu nunca havia visto antes.

Eu me perguntei de onde vinham os carros iranianos.

Eu me perguntei o que Stephen Kellner achava dos carros iranianos, comparados com seu Audi.

Eu me perguntei se ele ainda estava dormindo. Se ele acordaria e conseguiríamos ficar numa boa como ele esperava.

Sohrab chutou uma pedrinha branca para longe da calçada e pigarreou.

— Darioush, o que você está achando de Yazd?

— Ah — eu disse, e engoli em seco. — Hum. Não vi muita coisa ainda. Mas é agradável. Você mora aqui perto?

Sohrab apontou para trás.

— Mais para o outro lado.

— Ah.

Ele me guiou pelo bairro de Mamou, passando por mais paredes cáqui, portas antigas de madeira e pequenos jardins sombreados, até chegarmos em uma rua mais larga, dividida por um canteiro arborizado que, de onde eu vim, chamaríamos de avenida.

Eu não sabia dizer avenida em persa.

Lojas com toldos coloridos se alinhavam do outro lado da rua, e as casas do nosso lado ficavam menores conforme nós caminhávamos.

Era estranho ver iranianos na vida real andando pelas calçadas, entrando e saindo das lojas, carregando sacolas plásticas com compras ou qualquer coisa assim. A maioria das mulheres usava lenço na cabeça e jaqueta de manga comprida, mas algumas usavam xador: mantos pretos e longos que as cobriam da cabeça aos pés, exceto pelo círculo perfeitamente recortado para mostrar o rosto.

Eu me perguntei como elas não morriam de calor, totalmente cobertas de preto.

Meu cabelo escuro e persa estava fritando sob o sol. Se eu quebrasse um ovo na minha cabeça poderia preparar ovos mexidos perfeitamente.

O que seria bem nojento.

A Yazd nas fotos antigas da minha mãe haviam me mostrado uma visão meio cenográfica da cidade: nítida, estática e perfeita. A Yazd de verdade era bagunçada, agitada e barulhenta. Não era alta, mas cheia dos sons de pessoas de verdade.

— Esta é sua primeira vez no Irã?

— Hum? Sim. Acho que minha mãe tinha medo de vir. Você sabe, porque meu pai é americano. E a gente acaba ouvindo muitas histórias.

— Acho que não é tão ruim assim, sabe?

Lembrei do guarda da Alfândega II, que eu pensei que iria me amarrar no teto e me interrogar antes de decidir me liberar.

— Hum, é. Não foi tão difícil chegar aqui.

Tentei pensar em mais alguma coisa para dizer, mas me deu branco.

Sohrab parecia não se importar, entretanto. O silêncio entre nós era confortável. Não era esquisito de forma alguma.

Eu gostava de ficar em silêncio com ele.

Foi assim que eu soube que realmente seríamos amigos.

★ ★ ★

Viramos à esquerda mais uma vez, passamos por uma loja de móveis e descemos a rua, até que Sohrab apontou para o toldo verde sobre a mercearia do seu tio. Depois da jornada cegante pelas ruas ensolaradas de Yazd, parecia quase escuro lá dentro, apesar das paredes douradas e acolhedoras.

A primeira coisa que notei foi que a loja do amou de Sohrab era quase idêntica ao mercadinho persa que nós tínhamos em Portland: corredores estreitos no meio com vários alimentos enlatados, secos e engarrafados, um freezer cheio de laticínios e carne em uma parede e legumes, verduras e frutas na outra.

Não sei por que imaginei que seria diferente. Ou quais seriam as diferenças.

A segunda coisa que notei foi o tio de Sohrab atrás do balcão. Ele era o maior iraniano que eu já havia visto: mais alto que Stephen Kellner, e mais pesado também. O cara parecia ocupar metade do espaço da loja, embora boa parte fosse ocupada pelo seu sorriso, vermelho e enorme como uma fatia de melancia. Sua boca era curvada como a de Sohrab, com um lado mais alto do que o outro.

Dava para perceber que ele era um persa legítimo pela densidade de pelos no peito que se projetavam pela gola da camisa.

— Alláh-u-Abhá, Sohrab-jan! — cumprimentou ele, com uma voz grave como um enxame de milhares de abelhas. — Chetori toh?

— Alláh-u-Abhá, amou.

Alláh-u-Abhá é o cumprimento tradicional da fé bahá'í. Significa algo como "Deus é o mais glorioso".

Eu não sabia que Sohrab era bahá'í.

— Esse é o Darioush. Neto do Agha Bahrami. Da América.

O tio de Sohrab virou o rosto na minha direção. Eu não imaginava ser possível, mas o sorriso dele conseguiu ficar ainda maior.

— Darioush, esse é o meu amou Ashkan.

— Prazer em conhecer, Agha... Hum...

— Razaei — disse Sohrab.

— Prazer em conhecer, Agha Razaei — completei.

— O prazer é meu, Agha Darioush. Seja bem-vindo a Yazd.

— Obrigado.

— Babou mandou comprar um pouco de robe para Mamou.

— Claro.

Agha Razaei saiu de trás do balcão e se espremeu entre um dos corredores. Ele perguntou algo para Sohrab em persa. Sohrab se virou para mim.

— Mamou prefere mais azedo ou mais doce?

— Hum.

Minhas orelhas arderam.

Não sabia que existia mais de um tipo.

Não sabia qual era o favorito da minha avó.

— Não tenho certeza.

— Esse aqui é melhor — comentou Agha Razaei, pegando duas garrafas de robe.

Ele nos levou de volta ao balcão, conversando com Sohrab em persa. Diferente da minha mãe, ele não misturava palavras em inglês no meio das frases — era persa puro, muito mais difícil de acompanhar. Ele repetia "baba", mas isso era tudo que eu entendia. Alguma coisa sobre o pai de Sohrab.

— Agha Darioush, gostaria tomar faludeh?

— Amou faz o melhor faludeh de Yazd — disse Sohrab, apontando para o freezer atrás do balcão.

Faludeh é um sorvete de água de rosas com pedaços de massa fina de amido. Sei que pode soar esquisito, mas é delicioso, principalmente com cobertura de cereja e suco de limão.

— Você vai tomar também?

— Não posso — respondeu Sohrab.

— Por quê?

— Estamos de jejum. Somos bahá'i. Você sabe o que é bahá'i?

— Sim. Minha mãe tem alguns amigos que são. Até quando vai o jejum?

— Até o Noruz. Nós fazemos todo ano, por um mês inteiro.

— Ah.

Eu não seria capaz de comer na frente de alguém que não poderia comer junto comigo.

— Agradeço, mas estou bem por enquanto. Podemos voltar depois do Noruz? Daí nós dois podemos comer juntos.

Sohrab estreitou os olhos.

— Claro.

Pagamos pelo robe — bom, Sohrab pagou — e nos despedimos.

Agha Razaei prometeu fazer faludeh fresco quando voltássemos da próxima vez.

Enquanto caminhávamos de volta para a casa de Mamou, as garrafas tilintando na sacola plástica ao meu lado, comentei:

— Talvez eu possa trazer minha irmã.

— Laleh. Certo?

— Isso.

— Quantos anos ela tem?

— Oito. E você? Tem irmãs? Irmãos?

— Não, nenhum — respondeu Sohrab.

— Ah, sim. Mas você gostaria de ter?

— Seria legal ter um irmão. Alguém para jogar futebol comigo — disse Sohrab. — Você joga futebol?

Ele pronunciava como futch-bol, o que me parecia um jeito bem legal de dizer a palavra.

— Hum.

Eu tinha doze anos quando joguei futebol com um time de verdade pela última vez, mas nós jogávamos nas aulas de educação física às vezes, quando não era dia de esportes de rede, queimada ou corrida.

— A gente joga quase todo dia. Você bem que podia jogar também. Que tal amanhã de tarde?

— Tudo bem.

Eu não sabia por que havia concordado. Eu nem gostava tanto assim de futebol-não-americano.

De alguma forma, Sohrab falava como se aquilo fosse a melhor coisa do mundo.

Ele riu de mim de novo, mas não era uma risada maldosa.

— Você não usa o taarof, né?

Eu havia esquecido completamente do Comportamento Social Mais Importante.

— Ah. Desculpa. Você não quer que eu vá?

Sohrab jogou o braço sobre os meus ombros.

— Não. Quero que você venha jogar com a gente, Darioush.

— Tudo bem.

Sohrab me levou de volta até a casa de Mamou.

— Vejo você amanhã? No futebol?

— Sim — respondi. — Amanhã.

— Eu venho te buscar. Esteja pronto depois do meio-dia.

— Tudo bem.

— Tudo bem.

Sohrab correu rua abaixo pelo quarteirão e acenou para mim antes de virar a esquina.

Levei o robe para a cozinha, onde Babou estava se servindo com uma xícara de chá.

— Hum. Tá todo mundo dormindo ainda?

— Sim. Quer chá, Darioush-jan?

— Ah. Sim. Por favor.

Esqueci do taarof mais uma vez, mas Babou não pareceu se importar. Ele me serviu uma xícara, e então pegou um cubo de açúcar, o segurando entre os dentes. Eu já havia visto muitos persas que tomavam chá daquele jeito — bebendo através do cubo de açúcar — mas eu era categoricamente contra adoçar o chá de qualquer forma.

Acho que era por causa da Paraíso do Chá.

Nos sentamos e bebemos nossos chás em total silêncio, exceto pelo barulho intermitente do líquido sendo sugado. Babou parecia se contentar com não ter que falar e eu, de qualquer forma, não tinha a menor ideia do que dizer a ele.

Achei que encontrar meu avô na vida real seria diferente.

Achei que eu saberia o que dizer.

Mas eu havia passado muito tempo do outro lado da tela do computador, olhando para ele como se fosse um episódio de *Star Trek*.

Eu não sabia como ter uma conversa de verdade.

Babou piscou, alisando seu bigode farto com o dedo. Talvez ele também estivesse acostumado a olhar para mim como se eu fosse um episódio de *Star Trek*.

Era incrivelmente desconfortável.

Alguém estava mexendo no meu cabelo.

— Darius — chamou minha mãe. — Acorda. É hora do jantar.

Eu me sentei e bati com o joelho na mesa, balançando a tigela de tokhmeh e derrubando minha xícara de chá vazia.

— Desculpa. Estou acordado.

— Vamos lá. Coma alguma coisa e depois você pode voltar a dormir.

— Tudo bem.

Mamou havia preparado ash-e reshteh, um tipo de sopa de macarrão persa.

Não era meu prato favorito, mas eu não poderia dizer isso a ela.

Nós comíamos a sopa com pão de casca grossa, enquanto Babou entrevistava Laleh em persa. Ela conseguia acompanhar muito bem, apesar de trocar algumas palavras para o inglês, como "sanduíche de almôndega" e "aeroporto".

Ela parecia estar contando para Babou a saga completa da nossa jornada através do espaço-tempo.

Eu não sabia de onde ela tirava tanta energia.

Eu continuava assentindo, balançando a cabeça, até que minha mãe finalmente disse:

— Darius, por que você não vai para a cama? Está tudo bem.

— Hum.

— É a diferença de fuso horário, maman — disse Mamou, me tranquilizando. — Está tudo bem. Pode ir para a cama.

É por isso que eu odeio viajar no tempo.

Mamou me acompanhou de volta até o quarto.

— Obrigado por buscar o robe para mim, Darioush.

— Ah. Sohrab que fez tudo. Eu só fui junto.

— Babou disse que vocês vão jogar futebol amanhã.

— Sim.

— Estou feliz por você. Contente por você já ter feito um amigo.

— Sim — respondi.

Eu havia feito um amigo, e estava empolgado de verdade para o futebol. De verdade mesmo.

— Eu também.

Futebol-não-americano

Quando acordei na manhã seguinte, Mamou já havia levado meus pais e Laleh para conhecer a cidade.

A mesa da cozinha ainda estava posta com o café da manhã: uma cesta de torradas, tigelas de grãos, potes de geleia, um prato de queijo e algumas fatias de algo que parecia ser melão. Babou estava em seu quarto com a porta fechada, e a casa estava quieta e parada.

Eu me perguntei se as manhãs eram sempre assim na casa dos meus avós.

Eu me perguntei se em algum momento eu iria me acostumar com o deslocamento temporal.

Eu me perguntei quando Sohrab iria aparecer.

Guardei a geleia na geladeira e peguei um copo. Mamou não deixava seus copos no armário. Ela os guardava de cabeça para baixo em uma gaveta do lado esquerdo da pia, o que achei ser um jeito interessante de guardar copos.

Peguei a jarra de água filtrada e abri meus remédios.

— Darioush. O que você está fazendo?

Babou saiu do quarto, vestindo outro par de calças sociais amassadas e uma camisa de botão azul.

Entornei um pouco de água na minha camiseta enquanto engolia.

— Tomando remédio.

— Remédio?

Ele deixou seu copo dentro da pia e pegou um dos potes com meus comprimidos.

— Remédio para quê? Você está doente?

— Depressão — respondi.

Enchi meu copo novamente e dei outra golada só para não ter que olhar para Babou. Dava para sentir o jeito como ele radiava decepção.

Nunca imaginei que Ardeshir Bahrami poderia ter tanta coisa em comum com seu genro.

— Por que você tem depressão? — perguntou ele, balançando o pote de comprimidos. — Você tem que pensar positivo, baba. Remédio é pra gente velha. Como eu.

— Não sei, eu sou assim — resmunguei.

Eu nunca seria bom o bastante para Ardeshir Bahrami.

— Basta se esforçar mais, Darioush-jan. Isso daí não vai ajudar em nada.

Ele olhou em direção à mesa.

— Já comeu?

— Hum. Eu… Já.

Babou se serviu uma xícara de chá e sentou à mesa com uma tigela de tokhmeh.

— Muito bem. Que horas o Sohrab vem?

— Daqui a pouco. Eu acho.

— Você joga futebol na América?

— Às vezes.

— Sohrab é muito bom. Ele joga quase todo dia.

Babou cuspiu uma casquinha de semente em seu prato.

— Que bom que vocês se conheceram. Eu sabia que seriam amigos.

— Hum.

Eu não entendia como Babou poderia saber aquilo.

Ele estava certo, claro.

Mas como ele poderia ter tanta certeza?

Quase pulei da cadeira quando alguém finalmente bateu à porta.

— Oi — eu disse.

Sohrab estreitou os olhos para mim.

— Oi, Darioush. Tudo pronto?

Eu me ajoelhei e calcei meu Vans.

— Tudo pronto.

— Você tem um uniforme?

Sohrab segurou sua bolsa vermelha de náilon, daquelas com cordas que viram uma alça dupla e transformam a bolsa em um tipo de mochila.

Fiz que não com a cabeça. Não tinha previsto a necessidade de equipamentos de futebol-não-americano quando estava fazendo as malas.

(Não é como se eu tivesse algum, de qualquer forma).

— Tudo bem. Eu trouxe um a mais.

— Tem certeza de que você não se importa? De dividir, quer dizer.

Sohrab sorriu.

— Claro que não. Anda. Vamos nessa.

Ele abriu a porta novamente e então se virou para acenar em direção à cozinha.

— Khodahafes, Agha Bahrami.

— Khodahafes, Babou — eu disse.

Sohrab me levou para um parque na rua de baixo da casa de Mamou. Uma cerca de arame dava a volta em todo o lugar, que era cercado em três lados por casas com paredes de pedra e, no quarto lado, por mais uma avenida de Yazd.

O campo era de tamanho profissional, ou pelo menos quase isso, e a grama era de um verde vibrante, do tipo que só se consegue regando constantemente. Nada que eu havia visto em Yazd até aquele momento era tão verde — nem mesmo o jardim de Babou, mas eu nunca diria isto a ele.

Sohrab me guiou até um banheiro público feio de doer que ficava ao lado do campo. O ambiente estava limpo, apesar do cheiro de queijo-feta-e-talco-para-bebês característico de vestiários masculinos.

Não havia nenhum mictório, apenas algumas cabines com privadas — nenhuma do tipo de agachar, como a do banheiro de Mamou — e eu me perguntei se aquilo era um dos comportamentos sociais que eu tinha deixado escapar. Será que eu não deveria fazer xixi em pé no Irã?

Não era o tipo de coisa que eu poderia perguntar para Sohrab.

Como você pergunta para outro cara se tudo bem fazer xixi em pé?

— Muita gente joga futebol aqui.

Sohrab começou a tirar as roupas de dentro da sua mochila. Ele me entregou uma camisa verde e um par de shorts tão branco que quase fiquei cego sob o brilho alienígena das luzes fluorescentes do banheiro.

— Darioush, quanto você calça?

— Doze — respondi.

Sohrab mordeu a bochecha.

— Vem cá — disse ele, pulando para o meu lado. — Fica descalço.

Tirei meu Vans com o dedão e Sohrab tirou suas sandálias. Ele passou o braço em volta de mim e alinhou seu pé com o meu.

Meus pés era um pouco mais compridos, mas não muito mais largos.

Eu tinha pés de hobbit, mas pelo menos eles não era peludos.

Meu estômago revirou quando Sohrab me abraçou e eu fiquei corado.

Ninguém nunca havia ficado ao meu lado daquele jeito.

Eu não estava acostumado com garotos fazendo aquilo.

— Eu calço quarenta e quatro — disse Sohrab. — Acho que vai caber em você. Talvez fique só um pouco apertado.

— Ah...

Eu não sabia que o Irã tinha outro sistema de tamanhos de sapatos.

— Tudo bem. Obrigado.

Sohrab mexeu em sua bolsa e me entregou um par de Adidas preto desbotado.

Ele evitou meu olhar enquanto me passava as chuteiras, vasculhando a mochila, e puxou outro par de calçados para ele. As chuteiras eram brancas (bem, pelo menos tinham sido brancas um dia), e estavam sob o perigo iminente de sofrerem um fracasso involuntário.

— Hum. Você não prefere usar essas? — perguntei, tentando devolver o Adidas preto. — Eu posso jogar de Vans.

— Não. Fica com essas. São mais novas.

Elas estavam tão desgastadas que eu não tinha certeza se um dia foram novas, mas estavam em melhores condições do que as chuteiras brancas de Sohrab.

— Elas são suas — insisti. — Você deveria usá-las.

— Mas você é meu convidado.

Aquele era outro momento de taarof: Sohrab me dando as chuteiras melhores. E argumentar que eu era o convidado era uma das estratégias mais fortes para se usar em um taarof.

Eu me senti péssimo por usar as chuteiras melhores, mas não sabia como sair daquela situação.

— Obrigado.

Peguei o uniforme para me trocar em uma das cabines, o que foi meio constrangedor porque eu ficava batendo com os cotovelos nas paredes e o joelho na privada. Minha cueca boxer não era adequada para prover integridade estrutural quando eu estivesse correndo de um lado para o outro, e eu me arrependi de não ter pensado em usar shorts de compressão ou alguma coisa do tipo.

Mas eu não teria pego emprestado de Sohrab nem mesmo se ele oferecesse.

Existem certos tipos de vestimenta que não devem ser compartilhados.

Calcei rapidamente o par de Adidas emprestado. Couberam direitinho — um pouco apertados, mas tudo bem. E eles pareciam bem mais leves e velozes, comparados com meu par de Vans cinza.

Apesar da camisa ter ficado um pouco justa em volta do meu peito, e dos shorts ficarem entrando na minha bunda, me senti muito iraniano quando saí da cabine vestindo o uniforme e as chuteiras emprestadas.

Mas então vi Sohrab com sua camisa e shorts vermelhos e a chuteira branca. Ele parecia em forma e pronto para um jogo de verdade.

Eu me senti muito inadequado.

Eu era apenas meio-persa, no fim das contas.

— Pronto?

— Hum.

Eu não tinha mais certeza se queria jogar.

Mas Sohrab estreitou os olhos para mim e o nó de nervosismo em meu peito se desfez um pouquinho.

Alguns amigos tem esse efeito sobre você.

— Pronto.

Dois garotos nos esperavam no campo. Sohrab gritou para eles em persa e então acenou em minha direção, para que eu corresse atrás dele.

— Esse é o Darioush. Neto do Agha Bahrami. Da América.

— Salaam — eu disse.

— Salaam — respondeu o Garoto Iraniano Número Um.

Ele falava pelo canto da boca, o que fazia parecer que ele estava meio que sorrindo. Tinha quase a minha altura, mas era muito magro, e seu cabelo era espetado na frente, quase como um dos Minions Desalmados da Ortodoxia.

Estendi a mão e ele apertou, mas foi um cumprimento fraco e rápido e eu me senti meio esquisito.

— Prazer em te conhecer. Hum.

— Ali-Reza — disse ele.

Ali e Reza são dois nomes iranianos muito comuns — talvez mais comuns do que Sohrab — apesar de, tecnicamente, serem de origem árabe.

Estendi a mão para o outro garoto, que havia perdido na loteria da genética e acabou com a temida monocelha persa. Imaginei que, talvez, ele fosse peludo pelo resto do copo inteiro, mas seu corte de cabelo era mais curto do que o de Sohrab, e ele tinha braços pálidos e pelados.

— Hossein — disse ele.

Sua voz era densa e turva como café. Ele era mais baixo que eu também — mais baixo que Sohrab, inclusive — mas com a monocelha e o bigode fantasma que assombrava a parte superior dos lábios, ele parecia mais velho: pronto para arrumar um emprego interrogando meio-persas deslocados no tempo quando eles chegavam na Imigração do Aeroporto Internacional de Tehran-Imam Khomeini.

Hossein não sorriu para mim enquanto voltava a olhar para Sohrab.

— Obrigado por me deixarem jogar com vocês — eu disse.

Sohrab sorriu para mim.

Ali-Reza cutucou Hossein com o cotovelo e disse algo em persa. O pescoço de Sohrab ficou vermelho e seu maxilar travou, como se estivesse rangendo os dentes um pouquinho.

— Hum.

Sohrab não me deixou perguntar.

— Vamos lá, Darioush.

Como eu disse, eu não participava de um time de futebol — um de verdade, sem contar com as aulas de educação física no Colégio Chapel Hill (Vai Chargers!) — desde os doze anos. Meu pai havia me matriculado na escola de futebol do bairro quando eu tinha sete. Eu jogava bem, mas, de acordo com o treinador, não era agressivo o bastante.

Então fui diagnosticado com depressão, comecei a tomar minha primeira leva de remédios e não conseguia me concentrar no jogo de jeito algum. Eu era lento demais para acompanhar os outros jogadores, ou a bola, ou até mesmo o placar.

Houve uma semana em que eu saí chorando de todos os treinos porque o treinador Henderson (pai do meio-campo Vance Henderson, que eu estava destinado a dar um soco na cara menos de um ano depois) sempre me humilhava na frente do time inteiro. Ele não entendia por que eu tinha passado de um zagueiro bom mas-pouco-agressivo para um completo e absoluto fracasso. Tudo que ele enxergava era que eu não estava me esforçando o bastante.

Naquela época, eu não sabia como conversar com as pessoas sobre estar tomando medicação e meu pai vivia dizendo que eu precisava de mais disciplina.

Minha mãe finalmente bateu o martelo e insistiu que não havia problema algum se eu quisesse desistir, afundando completamente os sonhos dele de me ver jogando futebol profissional.

Aquela foi apenas mais uma das diversas vezes em que decepcionei Stephen Kellner.

No fim, ele acabou se acostumando.

★ ★ ★

Usamos apenas metade do campo. Para uma partida simples de dois contra dois, não havia lógica em usar o campo inteiro.

Sohrab era nosso atacante, o que me deixava na defesa. Mas, na real, nós dois jogávamos pelo campo inteiro.

Ali-Reza era o atacante do seu time com Hossein, mas Sohrab jogava de forma tão agressiva que ele passou a maior parte do tempo ajudando Hussein a defender os ataques implacáveis do meu amigo em direção ao gol.

O treinador Henderson teria adorado a agressividade de Sohrab.

Não é como se Ali-Reza não fosse agressivo também. Eu tive que me esforçar para defender nosso gol, o que, na maioria das vezes, consegui com uma combinação de sorte, coincidência e memórias dos treinos pré-medicamento.

Parecia que eu não havia interpretado direito a relação de Sohrab e Ali-Reza, que agiam como amigos, mas na verdade estavam claramente investidos em uma espécie de vingança pessoal que só poderia ser decidida em uma partida de futebol-não-americano.

Eles disputavam com muito mais empenho do que Trent Bolger e Cyprian Cusumano, e eu mantinha o equilíbrio da vingança evitando que Ali-Reza marcasse gols.

O melhor de tudo foi quando executei um carrinho perfeito, roubando a bola de Ali-Reza e tocando para Sohrab.

Eu me senti muito iraniano naquele momento, apesar de estar coberto de manchas de grama.

Ali-Reza reclamou algo e correu atrás de Sohrab, que desviou de Hossein e marcou mais um gol.

— Pedar sag — cuspiu Ali-Reza enquanto seguia Sohrab de volta para o meio-campo.

Sohrab parou e respondeu Ali-Reza, o que terminou com os dois gritando em persa tão rápido que eu não conseguia entender uma única palavra. Ali-Reza empurrou Sohrab, que devolveu o empurrão, e eu achei que dali pra frente as coisas iriam piorar até que Hossein começou a gritar também.

Não consegui entender muita coisa do que ele dizia, exceto por nakon, que significa "não", então imaginei que ele estivesse mandando os dois pararem.

Sohrab balançou a cabeça, correu em minha direção e me deu um tapinha no ombro.

— Bom trabalho, Darioush.

— Hum. Obrigado — respondi.

Mas Sohrab saiu correndo novamente antes que eu pudesse perguntar o que havia acontecido.

Jogamos por horas.

Jogamos até que eu não conseguisse mais correr.

Jogamos até que minha camisa estivesse transparente e ensopada de suor, e minha cueca estivesse causando Assaduras Nível Oito.

Mais uma vez, desejei estar com vestimentas mais adequadas.

Eu não estava contando, mas Sohrab anunciou que nós vencemos por três gols.

Ele se jogou em minha direção, me dando um abraço suado e um tapa das costas e então jogou o braço sobre o meu ombro enquanto voltávamos para o vestiário.

— Você foi excelente, Darioush.

— Não é pra tanto — respondi. — Não fui tão bom quanto você.

— Sim — rebateu Sohrab. — Você foi.

Eu quase acreditei nele. Quase.

— Obrigado.

Decidi apoiar meu braço no ombro de Sohrab também, mesmo me sentindo esquisito enquanto o fazia, e não era só por causa do suor que escorria da nuca de Sohrab.

Sohrab parecia tão confortável ao me tocar.

Eu gostava de como ele parecia confiante com aquilo tudo.

Hossein e Ali-Reza caminhavam na nossa frente, com os braços cruzados atrás da cabeça, aquela posição típica de jogadores e torcedores que acabam de perder uma partida. Linhas enormes de suor escorriam pelas costas de suas camisas. Eles não abriram a boca depois que anunciamos o resultado final.

— Hum.

Sohrab estreitou os olhos.

— Você sempre joga com eles?

— Sim.

— Eles parecem… Hum…

— Eles não gostam de perder.

— Vocês são amigos?

Sohrab deu de ombros.

— Ali-Reza é muito preconceituoso. Contra bahá'ís.

Pensei um pouco sobre aquilo, sobre como em Portland todos os persas — até mesmo os parcialmente persas como Laleh e eu — éramos unidos na nossa "persianidade". Nós comemorávamos o Noruz e o Chaharshanbe Suri juntos em grandes festas, bahá'ís, muçulmanos, judeus, cristãos, zoroastras e até mesmo humanistas seculares como Stephen Kellner, e aquilo não importava. Não de verdade.

Não quando estávamos em um número tão pequeno.

Mas ali, cercado de persas, Sohrab se destacava por ser bahá'í.

Ele era um alvo.

— O que significa pedar sag?

Sohrab travou o maxilar.

— Significa "seu pai é um cachorro". É muito rude.

— Ah.

Pensei nisso também: como nos Estados Unidos era muito pior xingar a mãe de alguém de cachorro do que o pai.

— Ali-Reza disse isso para você?

— Tá tudo bem — comentou Sohrab. — É o jeito dele. Não me irrita tanto assim.

Geralmente, quando eu dizia algo assim, eu queria dizer o completo oposto.

Eu deixava qualquer coisa me irritar. Isso era um dos motivos pelos quais Stephen Kellner se decepcionava tanto comigo.

— Quer saber, Sohrab? — eu disse. — Acho que Ali-Reza só tem raiva porque você é muito melhor do que ele.

Sohrab olhou para mim. Ele chacoalhou meu ombro e esfregou minha cabeça, fazendo o suor respingar das pontas do meu cabelo. Ele não parecia se importar.

— Quer saber, Darioush? Você é melhor do que ele também.

O turbante do Aiatolá

No Colégio Chapel Hill nós não tomávamos banho depois da educação física. Não sei o motivo, levando em conta como eu ficava fedendo depois de correr em volta da quadra, fazer abdominais ou até mesmo jogar esportes de rede com jogadores extremamente agressivos como Fofo Bolger e Chip Cusumano. Mas a aula sempre terminava cinco minutos antes do sinal tocar, sobrando tempo para apenas trocar de roupa, me encher de desodorante e correr para a aula de geometria do outro lado da escola.

(Vai Chargers!)

Por isso fiquei um pouco nervoso quando Sohrab tirou sabonete e shampoo de dentro da sua mochila de náilon.

— Hum — murmurei. — Tá tudo bem. Eu tomo banho quando chegar na casa da Mamou.

— Você está sujo — disse ele, apontando para as manchas de grama nas minhas pernas e braços.

— Eu não trouxe toalha.

Sohrab puxou duas toalhas da bolsa.

Eu não entendia como elas couberam lá dentro, especialmente ao lado de dois uniformes e dois pares de chuteira. A mochila de Sohrab havia ultrapassado as leis do espaço-tempo.

Sohrab jogou as toalhas sobre o banco de madeira entre nós dois e tirou a camisa, puxando o tecido molhado que cobria seu peito e barriga lisos. Sua respiração ainda estava pesada, seu abdômen expandindo e contraindo.

Eu me virei de costas para dar privacidade a ele, mas também porque eu estava muito envergonhado.

Sohrab estava em excelente forma.

Além do mais, era esquisito ficar completamente pelado. Eu nunca havia tirado minha cueca ao lado de outro garoto.

Eu nem estava tão perto assim de Sohrab, mas conseguia sentir o calor que sua pele irradiava, como o núcleo de uma dobra espacial prestes a romper.

Pelo menos minha pele ainda estava vermelha por causa do jogo. Dessa forma, Sohrab não percebeu que eu estava corado quando arranquei minha camisa suada e grudenta, enrolei a toalha na cintura e tirei os shorts emprestados e a cueca não emprestada por debaixo dela.

Sohrab tinha razão: eu precisava de um banho.

Novas formas de vida estavam se desenvolvendo no pântano primitivo no meio das minhas pernas.

— Por aqui — disse Sohrab, o que era totalmente desnecessário, já que o barulho dos chuveiros ligados ecoava do canto do vestiário.

Eu me virei para segui-lo. Ele carregava a toalha nos ombros, como se não desse a mínima.

Minha pele começou a formigar, a sensação se espalhando pelas orelhas, descendo pelo pescoço e ombros, até os dedos do pé. Quase tropecei nas minhas próprias pernas.

Não conseguia respirar.

— Ah.

Não havia cabines. Apenas chuveiros abertos.

Alerta vermelho.

Hossein e Ali-Reza já estavam debaixo das duchas, conversando em persa e rindo de alguma coisa. Os dois eram magros e bronzeados, os músculos em suas barrigas se destacavam com o reflexo da pele molhada.

Só de estar no mesmo ambiente que eles, eu me sentia um leviatã nascido no espaço.

Sohrab pendurou sua toalha em um gancho na parede. Mordi os lábios, encolhi a barriga e fiz o mesmo. Entrei debaixo da ducha mais próxima, dei as costas para os outros garotos e tentei respirar.

Achei que estava tendo um ataque de pânico.

Eu não era diagnosticado com transtorno de ansiedade, mas o dr. Howell dizia que ansiedade e depressão geralmente andavam de mãos dadas. Comorbidade, como ele chamava.

Uma palavra que soava sinistra.

Ela me deixava ansioso.

Às vezes meu coração batia tão forte que eu pensava que ia morrer. E então eu começava a chorar sem motivo algum.

Eu não podia deixar os garotos me verem agindo dessa forma.

Não é uma coisa que persas legítimos fazem.

Os garotos ficaram quietos. Com o barulho das duchas, eu mal conseguia distinguir suas vozes.

Lavei as axilas e esfreguei as manchas de grama nos cotovelos até que a minha pele estivesse rosada e irritada. Hossein e Ali-Reza estavam discutindo com Sohrab em sussurros persas.

Sohrab pigarreou atrás de mim.

— Darioush?

— Hum. Sim?

— Qual é o problema com o seu... pênis?

Minha garganta fechou.

— Nada — gritei com a voz aguda e esganiçada.

Sohrab disse alguma coisa pra os outros garotos, novamente em persa, e eles responderam com mais insistência.

Sohrab pigarreou de novo.

— Parece diferente.

— Ah. Eu não sou circuncidado?

Não era uma pergunta. Eu apenas não tinha certeza se circuncidado era uma palavra que Sohrab saberia traduzir para o persa.

— Ah!

Ele começou a falar com Ali-Reza e Hossein de novo, sem dúvida explicando sobre o meu pênis para eles.

Eu não achava que minha pele poderia ficar mais vermelha do que já estava, mas tinha certeza de que eu comecei a brilhar como uma protoestrela prestes a sofrer sua primeira explosão de fusão.

Ali-Reza riu e então respondeu, em inglês, para que eu pudesse entender.

— Parece o turbante do Aiatolá.

O Aiatolá Khamenei era o Líder Supremo do Irã: a autoridade religiosa e governamental absoluta. Sua imagem estava por toda a parte, nas placas e paredes e jornais, com sua barba branca cheia e um turbante escuro sobre a cabeça.

Aquela foi a comparação mais humilhante de toda a minha vida.

Hossein disse alguma coisa em persa e Ali-Reza gargalhou novamente.

— Aiatolá Darioush — disse Sohrab, fazendo com que os três rissem.

De mim.

Eu pensei que entendia Sohrab.

Pensei que seríamos amigos.

Como pude me confundir daquele jeito?

Talvez meu pai estivesse certo.

Talvez eu sempre fosse ser um alvo.

Mesmo para coisas que eu não podia evitar. Tipo ter nascido nos Estados Unidos. Tipo ter um prepúcio.

No lugar de onde eu vim, aquelas eram coisas normais, mas não no Irã.

Eu nunca iria me encaixar. Em lugar nenhum.

Limpei o rosto para esconder minhas fungadas enquanto Sohrab, Hossein e Ali-Reza riam do meu pênis em persa. Não importava se eu não conseguisse entender o que eles estavam falando.

Não me preocupei com meu cabelo. Limpei a grama nas minhas canelas, me enxaguei na velocidade da luz e peguei a toalha emprestada, me esgueirando para fora do chuveiro. Eu teria corrido se não fosse o medo de escorregar no chão molhado.

A gargalhada dos garotos me seguiu, ricocheteando pelos azulejos, entre as minhas orelhas, zumbindo dentro da minha cabeça.

Eu queria morrer.

Eu não podia dizer isso, pelo menos não em voz alta. A única vez em que eu disse — e era apenas uma hipérbole — meu pai surtou e ameaçou me levar para o hospital.

— Jamais faça piada com isso, Darius.

De qualquer forma, eu não queria morrer de verdade. Só queria cair em um buraco negro e nunca mais sair de lá.

Vesti minha calça. Eu não tinha uma cueca limpa. Não havia pensando nisso.

Será que era errado andar sem cueca no Irã?

Eu tinha certeza de que deveria existir algum comportamento social contra aquilo, mas minhas opções eram limitadas.

Além do mais, qual era o motivo e o propósito de seguir um comportamento social? Eu nunca iria me encaixar.

Vesti minha camiseta, lutando para que ela passasse pelo cabelo molhado e deslizasse pelas minhas costas.

Sohrab apareceu pelo canto do vestiário. Esfreguei o rosto para garantir que ele não visse nada.

— Já vai, Darioush?

— Sim.

Eu odiava como minha voz ainda estava esganiçada.

Pés descalços corriam sobre os azulejos enquanto Ali-Reza e Hossein se aproximavam.

— Khodahafes — disse Hossein.

— Prazer em te conhecer, Aiatolá — comentou Ali-Reza em seguida.

Aquele era um novo recorde para mim: menos de 48 horas no Irã e eu já tinha um novo apelido, ainda mais humilhante do que qualquer coisa que Trent Bolger e seus Minions Desalmados da Ortodoxia já haviam inventado.

Joguei a toalha emprestada no chão, limpei o nariz com o dorso da mão e fugi correndo dali.

Manobra Padrão de Paternidade Alfa

O dr. Howell diz que chorar é normal.

Diz que é uma reação saudável.

Diz que ajuda o corpo a liberar os hormônios de estresse.

O jeito como Hossein, Ali-Reza e Sohrab — Sohrab — zombaram do meu pênis me fez liberar muitos hormônios de estresse.

Eu não tinha vergonha do meu pênis. A questão era que Stephen Kellner não era circuncidado e, por mais que fosse mandatório no Irã, minha mãe achava importante que o filho fosse como o pai.

Como eu disse, nós não tomávamos banho depois da educação física no Colégio Chapel Hill. E como eu não fazia parte de nenhum Time Esportivo do Colégio Chapel Hill (Vai, Chargers!), nunca tive que tomar banho depois dos treinos.

E mesmo se eu fosse parte de algum time, os chuveiros no vestiário do Colégio Chapel Hill ficam em cabines individuais, com cortinas e tudo.

Eu nunca havia tomado banho com outros garotos olhando para mim antes.

Talvez meu pênis fosse mesmo esquisito.

Tá legal. Admito que eu tinha quase certeza de que ele não era esquisito porque, bom, internet.

Eu sabia que eu não era diferente dos outros.

Apesar de torcer para que ele crescesse um pouco mais.

Isso é normal.

Certo?

A porta da frente estava trancada, então dei a volta pelos fundos. Quando entrei, Babou ainda estava na mesa da cozinha, bebericando chá e comendo tokhmeh. Eu me perguntei se ele ficou ali o tempo inteiro, preso em um ciclo de casualidade temporal enquanto eu estava fora, jogando futebol-não-americano e sendo humilhado por ter o prepúcio intacto.

Ele cuspiu uma casca de semente e me observou enquanto eu lutava para tentar tirar meus tênis só com os pés.

Saí do vestiário com tanta pressa que acabei calçando o Adidas preto de Sohrab, e ele ficava muito mais apertado no meu pé de hobbit do que meu Vans.

Eu odiava aquelas chuteiras.

— Darioush — resmungou ele. — Se divertiram? Vocês venceram?

— Hum. Sim. Nós vencemos.

— Você jogou com os amigos de Sohrab?

— Sim.

— E cadê o Sohrab? Ele não voltou?

Balancei a cabeça.

— Darioush-jan. Você não quer convidá-lo para jantar? Pergunte na próxima vez que vocês forem jogar.

— Acho que não vou mais jogar.

Nunca mais.

Eu não conseguiria aguentar mais humilhação peniana.

Babou arrastou sua cadeira e me encarou.

— É? Por quê?

— Hum.

Eu não podia contar para o meu avô que os garotos compararam meu pênis ao Líder Supremo do Irã.

— Eles não gostaram muito de mim.

— Como assim?

Babou se levantou, me pegando pelos ombros.

— Por que você acha isso, Darioush-jan? Provavelmente não passa de um mal-entendido.

Era o tipo de coisa que Stephen Kellner diria.

Pisquei e pisquei mais uma vez porque não queria que Babou presenciasse meus hormônios de estresse quebrando a barreira de contenção.

— Por que você está chorando, baba?

— Não estou não.

— Sabe, no Irã os garotos não se importam muito com essas coisas.

— Tudo bem.

— Você não pode deixar essas coisas te perturbarem.

— Vou tomar banho — funguei.

Eu não tinha me limpado direito no campo de futebol. Ainda estava coberto de grama e não tinha lavado o cabelo direito.

Ser humilhado tinha me distraído.

— Certo. Não se preocupe, Darioush. Vai ficar tudo bem.

Era fácil para Ardeshir Bahrami dizer uma coisa dessas.

Ele não sabia como era ser um alvo.

★ ★ ★

Na privacidade do banho, limpei os últimos vestígios de grama e lavei o cabelo. Fiquei lá o máximo de tempo possível. Eu não queria que ninguém me ouvisse fungando.

Quando a água começou a esfriar, decidi que já era o bastante. Eu me enrolei em uma das toalhas de Mamou. Era muito mais aconchegante e macia do que a toalha áspera de Sohrab.

Funguei novamente, liguei o Ventilador Dançante e me afundei na cama.

Não dormi de fato. Não conseguia. A gargalhada de Sohrab continuava vibrando dentro da minha cabeça. E o jeito como ele disse "Aiatolá Darioush".

Eu estava tão certo de que Sohrab era como eu. Que ele sabia como era ser diferente.

Eu me convenci de que nós estávamos destinados a ser amigos.

Mas Sohrab Razaei era só mais um Minion Desalmado da Ortodoxia.

Alguém bateu à porta.

Eu estava no meu canto, analisando as pequenas imperfeições da textura de casca de limão da parede.

— Hum. Sim?

Um segundo depois, a porta abriu.

— Darioush? — disse Mamou. — Quer um lanchinho? Alguma coisa para beber?

Olhei por cima do ombro.

— Não, obrigado. Estou sem fome.

— Tem certeza? Fiz chá. E biscoitos.

— Tenho certeza.

— Você está bem?

— Sim. Só estou cansado — respondi. — Jogamos muito hoje.

Mamou entrou no quarto, se esgueirando perto do Ventilador Dançante. Segurei o cobertor com mais força porque eu não havia me vestido depois do banho. Mamou se debruçou sobre mim e me deu um beijo na testa. Ela mexeu no meu cabelo que, depois de secar ao natural, estava uma bagunça cacheada.

— Tudo bem, maman. Descanse um pouco.

Eu não consegui, claro. Alguns minutos depois, meu pai também apareceu para ver como eu estava.

— Darius?

— Sim?

— Você não vai levantar?

— Não.

— Estamos esperando você para o chá.

— Estou sem sede.

— Você tem que vir tomar chá com a gente — resmungou Laleh da porta.

Eu não estava no clima para chá.

Era a primeira vez em toda a minha vida em que eu não queria chá.

— Não estou a fim.

Meu pai se desviou do Ventilador Dançante e se sentou ao meu lado, na beirada da cama, gerando um poço gravitacional para tentar me tirar dali.

Manobra Padrão de Paternidade Alfa.

— Você precisa voltar para uma rotina de sono adequada. Vamos lá. Levanta.

— Eu vou. Daqui a pouco.

— Agora, Darius.

— Pai…

— Estou falando sério. Vamos.

Meu pai segurou o cobertor mas eu agarrei com mais força para impedi-lo.

— Pai — sussurrei. — Eu estou, hum, pelado.

Eu não achava que poderia sobreviver a mais uma humilhação peniana.

Meu pai pigarreou.

— Laleh, por que você não vai indo na frente?

— Quem cochicha o rabo espicha! — respondeu ela.

Às vezes minha irmã era muito intrometida.

— Não estamos cochichando, Laleh. Só que não é da sua conta.

— Ei! Isso não foi legal.

— E daí?

Meu pai nos interrompeu antes que aquilo se tornasse uma discussão.

— Pode ir, Laleh — disse meu pai, e então me encarou para que eu ficasse quieto. — Nós vamos já já.

Esperei pelo tap-tap-tap dos pés descalços de Laleh no corredor para abaixar a guarda.

— Melhor não começar uma briga se você não estiver vestido para brigar — disse meu pai.

— Eu não estava puxando briga.

— Além do mais, melhor não criar o hábito de dormir pelado na casa da sua avó.

— Foi sem querer. Eu tomei banho e depois me joguei na cama sem pensar.

Quer dizer, eu geralmente dormia pelado em casa, onde havia uma porta com tranca, mas não tinha a menor intenção de fazer o mesmo na casa da minha avó.

Eu também não tinha a menor intenção de fazer o número três na casa de Mamou. Em nenhuma circunstância.

Seria esquisito demais.

Meu pai balançou a cabeça.

— Entendo. Eu também costumava dormir pelado. Até você nascer — disse ele com um sorriso bobo.

— Eca.

— Como você acha que nós fizemos você?

— Pai. Que nojo.

Ele riu para mim — ele riu! — e eu meio que ri também. Era uma risada desconfortável, mas muito melhor do que a de Sohrab, Ali-Reza e Hossein.

Foi profundamente embaraçoso.

— Tudo bem. Vamos lá. Sei que você está cansado, mas precisa ficar acordado até de noite.

Meu pai esfregou o arbusto denso e preto que era meu cabelo e puxou uma das pontas.

Eu tinha certeza de que ele iria começar mais um sermão sobre como estava comprido. Até que:

— Stephen! — disse Mamou da cozinha. — O chá está pronto!

Meu pai bufou.

Eu pisquei.

Aquele era o momento em que nós precisávamos nos dar bem.

— Babou disse que você saiu para jogar futebol. Comentou que você fez um amigo.

— Hum.

— Estou orgulhoso de você, Darius.

Meu pai afastou o cabelo da minha testa e me deu um beijo.

— Agora coloque uma roupa. Vamos tomar chá. Falta pouco pra a hora do jantar.

— Tudo bem.

A capital das sobremesas no mundo antigo

Meu pai fechou a porta quando saiu e o Ventilador Dançante escolheu aquele momento para cair.

Peguei algumas roupas limpas de dentro da mala e coloquei o Ventilador Dançante de volta sobre seus pés de borracha.

Também peguei o Darjeeling FTGFOP1 na bolsa transversal da Kellner & Newton. As folhas do chá se quebraram um pouco durante nossa jornada através do espaço-tempo, mas a tampa ainda estava firme e lacrada.

Meu pai e Laleh estavam na sala de estar, bebericando suas xícaras de chá persa.

— Cadê a minha mãe?

— No banho — respondeu meu pai. — O chá está na cozinha.

Mamou estava lavando arroz na pia. Era enorme, com duas cubas, e a janela sobre a pia dava vista para o jardim de Babou. Aquilo me deixou formigando e ansioso.

Eu me perguntei se Sohrab viria ajudar Babou de novo.

Eu me perguntei como eu faria para evitá-lo.

— Você acordou, Darioush-jan.

— Sim. Hum.

Eu me dei conta de que não havia embrulhado a lata de Darjeeling FTGFOP1 para presente.

— Eu trouxe uma coisa para você. Queria ter te dado ontem, mas...

— Você estava muito cansado ontem, Darioush-jan. Está tudo bem.

Mamou secou as mãos e pegou a lata.

— É chá?

— De Portland. Bem, quer dizer, o chá é de um lugar chamado Namring na Índia. Mas eu comprei em uma loja de Portland. Minha favorita.

Mamou puxou a tampa e abriu o chá.

— Parece gostoso, maman. Obrigada. Você é um amor. Igual ao seu pai.

Ela me puxou para mais perto, beijando minhas bochechas.

Se eu estivesse bebendo chá naquele momento, teria imitado Javaneh Esfahani e espirrado tudo pelo nariz.

Ninguém nunca havia dito que Stephen Kellner era um amor.

Nunca.

— Espero que goste — eu disse.

— Você vai ter que preparar para mim qualquer dia desses.

Ela deixou a lata no balcão e me levou até a mesa, onde organizou a bandeja de chá com vários doces.

— Darioush-jan, você gosta de qottab?

Qottab é um pastelzinho recheado de amêndoas trituradas, açúcar e cardamomo, frito e polvilhado com açúcar de confeiteiro.

É meu doce favorito.

Segundo minha mãe, Yazd é basicamente a capital das sobremesas no Irã, e tem sido assim por milhares de anos. Todas as melhores sobremesas foram criadas lá: qottab, noon-e panjereh (panquecas crocantes em formato de rosa e polvilhadas com açúcar), e lavoshak (a versão iraniana daqueles rolinhos de fruta, porém feita com frutas populares no Irã, como romã e kiwi). Até o algodão-doce foi inventado em Yazd, onde é chamado de pashmak.

Eu tinha certeza de que se traçarem a linhagem de todas as sobremesas do mundo, cada uma delas teria sua origem em Yazd.

E como um lado da minha família vinha da capital das sobremesas no mundo antigo, eu estava condenado a ser viciado em doces.

Mas também não é como se eu comesse doces o tempo inteiro, sabe? Eu não podia. Não com Stephen Kellner monitorando constantemente minhas imprudências alimentares. Mas mesmo quando passei um tempo comendo sobremesa apenas uma vez por mês, nunca perdi peso.

O dr. Howell dizia que era um efeito colateral dos meus remédios, e que ganhar um pouco de peso era um preço pequeno a se pagar em troca de estabilidade emocional.

Eu sabia que meu pai achava que era falta de disciplina. Que se eu me alimentasse melhor (e não tivesse abandonado o futebol), eu conseguiria neutralizar os efeitos dos medicamentos.

Stephen Kellner nunca teve problemas com o próprio peso.

Super-homens nunca têm.

Alguém bateu à porta. Uma batida familiar.

Meu estômago se revirou. Lembrei de como eu havia, acidentalmente, ficado com as chuteiras de Sohrab.

— Darioush, você pode atender à porta por favor?

Engoli em seco.

— Hum. Tudo bem.

Lambi um pouco do açúcar refinado dos dedos, mas meu pai estava me vigiando, então peguei um guardanapo para limpar o resto. Eu havia comido apenas um qottab, o que eu acreditava mostrar excelente disciplina da minha parte.

Sohrab estava parado lá, segurando meu par de Vans na mão direita e vendo alguma coisa em seu iPhone na mão esquerda.

Eu não esperava que Sohrab tivesse um iPhone.

Não sei por quê.

— Oi — disse ele, enfiando o celular no bolso.

Ele balançava na ponta dos pés para frente e para trás.

— Darioush. Você esqueceu isso aqui.

— Obrigado. Hum. Suas chuteiras estão na cozinha.

Dei um passo atrás para deixar Sohrab entrar. Ele tirou os calçados e caminhou em direção à cozinha com suas meias pretas.

Eu sempre usei meias brancas, daquelas que não apareciam quando eu estava de Vans. Não gostava de meias de cano alto. E não gostava de meias pretas, independente da altura, porque elas deixavam meu pé com cheiro de Doritos picante, o que não é um cheiro normal para um pé.

Sohrab estava de calça, então não dava pra ver se ele puxava as meias pra cima — o que era moda na minha cidade, especialmente entre os Minions — ou se ele dobrava a barra, como meu pai costumava fazer sempre que ele aparava a grama, antes de delegar aquela função para mim.

Eu suspeitava que Sohrab puxava as meias até em cima.

— Sohrab!

Mamou o puxou para perto, beijando suas bochechas. Meu estômago ardeu. Não tinha como Mamou saber que, apenas algumas horas antes, Sohrab havia zombado do meu prepúcio. Ela não sabia que ele havia me chamado de Aiatolá Darioush. Mas, ainda assim, eu sentia o ciúme me queimando até os ossos.

Eu me odiava por sentir aquilo.

Odiava o quão mesquinho eu era.

Mamou começou a conversar com Sohrab em um persa acelerado. Tudo que eu entendi foi "chai mechai", uma frase que eu havia memorizado porque significa "Quer chá?".

— Não, merci — respondeu Sohrab, seguido de outra coisa que eu não consegui acompanhar.

Independentemente do que ele disse, foi como mágica porque Mamou não ofereceu chá de novo. Ele havia vencido o taarof com uma única frase.

— Desculpa — lamentou Mamou. — Eu esqueci.

Sohrab estreitou os olhos para ela. Eu odiava como ele fazia aquilo com a minha avó.

— Tudo bem. Obrigado.

— Você está jejuando? — perguntou Laleh. Ela estava sentada ao meu lado e se pendurou em mim para poder inspecionar a visita.

— Estou. Não posso comer nem beber até o pôr do sol.

— Nem chá?

— Nem chá.

— Nem água?

— Só se eu ficar doente.

Eu não havia me dado conta de que o jejum de Sohrab incluía água. Eu me perguntei se era uma decisão sábia suar tanto em um jogo de futebol se você não pudesse se hidratar depois.

Então me lembrei de tudo que aconteceu no vestiário, e decidi que não me importava se Sohrab desmaiasse desidratado ou não.

Meu pai pigarreou atrás de mim.

— Ah. Hum. Pai, Laleh, esse é o Sohrab. Nós jogamos futebol juntos. Do tipo não-americano.

Meu pai ofereceu ao Sohrab um dos seus apertos de mão firmes e teutônicos. Laleh olhou para Sohrab e depois pra mim. Ela conseguia perceber a tensão entre nós dois como uma Ave de Guerra Romulana infiltrada.

— Vou guardar isso aqui no quarto — eu disse, segurando meu Vans. — Obrigado.

Sohrab me seguiu pelo corredor.

— Darioush. Espera.

Continuei andando. Minha nuca estava começando a esquentar. Eu não queria chorar de novo. E, se eu chorasse, não queria que Sohrab visse.

Ele tocou no meu ombro mas eu me esquivei.

— Desculpa — disse ele. — Por hoje mais cedo.

Ele me seguiu até o quarto no final do corredor e fechou a porta depois de entrar.

— Tudo bem.

Eu continuei de costas para ele, demorando o máximo possível para guardar meus tênis. Coloquei os cadarços para frente e os deixei perfeitamente alinhados em paralelo ao pé da cama.

— Não. Não foi legal. Eu não deveria ter dito aquilo. Eu deveria ter impedido os outros garotos.

Suspirei.

Eu só queria que ele fosse embora.

— Tudo bem. Entendi.

Às vezes você só está errado sobre as pessoas.

— Obrigado por trazer de volta. Esses são os únicos sapatos que eu trouxe comigo.

— Darioush. Por favor.

Sohrab apoiou a mão sobre o meu ombro. Seu toque era quente e hesitante, como se ele soubesse que eu iria me afastar.

Eu achei que me afastaria também.

— Eu estava...

Sohrab parou de falar e, ao encará-lo, vi que engolia em seco, seu pomo de adão pontudo subindo e descendo.

— Foi legal. Sabe? Não ser o motivo das piadas do Ali-Reza.

Sim, eu conseguia entender o que Sohrab tinha sentido.

Ser o alvo o tempo inteiro é horrível.

— Mas ele não é meu amigo, Darioush. Nem Hossein. Eu não sou como eles.

— Tudo bem.

— Sinto muito. De verdade.

Sohrab sorriu — não com os olhos apertados, seu sorriso era quase como uma pergunta — e eu sabia que ele estava sendo sincero.

— Tudo bem. Eu interpretei mal, então.

— Não — disse Sohrab, apertando meu ombro. — Eu fui muito cruel. E sinto muito. Você pode me dar outra chance?

Pensei que eu estivesse errado a respeito de Sohrab.

Mas talvez eu estivesse certo.

Talvez Sohrab e eu estivéssemos destinados a sermos amigos.

Talvez sim.

— Tudo bem.

O sorriso de Sohrab se iluminou, até que seus olhos estivessem estreitos novamente.

— Amigos?

Sorri de volta.

Era impossível não sorrir.

— Amigos.

Os pecados paternos

Há coisas que a gente sabe sem que elas sejam ditas em voz alta.

Eu sabia que Sohrab e eu seríamos amigos pra vida toda.

Às vezes esse é o tipo de coisa que você simplesmente sabe.

Eu sabia que meu pai queria que eu fosse mais parecido com ele. Nossos problemas eram muito mais profundos do que meu cabelo e meu peso. Era tudo a meu respeito: as roupas que eu escolhia para as fotos da escola, a bagunça do meu quarto, ou até mesmo a maneira errada como eu seguia os manuais de instrução para montar Legos.

Stephen Kellner era um fiel seguidor do manual de instruções, que foi diligentemente preparado por um engenheiro de Lego profissional. Criar minhas próprias construções era basicamente uma blasfêmia arquitetônica.

Outra coisa que eu sabia: minha irmã, Laleh, não era um acidente.

Muitas pessoas achavam isso porque ela era oito anos mais nova do que eu, e meus pais não estavam "tentando ter outro filho", o que é meio nojento se você parar para pensar. Mas ela não era um acidente.

Ela era uma substituta. Uma versão melhor. Eu sabia disso sem que ninguém tivesse que dizer em voz alta.

E eu sabia que Stephen Kellner estava aliviado por ter uma segunda chance, uma nova criança que não seria uma decepção tão grande. Estava estampado no rosto dele toda vez em que sorria para ela. Toda vez que suspirava para mim.

Eu não culpava Laleh.

De verdade.

Mas às vezes me pegava pensando em como seria se eu tivesse sido um "acidente".

Isso é normal.

Certo?

É possível aprender coisas sem que elas sejam ditas em voz alta.

No jantar daquela noite, aprendi que Ardeshir Bahrami não gostava de Stephen Kellner. Nem um pouco.

Talvez fosse pelo fato de que minha mãe ficou nos Estados Unidos por causa do meu pai. Por Stephen Kellner, ela deixara sua família, seu país, seu pai.

Talvez fosse porque Ardeshir Bahrami — um persa legítimo em todos os sentidos — era culturalmente predisposto a rejeitar toda e qualquer influência teutônica que invadisse sua família iraniana.

Talvez fosse porque meu pai era um humanista secular, e Babou era religiosamente predisposto a não gostar dele. O zoroastrismo é patrilinear, o que significa que mesmo que minha mãe herdasse a religião de Babou, ela não poderia passar para mim e para Laleh.

Talvez fossem as três alternativas.

Nos sentamos em volta da mesa de jantar de Mamou — Sohrab ficou para comer conosco, depois que o sol se pôs —, e, de alguma forma, meu pai acabou se sentando ao lado de Babou, que decidiu fazer comentários constantes sobre a comida.

— Você provavelmente não vai gostar deste cozido, Stephen. A maioria dos americanos não gosta de fesenjoon.

— Eu adoro — respondeu meu pai. — É meu favorito. Shirin me ensinou a fazer.

Era verdade: meu pai realmente amava.

E fesenjoon é uma comida difícil de gostar logo de cara.

Tem um gosto meio de lama.

Pior que lama, até: parece uma gosma primordial que poderia gerar novos aminoácidos, que inevitavelmente se combinaram para iniciar uma síntese proteica e criar novas formas de vida.

Babou estava certo sobre como não persas (e até mesmo alguns meio-persas) geralmente olhavam feio para o fesenjoon, o que é uma pena, porque é só frango, nozes moídas e melaço de romã. É salgado, doce, azedo e perfeito.

— Você come do jeito americano — disse Babou.

Ele apontou para as mãos do meu pai, segurando garfo e faca. Babou — e Mamou, Sohrab e minha mãe — usavam garfo e colher, do jeito como muitos persas comem.

Meu pai sorriu com os lábios cerrados.

— Eu nunca consegui me acostumar a comer de garfo e colher.

— Tudo bem, Stephen — respondeu Babou.

Ele pegou uma colherada de arroz e disse alguma coisa para a minha mãe em persa, e ela balançou a cabeça e respondeu em persa também.

Meu pai olhou para a minha mãe e depois para o próprio prato.

Aquilo era uma coisa que acontecia às vezes, quando estávamos cercados de persas. Eles variavam o idioma entre persa e inglês entre uma frase e outra e, às vezes, até na mesma frase, enquanto eu e meu pai ficávamos de fora.

As orelhas do meu pai pareciam um pouco mais rosadas. Era como observar um dos nossos jantares em família através de um espelho de distorção, onde Stephen Kellner fazia o meu papel e Babou, o de Stephen Kellner.

Havia algo profundamente esquisito em ver Stephen Kellner envergonhado.

Minhas orelhas também arderam. Ressonância harmônica.

— Darioush — chamou Sohrab.

Ele estava ao meu lado, seu prato de arroz e cozido tinha o dobro da altura do meu.

Ele não havia comido nada desde o café da manhã, afinal.

— Como é a sua escola? Nos Estados Unidos?

— Hum — murmurei.

— Como são as suas aulas?

— São boas. Eu tenho aula de economia, que é bem legal. Educação física. Inglês. Hum. Geometria, mas não sou muito bom nessa.

— Você não é bom em matemáticas?

Eu achei muito interessante a maneira como Sohrab falava matemática no plural.

— Não muito.

Olhei para o meu pai, mas ele estava ocupado demais enchendo a boca de arroz para comentar sobre minhas notas em matemática. Não que ele tenha enchido muito o meu saco por causa disso. A escola era, provavelmente, a única área onde ele não pegava tanto no meu pé. Ele sabia como eu me empenhava nos estudos.

Mas eu sabia sem que ele precisasse dizer em voz alta o quanto estava decepcionado por eu não levar jeito com números. Eu nunca seria um arquiteto como ele. Ele nunca poderia atualizar sua bolsa transversal para "Kellner & Filho" ou "Kellner & Kellner".

Não era a maior das decepções que eu já havia causado nele, mas dava pra perceber que isso ainda o incomodava.

— E os amigos? Você tem muitos?

A ardência em minhas orelhas se espalhou para o pescoço e as bochechas.

— Hum. Não muitos. Acho que eu não me encaixo muito bem.

Assim que disse isso, olhei para o meu pai, porque Stephen Kellner era categoricamente contra autodepreciação. Mas, felizmente, ele ainda estava ocupado com seu fesenjoon.

O sorriso de Sohrab se desfez enquanto ele me analisava.

— É porque você é iraniano?

— Eu acho que sim.

Ele usou a colher para tirar a carne de um pé de galinha e pegar mais um pouco de arroz.

— Você é o único iraniano na sua escola?

— Não. Tem uma garota também. Mas ela é iraniana dos dois lados da família.

— Sua namorada?

Engasguei com o arroz.

— Não! Somos só amigos. Ela se chama Javaneh. Javaneh Esfahani. Os avós dela são de Isfahan.

— É isso que o sobrenome dela significa — disse Sohrab. — Esfahani. Que veio de Isfahan.

— Ah.

Babou pigarreou e apontou para mim com sua colher.

— Darioush, como você não sabia isso?

— Hum.

Ele se virou para a minha mãe.

— É porque você não ensina — comentou ele. — Você quer que ele seja americano, como o Stephen. Você não quer que ele seja persa.

— Babou!

Minha mãe começou a discutir em persa, e Babou rebatia. Ele continuava apontando sua colher para mim.

— Darioush. Você não quer aprender persa, baba?

— Hum.

Quer dizer, é claro que eu queria. Mas não dava para simplesmente dizer isso. Não sem fazer com que minha mãe se sentisse culpada.

Eu me afundei um pouco na cadeira.

Então Sohrab veio ao meu resgate. Ele pigarreou.

— Quem quer tah dig?

Tah dig é a camada de arroz crocante que fica no fundo da panela. Universalmente conhecida como a melhor parte do arroz.

Várias famílias já deixaram suas brigas de lado quando a hora de dividir o tah dig chegou.

— Obrigado — murmurei.

Sohrab me passou uma porção.

— Não tem de quê, Darioush.

Levei Sohrab até a porta para me despedir.

— Mamou disse que vocês vão à Persépolis amanhã.

— Acho que sim.

— Ela perguntou se eu não queria ir também.

— Ah. Legal.

— Eu não vou se você não quiser que eu vá, Darioush. Será um momento em família.

— Não. Tá tudo bem. Eu quero que você vá. De verdade.

Eu estava prestes a encarar horas de viagem trancado em um carro com Stephen Kellner, e a presença de Sohrab poderia tornar aquilo tudo mais suportável.

— Tudo bem. A gente se vê amanhã de manhã?

— Sim. A gente se vê.

Eu não tinha muita esperança de que nossa tradição noturna de assistir a *Star Trek* iria continuar, mas procurei pelo computador de Babou mesmo assim.

Na frente do quarto de Laleh havia um solário — embora já estivesse escuro — com uma janela enorme coberta com persianas verticais e de frente para um sofá bege usado. Na parede oposta, havia uma televisão grande sobre uma mesa de madeira antiga. Ela estava cercada de DVDs, a maioria deles versões dubladas em persa de filmes de Bollywood.

Nos dois lados, e sobre a TV a Galeria de Retratos da Família Bahrami se estendia para mais uma ala.

Fariba Bahrami amava fotografias.

Uma das fotos mostrava minha mãe no hospital, embalando Laleh recém-nascida. Meu pai cercava as duas em um abraço, parecendo ridículo, mas, de alguma forma, radiando seu estoicismo teutônico com seu avental azul claro. Embaixo do cotovelo de meu pai, há uma versão mais nova e, ainda assim, atrapalhada de mim, apoiado na ponta dos pés para dar uma espiada na minha nova irmãzinha.

Havia muitas fotos. Algumas de Dayi Jamsheed com seus filhos, outras da família de Dayi Soheil. Reconheci alguns rostos das fotos que minha mãe já havia me mostrado. Outras eram mais familiares, fotos que minha mãe havia enviado para Mamou, como uma de Laleh no Halloween passado. Ela se fantasiou de Dorothy de *O Mágico de Oz*. Laleh tinha ficado completamente obcecada por *O Mágico de Oz* no verão anterior. A versão da Judy Garland. Ela assistia, corria pela sala de estar por algum tempo e depois assistia novamente, o dia inteiro assim.

Minha mãe fez tranças no cabelo de Laleh para o Halloween — seu cabelo cacheado persa era ótimo para isso — e encontrou um vestido xadrez azul e branco. Meu pai levou para casa um par de tênis vermelhos com luzes na sola para que Laleh usasse no lugar dos sapatinhos de rubi.

Meus pais levaram Laleh para bater de porta em porta perguntando "gostosuras ou travessuras?", enquanto a minha função era monitorar nossa casa e distribuir doces caso fosse necessário.

Eu não era descolado o bastante para ser convidado para as festas onde os Minions comemoravam o Halloween. Na verdade, eu não era descolado o bastante nem para ser convidado para qualquer festa mais ou menos. Então eu fiquei em casa assistindo a *Star Trek: Primeiro contato* (o mais assustador de todos os filmes de *Star Trek*) e distribuindo Reese's de pasta de amendoim para as crianças da vizinhança que batiam à porta.

Apesar das suas oposições em relação às minhas imprudências alimentares, Stephen Kellner insistia que não existe doce melhor para gostosuras ou travessuras do que Reese's de pasta de amendoim.

Pelo menos nossa casa não distribuía uva passa.

— O que você está procurando, Darius?

Minha mãe me observava da porta, segurando dois copos de chá. Eles eram de vidro, do tipo que tem bordas douradas e nenhuma alça. Muitos persas legítimos usavam copos como aqueles, mas eu ainda não havia pegado o jeito. Sempre queimava os dedos.

— O computador. Achei que talvez eu pudesse assistir a *Star Trek* com meu pai.

— Provavelmente não, por causa da internet censurada.

— Ah.

Minha mãe se sentou no sofá, dando um tapinha na almofada ao seu lado. Peguei meu chá das suas mãos, mas coloquei na mesinha de centro antes que eu derretesse minhas impressões digitais.

— E aí? O que você está achando de Yazd?

— Bem, é diferente. Mas não do jeito como eu imaginava que seria.

— Sério?

— Sim. Quer dizer, não é que nem *Aladdin* ou qualquer coisa do tipo.

Minha mãe riu.

— E é muito mais moderno. Sohrab até tem um iPhone.

Minha mãe bebericou seu chá e soltou um longo e contente suspiro. Ela passou os dedos da mão esquerda pelos meus cabelos e observou a Galeria de Retratos da Família Bahrami até encontrar uma foto da minha festa de aniversário de dez anos.

— Seu cabelo — comentou ela.

Quando eu tinha dez anos, decidi que queria ter o cabelo igual ao do comandante Data, o androide chefe de operações da Enterprise. Toda manhã, minha mãe me ajudava a secar o cabelo com secador e escová-lo para trás em linhas perfeitamente retas, enchendo de gel até que ele ficasse duro como um capacete.

— O visual androide não ficou muito bom em mim.

Minha mãe riu.

— O que você quer fazer no seu aniversário este ano?

— Hum. Sei lá.

Meu aniversário era no dia 2 de abril, um dia antes de irmos embora do Irã.

Minha mãe conta que, apesar de eu ter nascido no dia 2 de abril, ela entrou em trabalho de parto no dia da mentira.

Quando ela contou ao meu pai que a bolsa havia estourado, ele achou que ela estava brincando.

Apenas quando ela entrou no carro sozinha, meu pai se deu conta do que estava realmente acontecendo.

Às vezes minha mãe dizia que eu era sua mentira de primeiro de abril.

Eu sabia — sem que ela precisasse me dizer — que ela não entendia como aquilo me fazia mal.

Quando levei a xícara/copo para a cozinha, Babou estava xeretando o armário.

— Darioush? O que é isso?

Ele puxou o chá Darjeeling FTGFOP1 balançando a latinha.

— É um presente. Por nos receberem aqui.

— Isso é chá? — perguntou ele, abrindo a lata para espiar. — Isso não é chá persa. Vou te ensinar como fazer chá persa.

Eu já sabia como preparar chá persa com cardamomo.

— Hum.

— Venha, Darioush.

Babou pegou a chaleira no fogão (já estava quase vazia) e jogou as folhas dentro da pia.

— Vamos fazer um chá fresco.

Babou enxaguou a chaleira uma única vez e bateu com ela no balcão bem na minha frente. Minha nuca ficou arrepiada.

Ter meu prepúcio comparado com um turbante ainda era o momento mais humilhante da minha vida, mas aprender a fazer chá persa — sendo que eu já fazia aquilo há anos — chegou com tudo no segundo lugar.

— Nós colocamos o chá desse jeito.

Meu avô pegou as folhas em um jarro de vidro fosco no balcão. Elas eram pretas, pequenas e pontiagudas, porém cheias de aroma. Bergamota, principalmente — levemente cítrica —, mas havia outra coisa ali que eu não consegui identificar. Era terroso, quase como pés (e não como Doritos), e meio como o adubo molhado do canteiro de flores na entrada do Colégio Chapel Hill.

Eu me estiquei em direção ao pote para poder sentir melhor o cheiro, mas Babou me empurrou.

— O que você está fazendo? Isso é para beber, não para cheirar.

— Ah.

Chás — os bons, pelo menos — também eram para cheirar.

Quando fiz um curso de copeiro na Cidade das Rosas, nós sempre tínhamos que cheirar as folhas antes e depois da infusão. Não que eu pudesse admitir que fiz um curso de copeiro. Charles Apatan, gerente da Paraíso do Chá no Centro Comercial de Fairview Court, teria chamado aquilo de elitista também.

— Quatro colheres — insistiu Babou. — E então nós amassamos o hel. Você sabe o que é hel?

— Cardamomo.

— Sim.

Ele pegou cinco sementes verdes de uma jarra de vidro fosco menor.

— Nós amassamos assim.

Ele pressionou a parte de baixo da chaleira sobre as sementes de cardamomo para abri-las, e então misturou tudo com as folhas de chá.

— Agora é só cobrir com água.

Babou pegou o bule. A tampa da chaleira ainda estava fechada. O vapor que subia em volta das suas mãos parecia o hálito de Smaug, o Sempre-Quente, mas a pele de Ardeshir Bahrami era, em partes, escama de dragão. Ele encheu a chaleira, fechou a tampa e então devolveu o bule para o fogão.

— E então deixamos o chá assentar.

— Infusionar.

— Isso. Dez minutos.

— Tudo bem.

— Nunca antes. Senão fica muito fraco.

— Tudo bem.

— Agora você já sabe. Pode fazer da próxima vez.

— Tudo bem.

Babou me fez ficar parado ao seu lado em um Silêncio Constrangedor Nível Cinco enquanto o chá infusionava.

Subiu para um Silêncio Constrangedor Nível Seis quando meu pai apareceu para tomar seus remédios. Seu olhar passeou entre mim e Babou por um segundo.

— Você está bem, Darius? — perguntou ele, quebrando o silêncio mas não o constrangimento.

Assenti.

Meu pai pegou os comprimidos e encheu um copo d'água.

O bigode de Babou tremeu.

— Stephen. Você toma esses comprimidos também?

Meu pai engoliu os remédios a seco e só depois bebeu água — o copo inteiro — em uma golada só. Ele quase corou.

Quase.

— Tomo — respondeu, e depois perguntou: — Ei. Esse chá já está pronto?

Olhei o cronômetro no celular.

— Mais dois minutos.

— Se importa de me servir uma xícara? Vou preparar o episódio de *Star Trek* lá na sala.

— Mas e a censura da internet?

— Eu baixei a temporada inteira no iPad.

Aquilo não deveria me surpreender. Super-homens eram conhecidos por serem precavidos.

Mas eu realmente não esperava que Stephen Kellner fosse se lembrar daquilo por conta própria.

— Ah. Tudo bem. Legal.

— Obrigado — disse meu pai, assentindo para Babou e voltando para a sala de estar.

Fiquei ali sentado, brincando com a bainha da minha camiseta enquanto esperava o chá ficar pronto.

Quando cheguei na sala de estar, o capitão Picard já havia começado seu discurso de abertura.

E meu pai estava sentado no sofá com o braço em volta de Laleh.

— Ah.

— Desculpa, Darius — comentou meu pai. — Mas você já viu esse episódio antes. E sua irmã estava tão empolgada para ver.

Pisquei, confuso. Aquilo não fazia o menor sentido.

Star Trek era momento especial entre meu pai e eu.

O que ele estava fazendo, assistindo com Laleh?

Quer dizer, era inevitável que, eventualmente, Laleh iria se interessar por *Star Trek*. Ela era minha irmã, afinal. E filha de Stephen Kellner. Estava no DNA dela.

Mas eu achava que poderia ter aquele pedacinho do meu pai só para mim por mais tempo.

Era o único momento que eu tinha para ser seu filho.

Os créditos iniciais sumiram, dando espaço para o título do episódio. "Pecados paternos", que era sobre Worf voltando para casa para lidar com as acusações de que seu pai havia cometido atos de traição.

Parecia estranhamente apropriado.

— Senta aqui — chamou meu pai.

Ele deu um tapinha no sofá, ao seu lado.

— Hum.

Nós deveríamos nos dar bem no Irã.

Mas será que aquilo significava cancelar o único momento que era nosso de verdade?

Talvez sim.

Sentei na beirada do sofá, balançando o chá sobre o pires, mas meu pai se aproximou e me puxou para mais perto. Ele deixou seu braço sobre meus ombros por um segundo.

— Seus ombros estão ficando largos — comentou ele.

E então, me soltou e se inclinou para dar um beijo na testa de Laleh.

E eu fiquei sentado com Stephen e Laleh Kellner enquanto eles assistiam a *Star Trek*.

A disciplina Kolinahr

Ainda não havia amanhecido quando uma voz começou a cantar.

Um som distante e baixinho, como os alto-falantes de um drive--thru.

Mas, mesmo sem conseguir entender o que ela dizia, era linda.

Quando a voz cessou, não voltei a dormir porque minha mãe bateu à porta.

Puxei o cobertor até a altura do pescoço. Eu estava de cueca, mas ainda assim.

— Pois não?

— Ah. Você está acordado.

— Sim. O canto me acordou. É a chamada para as orações. Certo?

Minha mãe sorriu.

— O azan.

— É lindo.

Eu havia escutado nos dias anteriores, mas ainda não tinha perguntado a respeito. E era diferente acordar com o som, em vez de escutá-lo enquanto preparava chá ou almoçava.

— Eu me esqueci de como sentia saudade de escutar.

— É?

Minha mãe acendeu a luz. O Ventilador Dançante escolheu aquele momento para cair.

Nós dois o encaramos por um momento.

Minha mãe balançou a cabeça.

— Não acredito que Babou ainda tem essa velharia.

— Você sempre diz que em Yazd não se joga nada fora.

Minha mãe riu com um grunhido.

— Vamos lá. Melhor você se vestir. Seu avô quer pegar a estrada em meia hora.

— Tudo bem.

★ ★ ★

O sol estava quase aparecendo no horizonte quando botei os pés para fora de casa. Vesti o capuz do meu casaco para aquecer as orelhas.

Tudo estava silencioso.

Com exceção, é claro, da casa atrás de mim onde minha mãe gritava com Laleh para que ela se calçasse, e Mamou gritava com minha mãe para que ela não esquecesse das garrafas de água e dos lanches.

Meu pai me deu uma cotovelada, com as mãos enfiadas nos bolsos da jaqueta cinza da Kellner & Newton.

— Hum.

A gritaria da casa foi abafada pelo som de mil vespas furiosas quando Babou chegou na calçada com o carro da família Bahrami.

Ardeshir Bahrami dirigia uma minivan azul desbotada que parecia ser de outra era. Era quadrada, pontuda e soltava tanta fumaça do escapamento que eu tinha certeza de que o motor servia como forja de algum Senhor das Trevas.

Eu me perguntei se eles faziam testes de emissão de dióxido de carbono no Irã. Porque me parecia impossível que o carro da família Bahrami fosse capaz de passar em qualquer tipo de inspeção.

Babou estacionou na frente da casa, mas a nuvem de fumaça continuou, cercando a minivan com um escudo preto antes de se dissipar em um rastro fino de baforadas intermitentes.

Decidi chamá-la de Fumaçamóvel.

Eu poderia ter batizado a lataria também, mas a venda de álcool era ilegal no Irã, então não havia nenhuma garrafa de champanhe para quebrar sobre a carcaça azul. Poderia usar uma garrafa de doogh — o iogurte fermentado que persas legítimos amavam — mas a) geralmente eles vinham em garrafas de plástico, que não iriam quebrar, e b) faria uma sujeira enorme.

Babou saiu do carro, se debruçando sobre o capô.

— Fariba-khanum!

Mamou arrastou uma Laleh meio acordada para fora de casa e a colocou dentro do Fumaçamóvel. Meu pai colocou o cinto de segurança na minha irmã, enquanto Mamou correu de volta para casa.

— Fariba-khanum! — gritou Babou, novamente.

Minha mãe saiu em seguida, carregando uma bolsa de lanches.

— Deixa que eu pego isso.

— Obrigada, querido.

Guardei os lanches no porta-malas e me contorci para sentar ao lado de Laleh no banco de trás, mas minha mãe deu a volta e correu para dentro também.

— Shirin!

Babou seguiu minha mãe.

Eu e meu pai nos entreolhamos e sorri brevemente.

— Agora a gente já sabe quem sua mãe puxou.

Meu pai entrou na van, pegando o assento do meio.

Eu me perguntei se era seguro para Babou dirigir nas condições em que estava, especialmente um trajeto tão longo — supostamente, a viagem para Persépolis duraria seis horas —, mas quando perguntei para o meu pai, ele chiou para mim.

— Agora não — disse ele.

Eu me perguntei se alguém já havia tocado no assunto.

Eu me perguntei se aquele era o motivo pelo qual todo mundo estava de mau humor.

Laleh se espreguiçou, bocejou e se apoiou em mim, enterrando o rosto em meu peito.

Normalmente eu gostava de quando Laleh fazia aquilo. Ser um travesseiro me parecia o tipo de coisa que irmãos mais velhos devem fazer.

Mas eu não me sentia um bom irmão mais velho naquela manhã.

Mexi e revirei o corpo até que Laleh se sentisse incomodada e se apoiasse na janela do outro lado.

Mamou e minha mãe finalmente saíram de casa. Minha mãe se sentou ao lado do meu pai, enquanto Mamou pegou o banco de passageiro, na frente.

— Cadê o Babou? — perguntou meu pai.

— Ele esqueceu o tokhmeh para a viagem — respondeu Mamou.

Minha mãe disse alguma coisa para Mamou em persa.

— Sim. Toda vez!

Babou voltou correndo com um saco enorme de tokhmeh e afivelou o cinto de segurança.

— Certo — disse ele. — Bereem.

Sohrab esperava por nós na frente de casa. Era difícil enxergar qualquer coisa à luz do amanhecer — o sol estava nascendo atrás da casa —, mas, pelo jeito como as cortinas brilhavam nas janelas, o lugar parecia acolhedor e aconchegante.

Eu me arrastei até o meio, para que Sohrab pudesse se sentar ao meu lado. Laleh bufou e se balançou para mais perto da janela.

Sohrab cumprimentou Mamou e Babou em uma sequência longa de palavras persas que pareciam ser, basicamente, taarof. Quando terminou, eu disse:

— Oi.

— Bom dia, Darioush.

— Tudo pronto?

Ele afivelou o cinto.

— Pronto.

Ardeshir Bahrami era furioso ao volante.

Não havia nenhuma alça para se segurar — meu pai costuma chamá-las de "Puta-Merda", apesar de ser categoricamente contra metáforas divertidas —, então eu me segurei na poltrona e tentei não esmagar Sohrab ou Laleh toda vez que Babou executava uma mudança de pista inesperada.

Minha mãe e Mamou, que sem dúvida já estavam acostumadas com a direção de Babou, apenas balançavam na inércia do Fumaçamóvel. E Stephen Kellner, que adorava dirigir sua Máquina Alemã em velocidades arriscadas, se sentia em casa, inclinando o corpo em cada curva como um piloto de corrida.

As ruas estavam, em sua maioria, vazias quando chegamos à rodovia, mas Babou dirigia como se estivesse fugindo de um ataque inimigo, realizando uma manobra evasiva atrás da outra.

Deveria ser alguma prática social.

Como eu disse, a viagem para Persépolis deveria durar seis horas.

Ardeshir Bahrami fez em quatro horas e meia.

Quando finalmente chegamos ao estacionamento, meu corpo precisou se acostumar à velocidade normal antes que eu pudesse sair do banco de trás do Fumaçamóvel e seguir Sohrab até a bilheteria.

Acho que bilheterias são um tipo de constante universal, seja para as ruínas de Persépolis — "Takhte Jamsheed", como Sohrab chamava, o Trono de Jamsheed — ou para o Parque Internacional das Rosas em Portland. Um dia, quando colonizarmos Marte, teremos bilheterias para ver o Monte Olimpo.

O verdadeiro. Não a cratera fumegante da minha antiga espinha.

Babou encarou o atendente e começou a discutir sobre o preço do ingresso. Pechinchar preços era outra prática social persa, uma que eu já havia observado quando ia com minha mãe ao mercado persa em Portland.

Laleh havia passado a maior parte da viagem dormindo contra a vibração da janela.

Acho que me senti um pouco mal por ela.

Mas ela acordou revigorada e ansiosa para atravessar os portões e explorar. Laleh enrolava as pontas do seu lenço amarelo nos dedos. Ele era estampado com girassóis.

— Seu lenço é muito bonito, Laleh — comentei enquanto segurava sua mão para impedir que ela continuasse enrolando o acessório nos dedos.

Ela apertou minha mão. Eu amava o jeito como a mão dela se encaixava na minha.

— Obrigada.

Babou ainda estava pechinchando, mas minha mãe interveio e sussurrou algo em seu ouvido. Ele balançou a cabeça, mas ela passou um bolo de notas por baixo da divisória de vidro antes que Babou pudesse impedi-la. O homem atrás do balcão parecia assustado com a firmeza da minha mãe, mas entregou os ingressos para Babou e enxugou o suor da testa.

Ardeshir Bahrami era um negociador intenso.

— Vamos — disse ele, pegando a outra mão de Laleh, que me soltou para poder acompanhar o passo do avô.

Minha irmã queria ver todos os quiosques que ficavam entre a bilheteria e a entrada das ruínas, mas Babou conseguiu desviá-la de todos eles. Aparentemente suas habilidades de direção evasiva também serviam para guiar Laleh para longe de possíveis distrações.

— Sua irmã tem muita energia — comentou Sohrab.

— Sim. Até demais.

— Você é um bom irmão, Darioush.

Eu não sabia se aquilo era verdade. Mas gostei de saber que Sohrab pensava aquilo a meu respeito.

Uma fileira de árvores escondia a vista das ruínas. Seguimos por um caminho de vigas de madeira queimadas pelo sol até uma pequena colina. Na nossa frente, Laleh escapuliu da mão de Babou e saltitou através de um arco de pedra em ruínas que existia ali há milhares de anos. Eu e Sohrab corremos para alcançá-la.

Apesar das árvores e gramados aparados serem verdes, Persépolis em si era marrom e seca. Com pilares de pedra muito altos, como se tentassem tocar o sol, com as superfícies gastas pelo vento e pelo tempo. Eu precisei quase quebrar o pescoço para enxergar o topo, mas o céu estava tão brilhante e o sol tão forte que comecei a espirrar.

— Uau — comentei quando recuperei o poder da fala.

Meu pai parou ao nosso lado.

— Uau mesmo. Olha só isso.

Muitos dos pilares de pedra estavam quebrados. Alguns rachados, mas ainda de pé, cercados com vidro blindado para evitar que as pessoas os tocassem. Outros já haviam passado por fracassos involuntários. Pedaços grandes de destroços marrons jogados a esmo no chão de pedrinhas. Tufos de grama cresciam em algumas áreas sombreadas, mas a maioria já estava seca e dura.

Parecia que eu tinha acabado de pousar na superfície do planeta Vulcano, e estava prestes a dominar a disciplina Kolinahr, aceitando a lógica e abdicando de todas as minhas emoções.

Meu pai puxou seu caderno de rascunhos de dentro da bolsa transversal da Kellner & Newton — seu caderno de rascunhos estava sempre por perto — e se afastou do caminho de madeira em direção ao chão de cascalho para poder desenhar a fileira de pilares quebrados mais próxima.

Laleh e Babou já haviam desaparecido de vista, então Sohrab me levou até uma estátua gigante de um lamassu.

Um lamassu é basicamente a versão persa de uma esfinge: uma mistura antropomórfica com cabeça de homem, corpo de boi e asas de águia. Até onde eu sei, os encontros mitológicos com um lamassu não envolviam charadas, mas provavelmente acabavam em um taarof de dificuldade máxima.

Aquele lamassu era parte de uma dupla. Seu parceiro havia sido decapitado em algum momento, mas, ainda assim, as estátuas continuavam imponentes, sentinelas mudas de um império destruído.

— O Portão de Todas as Nações — explicou Sohrab, apontando para os lamassus e pilares ao nosso redor. — É isso que quer dizer.

Já não era muito bem um portão, já que qualquer um de qualquer nação poderia facilmente entrar sem ter que passar por ele. Mas era incrível do mesmo jeito.

Atrás do lamassu, mais colunas brotavam do chão como árvores milenares em uma floresta de pedra, com mais de dez metros de altura, finas e milagrosamente de pé. Pedaços enormes de lajes de pedra formavam os restos do que um dia deve ter sido uma construção de tirar o fôlego.

Sohrab segurou meus ombros e me guiou através do Portão de Todas as Nações, e então me virou em direção a outro caminho onde minha mãe e Mamou estavam nos esperando.

— Este é o palácio de Darioush, o Primeiro — disse Sohrab. — Darioush, o Grande.

— Hum — exclamei.

Meu vocabulário havia falhado comigo.

— Muito legal, né? — comentou minha mãe, que então olhou para trás, em direção à entrada. — Cadê o seu pai?

— Está desenhando os pilares.

— Você pode ir buscá-lo? — Ela devolveu uma mecha de cabelo para dentro do seu lenço turquesa, e depois fez o mesmo com sua mãe. — Nós temos que ficar juntos.

— Mas cadê Laleh e Babou?

— Eles estão bem — respondeu Mamou.

Corri para buscar meu pai.

— Mamãe disse que a gente precisa ficar junto.

— Tudo bem.

Mas meu pai precisava desenhar o Portão de Todas as Nações também, até minha mãe perder a paciência e ir atrás dele por conta própria.

Ela apontou para todas as pessoas ao nosso redor.

— Eles vão achar que você está planejando um ataque com drones — sussurrou ela, sua voz ácida como vinagre.

Shirin Kellner conseguia ser formidável quando era preciso.

— Desculpa — disse meu pai, guardando o caderno na bolsa transversal da Kellner & Newton.

Meu pai sabia muito bem que não podia argumentar com minha mãe quando ela usava sua voz de vinagre.

Ele me deu uma cotovelada enquanto nós seguíamos minha mãe.

Não entendi o porquê.

— Enorme, né?

— É.

— Estou feliz que você está podendo ver tudo isso.

— Eu também.

Meu pai quase sorriu.

Quase.

Talvez ele estivesse dando seu melhor.

— Darioush! — chamou Sohrab, acenando para mim.

— Estou indo!

Não era como se as ruínas de Persépolis fossem uma cidade inteira. Em altura, Persépolis cobria uma grande área. Não tão grande quanto a área central de Portland, mas ainda assim. A parte onde nós estávamos, no meio das ruínas — Takhte Jamsheed — era pequena o bastante para caber no bairro em que a gente morava.

Sohrab me levou até o Apadana, o principal palácio da região. Não havia restado muita coisa: alguns pilares enormes, ainda maiores do que os do Portão de Todas as Nações; algumas escadarias ornamentadas, embora seus degraus baixos tivessem uma proporção de queda livre um pouco bizarra; e um monte de arcos de pedra, com a integridade estrutural aguentando firme de forma impressionante para uma construção com milhares de anos.

A coisa toda tinha cheiro de poeira queimada de sol — me fazendo lembrar de quando minha mãe usava o aspirador, o que era bem estranho —, mas nada parecia velho ou mofado. O vento das montanhas que cercavam Shiraz soprava uma brisa suave pelo Apadana, mais silenciosa e sutil do que o Ventilador Dançante jamais sonharia em ser.

Nas fotos, construções antigas sempre pareciam brancas e suaves. Mas na vida real, Persépolis era marrom, áspera e cheia de imperfeições. Havia algo mágico naquele lugar: as paredes baixas, tudo o que havia restado de um salão antigo, os pilares erguidos ao meu redor, como gigantes em um parquinho milenar.

De acordo com Sohrab, muitas das construções não haviam sido terminadas antes de Alexandre, o Grande, saquear Persépolis.

Alexandre, o Grande, era o Trent Bolger da Pérsia Antiga.

Meu pai nos seguiu até o Apadana e pegou seu caderno de rascunhos novamente.

— Esses arcos são incríveis — disse ele, apontando para um grupo enorme que parecia ter pelo menos quatro andares de altura.

— São mesmo.

— Stephen, você gosta de arquitetura? — perguntou Sohrab.

— É isso que eu faço da vida — respondeu meu pai. — Sou arquiteto.

Sohrab arqueou as sobrancelhas.

— Sério?

Meu pai assentiu e continuou desenhando.

Queria perguntar a ele se as ruínas o faziam lembrar de Vulcano, do jeito como elas me lembravam.

Queria perguntar se ele queria explorar comigo e com Sohrab.

Mas eu não sabia como.

Stephen Kellner encarou os arcos à nossa frente e mordeu os lábios. Ele esfregou o polegar na página para fazer um sombreamento e continuou desenhando.

— Vamos nessa — eu disse para Sohrab enquanto deixávamos meu pai para trás.

— Seu pai é mesmo arquiteto?

— Aham, ele é sócio de um escritório de arquitetura.

— É isso que eu quero ser um dia.

— Sério?

— Sim. Isso, ou engenheiro civil.

— Uau.

Para ser sincero, eu não sabia muito bem a diferença entre as duas profissões.

Mas não podia dizer aquilo em voz alta.

— Tem que estudar muito, né?

— Pois é. Não é tão fácil para bahá'ís.

— Ah, é?

Sohrab assentiu, mas não elaborou.

Em vez disso, ele disse:

— Vamos, Darioush. Ainda temos muita coisa para ver.

Encontramos Laleh e Babou esperando em frente a uma parede.

Não era uma parede lisa: como tudo em Persépolis, era gigante, entalhada e da cor de calças cargo.

— Oi, Sohrab! Que bom que chegaram. Darioush ainda não viu isso aqui — comentou Babou. — Vem ver, baba.

Laleh estava pendurada na perna de Babou. Coloquei a mão sobre seu lenço e fiz um carinho nela. Laleh suspirou e mudou seu apoio da perna do Babou para a minha.

Babou apontou para o muro.

— Olha.

Estiquei o pescoço para tentar observar todos os detalhes.

Era uma imagem em alto relevo, esculpida diretamente na pedra. Um homem barbudo sentado em um trono, segurando um cetro em uma mão e um jacinto em outra.

Talvez ele estivesse se preparando para o Noruz. Muitas pessoas gostavam de acrescentar aqueles elementos em suas Haft-Sin.

Esculpida em relevo, a barba daquela figura parecia ser feita com contas de pedra enormes, cada uma com um pequeno espiral no meio, incontáveis pequenas galáxias feitas de pedra.

— É você — disse Babou, cutucando meu peito.

— Eu?

Eu tinha certeza de que nunca conseguiria ter uma barba tão luxuosa quanto aquela na parede à minha frente. Os genes loiros e teutônicos de Stephen Kellner não permitiriam.

— É Darioush, o Grande — explicou Sohrab.

— Ah.

— Ele construiu muitas dessas coisas — disse Babou.

Até elas serem reduzidas às cinzas por gregos nervosinhos.

Bom, tecnicamente, macedônios.

Babou olhou diretamente para mim.

— Darioush foi um grande homem. Forte. Inteligente. Corajoso.

Eu não me sentia nem forte, nem inteligente, nem corajoso.

Como eu disse, meus pais estavam pedindo para se decepcionarem quando me deram o nome de uma figura titânica como aquela.

Darius, o Grande, era um diplomata conquistador. E eu era apenas eu.

— Seus pais escolheram um bom nome para você.

Babou apoiou seu braço sobre os meus ombros. Engoli seco e segui seu olhar para encaramos juntos a parede entalhada.

— Mamou achou que a viagem até aqui seria longa demais. Só pra ver isso. Mas é importante que você conheça o lugar de onde veio.

Eu não entendia Ardeshir Bahrami.

Um dia antes eu não era persa o bastante porque não falava o idioma, porque tomava remédio para depressão, porque comprei um chá sofisticado para ele e para Mamou.

Ele tinha feito com que eu me sentisse pequeno e estúpido.

Mas agora estava determinado a mostrar minhas origens.

Talvez Ardeshir Bahrami também passasse por Manobras Gravitacionais de Humor.

Babou apertou meu ombro e então saiu com Laleh, me deixando sozinho com Sohrab.

— Babou tem razão — afirmou Sohrab. — É bom conhecer de onde a gente veio.

— Sim — respondi. — Eu acho.

— Não gostou?

— Sim. É só que…

Sohrab havia crescido cercado pela própria história.

Ele sabia de onde tinha vindo.

Não havia nenhum imperador antigo para ele se comparar.

— Eu não sei.

— Tá tudo bem, Darioush — respondeu ele. Sohrab colocou o braço sobre meu ombro e me guiou pelo caminho por onde Laleh e Babou haviam saído. — Eu te entendo.

Olhos de Bette Davis

Eu e Laleh ensinamos Sohrab a brincar de Detetive no caminho de volta para Yazd. Quando ficou escuro demais para continuarmos a brincadeira, Laleh caiu no sono com o rosto esmagado contra o meu corpo. Desenrolei seu lenço de cabelo, para que não ficasse todo embolado, enquanto ela se mexia ao meu lado.

Quando chegamos nos arredores de Yazd, Babou diminuiu tanto a velocidade do Fumaçamóvel que parecia ele havia desligado os propulsores para atravessar as ruas noturnas.

— Ardeshir? — perguntou Mamou.

Babou olhou as placas de trânsito de um lado para o outro e respondeu algo em persa. Mamou colocou a mão sobre o braço dele, mas Babou brigou para que ela o soltasse.

Na minha frente, os ombros da minha mãe ficaram rígidos.

— O que foi? — perguntei, mas minha mãe apenas balançou a cabeça.

Laleh, apoiada em mim, bocejou e esfregou o rosto na minha barriga. Minha camiseta estava um pouco molhada de baba.

Olhei para Sohrab, mas ele estava encarando as próprias mãos cruzadas sobre o colo.

Meus avós discutiam um com o outro até que Babou pisou no freio — não que tenha feito muita diferença, já que o carro estava praticamente engatinhando — e estacionou. O escapamento do Fumaçamóvel pairava ao nosso redor.

Mamou desatou o cinto de segurança, mas minha mãe se esticou para colocar o braço sobre os ombros dela. As duas começaram a sussurrar em persa, enquanto Babou continuava sentado no banco do motorista com os braços cruzados e a cabeça baixa.

Minha mãe abriu seu cinto e tentou se levantar, mas meu pai a segurou.

— O que está acontecendo?

— Eu vou dirigir o restante do caminho.

Meu pai olhou para Mamou e Babou e depois de volta para minha mãe.

— Deixa que eu dirijo.

— Tem certeza?

A voz da minha mãe engasgou, como se ela tivesse engolido chá do jeito errado.

— Lógico.

Meu pai abriu a porta de correr, deixando que uma nuvem do Bafo Sombrio entrasse no carro, quase sufocando a todos nós. Assim que ele saiu, Babou foi para o lado da minha mãe e deslizou a porta de correr com a precisão de uma guilhotina.

Meu pai se sentou no banco de motorista do Fumaçamóvel — o carro mais anti-Audi possível — e afivelou o cinto.

— Você vai precisar me guiar.

Stephen Kellner, o Super-homem teutônico, nunca havia pedido por ajuda na direção em toda a sua vida.

Enquanto Mamou guiava meu pai, minha mãe sussurrava para Babou em persa cruzando seu braço com o dele.

Pigarreei e olhei para Sohrab mais uma vez.

— O que aconteceu? — sussurrei.

Sohrab mordeu os lábios. Ele se aproximou para que ninguém mais pudesse o escutar.

— Babou se perdeu.

Como eu disse, há coisas que a gente sabe sem que elas precisem ser ditas em voz alta.

Eu sabia que Babou nunca mais voltaria a dirigir o Fumaçamóvel.

Eu não disse nada quando deixamos Sohrab em casa, apenas me despedi com um aceno.

Algumas coisas eram complexas demais para serem faladas.

Sohrab entendia.

Quando chegamos na casa de Mamou, Laleh pulou por cima de mim e correu para dentro para fazer xixi. Desde que ela havia acordado, estava reclamando sobre como sua bexiga estava prestes a explodir.

Mamou levou Babou para dentro, falando baixinho em persa, enquanto meu pai esperava minha mãe na porta depois de deixar Laleh entrar.

Eu passei por baixo do braço do meu pai, que estava apoiado no batente da porta, e entrei na casa. Quando olhei para trás, meu pai estava abraçando minha mãe, beijando seu cabelo enquanto ela chorava.

Eu não sabia o que fazer.

Darius, o Grande, talvez soubesse. Mas eu não.

Fui até a cozinha preparar um chá.

A aula desnecessária e humilhante de Babou sobre como fazer chá teve um lado positivo: agora eu sabia onde Mamou guardava o chá e o cardamomo.

Depois de pronto, servi uma xícara e bati à porta do solário.

— Quer um pouco de chá, Babou?

— Entre — disse ele, me fazendo lembrar do capitão Picard.

Babou havia se trocado e vestia uma camiseta branca lisa, e calças largas de cordão na cintura, também brancas, que havia amarrado no meio do torso. Ele estava sentado no chão, com uma toalha de mesa azul estendida à sua frente, enquanto separava folhas de sabzi com a ajuda de Laleh. O brilho acolhedor da luminária de mesa suavizava as feições de Babou e iluminava seus olhos. Até seu bigode parecia mais amigável.

— Darioush-jan. Venha. Sente-se.

Ele sinalizou para o sofá atrás dele, então voltou a arrancar o talo das folhas frescas de coentro empilhadas em uma peneira ao seu lado. De vez em quando, ele entregava algumas para que Laleh separasse as folhas ruins.

— Hum.

Entreguei seu chá com um cubo de açúcar. De perto, a pele de Babou parecia mais fria, quase cinza.

Eu odiava ver Babou daquele jeito.

Acho que eu preferia quando a gente só se via através da tela do computador.

Isso é normal.

Certo?

— Viu sua mãe ali?

Ele apontou a faca para a parede, em direção a uma moldura esquisita que parecia ter sido forjada em ferro e exibia seis fotos ovais, todas da minha mãe quando mais nova: ela quando bebê, ela ainda garotinha brincando com Dayi Jamsheed e Dayi Soheil, ela ao lado da família atrás da Haft-Sin do Noruz. Uma das imagens era um retrato deslumbrante da minha mãe quando adolescente olhando para a câmera por cima dos ombros, puxando seu lenço sobre o rosto.

Shirin Kellner (nascida Bahrami) poderia ter sido uma modelo.

— Eu nunca achei que ela se mudaria para os Estados Unidos — disse Babou. — Mas ela se saiu bem.

Dava para perceber que havia mais coisas que Babou queria dizer e não disse.

— Ela se saiu bem — repetiu ele. — Casou com seu pai.

Aquela era a primeira coisa boa — bom, coisa quase boa — que Babou disse a respeito do meu pai.

— E então ela teve você e Laleh.

Laleh levantou o olhar ao som do seu nome, e Babou a entregou um punhado de folhas de manjericão da peneira, enroladas em papel toalha úmido. Ele disse alguma coisa para ela em persa, e Laleh se levantou e saiu correndo.

Babou jogou o cubo de açúcar para o outro lado de sua boca, quebrando-o com os dentes.

— Seu pai é um homem bom, mas não é zoroastra. Você e Laleh também não.

— Ah.

Eu estava acostumado a decepcionar meu pai, e ser uma decepção para Babou não era diferente. Mas eu odiava como ele estava desapontado com Laleh também, por causa de algo que ela não poderia mudar.

Engoli em seco.

Babou olhou para mim. Havia algo triste e solitário em seus olhos, o jeito como seu bigode caía sobre a boca curvada.

Queria dizer a ele que eu ainda era seu neto.

Queria dizer a ele que eu estava feliz em conhecê-lo.

Queria dizer a ele que sentia muito pelo seu tumor no cérebro.

Mas não disse nada disso. Bebi meu chá e Ardeshir Bahrami bebeu o dele. O silêncio entre nós dois carregava o peso de todas as coisas que não conseguíamos falar. Todas as coisas que nós sabíamos, mas que não eram ditas em voz alta.

Mamou estava na mesa da cozinha bebendo chá quando eu cheguei com o cesto de ervas separadas.

— Darioush-jan, foi você quem fez esse chá?

— Hum. Sim?

— É canela?

— Eu joguei só uma pitada.

— Ficou muito bom, maman!

— Obrigado. — Eu me servi de uma xícara fresca. — Eu estava com medo do Babou não gostar.

— Babou nem ia perceber, sabia? Suas papilas gustativas não estão mais tão boas.

— Ah.

— Você se divertiu hoje, maman?

— Sim. Hum. Babou me mostrou Darius, o Primeiro.

— A origem do seu nome.

Assenti.

— Queria que tivesse conhecido antes. Queria que você morasse aqui.

— Sério?

— Sim, é claro. Eu sinto saudades. Queria que você conhecesse melhor sua história. Você sabe, aqui em Yazd a história da família é algo muito importante.

— Hum.

— Mas estou feliz por você, por ter a oportunidade de viver nos Estados Unidos.

Bebi meu chá.

— Babou está bem?

Mamou sorriu para mim, mas seus olhos se entristeceram. Fariba Bahrami tinha os olhos mais gentis de toda a galáxia. Eram grandes e castanhos, com travesseiros macios debaixo deles. Minha mãe chamava de olhos de Bette Davis.

Eu tive que procurar no Google para descobrir quem foi Bette Davis. Descobri que escreveram uma música sobre os olhos dela.

— Babou está bem — respondeu ela.

Eu sabia que ele não estava bem. Não de verdade. Ela não precisava dizer em voz alta.

— Te amo, Mamou — deixei meu chá sobre a mesa para abraçá-la.

— Também te amo, maman — disse ela, que me deu um beijo na bochecha, e então sorriu novamente. — Você gosta de brócolis?

— Hum. Claro.

Eu não tinha uma opinião bem formada a respeito de brócolis e não estava preparado para aquela mudança repentina e inexplicável no rumo da conversa. Fariba Bahrami era uma Mudadora de Assunto Nível Dez quando precisava ser.

— Vou fazer amanhã. Você quer mais alguma coisa antes de dormir?

— Não. Estou bem.

Lavei a louça enquanto Mamou guardava as ervas que Babou e Laleh haviam separado.

— Você é igualzinho ao seu pai — comentou ela. — Ele sempre ajuda na cozinha.

— Sério?

— Lembro de quando a gente foi para o casamento. Seu pai sempre lavava a louça. Ele não me deixava ajudar em nada. Seu pai é um amor.

Lá vinha ela com essa de novo.

Stephen Kellner: um amor.

— Você é um amor também, Darioush-jan.

— Hum.

Mamou me puxou para um beijo novamente.

— Estou muito feliz que você veio.

— Eu também.

Casual persa

Na manhã seguinte, meu pai me acordou sacudindo meu ombro.

— Você está pelado?

— Quê? Não.

— Ótimo. Feliz Noruz, Darius — disse ele, me fazendo um cafuné.

Nem sequer comentou sobre o cumprimento do meu cabelo.

— Feliz Noruz, pai.

Como eu disse, existiam algumas regras especiais para *Star Trek* — pelo menos antes de meu pai mudar tudo sem me avisar —, regras que diziam quando nós poderíamos ser pai e filho de verdade.

O Noruz seguia as mesma regras. Mas, desta vez, nosso relacionamento de pai e filho tinha uma plateia.

O Ventilador Dançante se arrastava em direção ao meu pai, um drone implacável determinado a nos destruir, mas assim que meu pai o encarou, ele parou.

Resistir era inútil.

— Melhor se vestir. Seu tio Soheil chega daqui a pouco.

— Que horas são?

— Quase dez. Vamos lá. Antes que a cozinha seja invadida.

Meu pai me serviu uma xícara de chá e sentou ao meu lado enquanto eu comia sangak com queijo feta.

Noon-e sangak é um pão de massa fina assado sobre pedra. É meio borrachudo — exceto quando tostado — o que eu fiz, usando o forno elétrico brilhante e luxuoso de Mamou que ficava sobre o balcão. Ele era todo feito em aço escovado com visores digitais e controles sensíveis ao toque.

Era a U.S.S. Enterprise dos fornos elétricos.

Em casa, no Estados Unidos, nós comemos bacon e ovos de café da manhã nos feriados (ou nos dias em que minha mãe estava morrendo de vontade de comer bacon, o que geralmente acontecia quando ela se estressava no trabalho), mas não dava para comprar bacon em Yazd. Bacon não é um alimento halal, o que significava que é proibido na República Islâmica do Irã. Então comi pão com queijo no café da manhã, assim como qualquer outro adolescente iraniano. Assim como Darius, o Primeiro, provavelmente comia na sua adolescência.

Eu me senti muito persa.

— Feliz Noruz, Darioush — disse minha mãe, beijando minha testa enquanto eu lavava a louça do café. Ela havia voltado a usar a versão iraniana do meu nome.

— Feliz Noruz, mãe.

Ela usava modeladores de cacho no cabelo, e um roupão branco, longo e macio. Meu estômago experimentou uma inversão gravitacional.

— Ah. Está se arrumando para a festa? — perguntei, embora já soubesse a resposta.

— Só um pouquinho.

— Eu preciso me arrumar também?

— Como você preferir, querido. Seremos só a família. Vista alguma coisa casual.

Eu sabia que ela estava mentindo.

— Tudo bem.

— Cadê sua irmã?

— Assistindo a novelas iranianas com o avô — respondeu meu pai.

Ele não tirou os olhos do caderno, onde vinha refinando seus rascunhos de Persépolis desde que voltamos de lá.

— Ele disse que vai ajudá-la a melhorar o idioma.

Eu meio que queria assistir a novelas iranianas com meu avô e melhorar o idioma também.

— Se não tomarmos cuidado, meu pai vai tentar sequestrá-la — disse minha mãe, brincando.

— Onde ele estava quando Laleh tinha dois anos?

Minha mãe se abaixou para dar um beijo na têmpora do meu pai, o que eu notei ser seu lugar favorito para beijá-lo quando havia gente em volta.

— O chuveiro está livre para você, querido — disse ela.

Meu pai puxou minha mãe para mais um beijo, este no canto da boca dela, que era como meu pai gostava de beijar minha mãe se alguém estivesse olhando.

— Obrigado.

Assim que minha mãe foi para a sala de estar, me virei para o meu pai.

— Casual persa?

Meu pai fechou o caderno.

— Casual persa.

Casual persa cobria uma área vasta, desde levemente-mais-formal-que--esporte-fino até um-pouco-menos-que-traje-a-rigor-ou-uniforme--militar. Camisa de botão e calça social era o mínimo aceitável; talvez um terno, dependendo da ocasião. Lá em casa geralmente significava usar uma gravata também, mas ninguém usava gravatas no Irã. Era considerado moda "ocidental".

A bagagem do meu pai ficou sem espaço para qualquer um dos seus ternos, e os meus não me cabiam mais, então nós estávamos em desvantagem na hora de causar uma boa impressão.

Até onde eu sabia, aquele era o motivo e o propósito do "casual persa": garantir que sua família causaria uma impressão melhor do que a dos outros, geralmente enganando outras pessoas a pensarem que o evento era mais casual do que de fato era.

Meu pai tinha muita experiência em casual persa. Ele sabia como prever. Por garantia, estava sempre bem-vestido, mas às vezes o truque não funcionava. A única coisa pior do que estar perpetuamente malvestido, é estar extravagantemente bem-vestido. Então todo mundo iria fofocar pelas nossas costas (em persa, claro) sobre como nós gostávamos de ostentar.

Minha mãe insistia que todo o conceito de casual persa era coisa da nossa cabeça.

Ela sempre dizia que estávamos bem-vestidos, mesmo se estivéssemos de shorts e camiseta enquanto todo mundo estivesse de camisa social e terno.

Ela dizia que a gente se preocupava demais.

Talvez fosse apenas um comportamento social.

Esperei meu pai ficar pronto antes de entrar no meu banheiro (aquele com a privada de agachar que, para ser sincero, não era tão ruim depois que você se acostumava) para tomar banho e me arrumar. Com a casa cheia de gente tentando alcançar o casual persa, não tinha sobrado muita água quente. Vesti uma calça social cinza-escura e uma camisa de botão turquesa, com uma estampa sutil de folhas, daquelas que só dá para ver sob uma determinada luz.

A roupa me deixava um pouco mais magro. Eu gostava de como ela me vestia.

Eu me senti quase bonito.

Quase.

Dayi Soheil chegou pouco depois do meio-dia, com sua esposa e dois filhos. Dayi Jamsheed só chegaria mais tarde.

Dayi Soheil era a cara de Babou, uma versão mais jovem de um universo paralelo em que Babou era capaz de sorrir. Dayi Soheil e sua esposa, Zandayi Simin, se revezaram para beijar minhas bochechas, me abraçar e me beijar de novo, até Dayi Soheil recuar um passo e dar um tapinha na minha barriga.

— E de onde veio isso aqui, hein, dayi? São os remédios, é?

— Hum.

Nem mesmo Stephen Kellner havia falado da minha barriga daquele jeito antes.

Eu não sabia o que dizer.

— Darioush-jan — disse Zandanyi Simin —, bem-vindo ao Irã.

Zandayi significa "esposa do irmão da mãe".

A voz da minha Zandayi era grave e suave, como a de uma rainha dos elfos. Seu sotaque era mais acentuado do que o de Dayi Soheil: todas as consoantes eram mais afiadas, e ela dizia "vem-vindo" em vez de "bem-vindo".

— Obrigado, Zandayi. Hum. Eid-e shomaa mobarak.

Este é o cumprimento tradicional do Noruz para pessoas mais velhas que você.

Meus tios sorriram para mim. O tipo de sorriso que você dá para uma criancinha que, depois de meses de treinamento intenso, finalmente conseguiu usar a privada sozinha pela primeira vez.

Dayi Soheil segurou meu rosto entre suas mãos.

— Eid-e toh mobarak, Darioush-jan!

É assim que se deseja um feliz Noruz para alguém mais novo que você.

Dayi Soheil beijou minhas bochechas novamente, bateu na minha barriga uma última vez e entrou na casa.

Eu estava mortificado.

— Feliz Noruz, Darioush! — disse Sohrab quando eu abri a porta.

Ele também estava vestindo casual persa, embora sua camisa fosse branca com um tipo de textura listrada que refletia a luz ao seu lado. Ele havia feito algo diferente no cabelo, que agora estava arrepiado e brilhava sob a luz da entrada da casa.

Eu também havia passado gel no cabelo, mas ele só deixou meus cachos mais brilhantes e duros.

O cheiro de Sohrab era bom, como alecrim e couro, mas o perfume não era muito forte. Ele havia evitado a predisposição genética que muitos persas legítimos tinham para usar perfume demais.

— Eid-e toh mobarak — eu disse.

Você também pode usar toh para falar com alguém muito próximo.

Sohrab estreitou os olhos para mim, e então segurou a porta para que a mulher atrás dele entrasse. Ela era baixinha — quase como se estivesse agachada —, mas seu cabelo era tão enorme que, depois que ela removeu o lenço da cabeça, tomou conta da sala inteira.

— Maman, este é o Darioush. Neto do Agha Bahrami — disse Sohrab, me apresentando.

A mãe de Sohrab esticou o pescoço para trás e me observou de cima a baixo.

— Eid-e shomaa mobarak, Khanum Razaei — eu disse.

— Feliz Noruz! — respondeu ela em uma voz rouca, áspera e alta.

— Prazer em te conhecer.

Ela sorriu e seus olhos se estreitaram, assim como os de Sohrab.

— Obrigada.

Ela me puxou pelos ombros e beijou minhas bochechas, e depois entrou para procurar por Mamou.

— Seu pai também vem? Ou seu amou?

Sohrab mordeu a bochecha por um momento.

— Não. Só eu e minha mãe. Nós sempre passamos o Noruz aqui. Amou Ashkan vai para o Banquete.

— Banquete?

— É a comemoração bahá'í. A maioria das famílias bahá'ís vai.

— Ah.

Eu ia perguntar mais coisas, até que escutei a mãe de Sohrab soltando um grito e navegando o oceano de Bahramis que a separava do seu alvo.

— Minha mãe ama a Mamou — disse ele, estreitando os olhos novamente. — Ela é especial, sabe?

Eu sabia. Sohrab não precisava dizer em voz alta.

Todos nós tínhamos que tirar fotos atrás da Haft-Sin.

Eu e Laleh nos sentamos em duas cadeiras da sala de jantar, e nossos pais de pé atrás da gente.

Os persas eram mestres na arte nobre e milenar das fotos constrangedoras de família — na verdade, nós provavelmente inventamos essa arte. Persas legítimos se recusavam a sorrir em fotos, a não ser que alguém os enganassem, ou que fossem convencidos em uma combinação de súplica, chantagem e taarof de alto nível.

Meu pai sorriu atrás de mim. Seus dentes eram muito retos e muito brancos — exatamente o que se esperava da sua genética teutônica e anos de tratamentos odontológicos agressivos — e Laleh sorriu porque ela era a Laleh, e Laleh estava sempre sorrindo.

Mas minha mãe apenas pressionou os lábios, o mais perto que ela chegava de um sorriso a não ser que fosse pega de surpresa.

Tentei sorrir também, mas meu rosto parecia estranho e engessado, resultando em um visual metade sorriso e metade constipado.

Dayi Jamsheed tirou algumas fotos nossas e eu achei que estava tudo resolvido.

Eu estava errado.

Todos precisavam de fotos: com seus próprios núcleos familiares, com Mamou e Babou, comigo, Laleh, minha mãe e meu pai. A cada minuto eu era puxado para fotos diferentes, com braços diferentes sobre os meus ombros e em volta da minha cintura. Minha família estava por toda a parte.

E apesar de odiar ser jogado de um lado para o outro e apertado pela cintura, meu rosto engessado e constipado eventualmente abriu um sorriso.

Eu nunca estive cercado por toda a minha família antes. Não completamente.

Quando Dayi Jamsheed começou a reunir todo mundo para uma grande foto em grupo, meus olhos começaram a arder. Não conseguia evitar.

Eu os amava.

Amava como os cílios de todos eram longos e escuros e distintos, assim como os meus. E como seus narizes tinham uma pequena curvatura no meio, assim como o meu. E como seus cabelos lambidos se repartiam em três direções diferentes, assim como o meu.

— Darius, você está bem? — perguntou meu pai.

Ele havia sido empurrado para o fundo, junto comigo, já que éramos mais altos do que todo mundo.

— Hum. Sim — gaguejei.

Meu pai apoiou a mão nas minhas costas e me sacudiu.

— Você tem tanta sorte de ter uma família grande assim.

Eu tinha sorte.

O poço dentro de mim estava prestes a explodir.

Mamou se virou para trás. Ela e Babou estavam sentados na frente de todos, os dois sóis do sistema solar da família Bahrami, e então ela sorriu para mim.

Pela primeira vez na história da família Bahrami, ela havia reunido todos os seus netos em um só lugar.

Eu amava o sorriso da minha avó mais do que tudo.

Dayi Jamsheed entregou sua câmera — uma semiprofissional — para Sohrab, enquanto a mãe dele apontava o iPhone de alguém em nossa direção. Ela tinha outros dois celulares debaixo dos braços, e um apoiado debaixo do queixo.

Era profundamente redundante.

— Yek. Doh. She — disse Sohrab, analisando a foto por um segundo. — Ficou boa!

Babou se levantou e disse alguma coisa para Mamou. O que quer que fosse, não era coisa boa: a sala inteira ficou em silêncio, como se a casa tivesse passado por uma descompressão explosiva.

Talvez fosse isso mesmo.

Então Babou começou a gritar.

Era um som incoerente, distorcido e rancoroso.

As sobrancelhas da mãe de Sohrab formaram um arco perfeito sobre seus olhos, quase desaparecendo sob seus cabelos, enquanto meu avô gritava para a minha avó por algum motivo que eu não conseguia entender.

Sohrab encarava o chão enquanto mexia a esmo na câmera.

Minha mãe ficou pálida.

Mas a expressão de Mamou era a pior.

Ela ainda sorria, mas não mais com os olhos.

Por fim, Babou marchou em direção ao seu quarto.

Ninguém disse mais nada. Estávamos todos esperando a pressão atmosférica voltar ao normal. Mamou ainda estava de pé, e eu me inclinei para tentar abraçá-la, mas acabou sendo um meio abraço constrangedor. Mamou se virou e me envolveu em seus braços. O rosto molhado contra os meus ombros.

Eu odiava que ela estivesse chorando.

Odiava que Babou havia a tratado daquela forma.

— Obrigada, maman. Vai ficar tudo bem.

— O que aconteceu?

— Nada. Vai passar.

Mamou beijou minha bochecha e então se afastou, desaparecendo em direção ao banheiro seguida pela minha mãe.

Sem os dois astros para nos alinhar, nossa órbita decaiu até que o sistema solar da família Bahrami sucumbiu à entropia e se partiu por completo.

— Ele faz isso às vezes — explicou Sohrab. — Fica nervoso. Sem motivo. Por causa do tumor.

— Ah.

— Ele não é assim de verdade.

Desde que o conheci, Ardeshir Bahrami sempre me pareceu severo. Mesmo quando eu era criança e ele era uma imagem assustadora na tela do computador da mamãe com a voz áspera e o bigode cheio.

Então eu não tinha certeza se acreditava em Sohrab. Não completamente.

Mas era legal imaginar uma versão do meu avô que não fazia minha avó chorar.

— Acho que a gente deveria fazer um chá — eu disse.

Era tudo que eu sabia. Fazer chá.

— Claro.

A cozinha estava vazia. Todos haviam abandonado o barco depois do fiasco da foto em família, mas ainda pairava no ar o aroma de açafrão, endro, salmão e limas da Pérsia. Mamou deixou um peixe enorme assando no forno, sbazi polow cozinhando no fogão, e pratos com todo tipo de torshi conhecidos pela humanidade — até o de limão, que era meu favorito.

O estômago de Sohrab roncou.

— Seu jejum acaba hoje, certo?

— Depois do pôr do sol.

O bule já estava apitando, mas a chaleira estava vazia, exceto pelas folhas usadas no último chá. Eu joguei tudo dentro da pia e comecei a preparar uma nova leva.

Enquanto esperávamos, Zandayi Simin chegou com uma xícara vazia.

— Ah. Muito obrigada, Darioush-jan.

Ela disse algo em persa para Sohrab, que assentiu. Ele olhou para mim e, então, de volta para ela.

Suas bochechas estavam corando.

Eu não conhecia nada que pudesse fazer Sohrab corar.

Aquilo fez com que eu gostasse ainda mais dele.

— Hum — murmurei.

— Darioush-jan — disse Zandayi Simin. — Estou muito feliz em te conhecer.

— Eu também — respondi.

Comecei a corar um pouquinho também.

— Te amo muito.

— Hum.

Ela disse mais uma coisa para Sohrab, e depois:

— Meu inglês não é muito bom.

— Não, não. É excelente.

— Obrigada — disse ela. — Sohrab vai ajudar a...

— Traduzir — completou ele.

Ela assentiu.

— Qualquer dúvida que você tiver.

— Ah — engoli em seco.

Eu só havia conversado com Zandayi Simin algumas vezes pela internet. Geralmente ela só conversava em persa com a minha mãe.

Eu tinha tantas perguntas guardadas.

Tudo que eu sabia sobre a minha família eram as pequenas coisas que minha mãe contava.

Eu queria conhecer as histórias de verdade.

Queria saber as coisas que minha mãe não pensaria em me contar. Coisas que ela sabia, mas nunca dizia em voz alta, porque eram parte dela.

Queria saber o que tornava a família Bahrami especial.

— Hum.

Meu pescoço começou a formigar.

Queria saber sobre como era crescer no Irã.

Queria saber como meus primos eram quando crianças.

Queria saber o que Zandayi Simin fazia da vida.

Minha tia estava me oferecendo um tesouro — um baú de joias, dignas de Smaug, o Terrível (o dragão, não a caldeira de água). E eu estava paralisado demais para me aproximar e escolher uma pedra preciosa.

— Hum.

Zandayi Simin sorriu para mim, pacientemente.

— Simin-khanum — disse Sohrab. — Conta para ele aquela história do Babou e o aftabeh.

Zandayin Simin gargalhou.

— Sohrab!

Minha tia disse algo em persa, algo que o fez corar ainda mais, mas ele também riu.

— Darioush-jan, você sabe o que é aftabeh?

Minha prima, um Espectro-do-Anel

Em alguns aspectos, Noruz é a versão persa do Natal: você passa com a família, come montanhas e montanhas de comida e é dia de folga para quase todo mundo.

Minha mãe sempre nos deixava faltar aula. Eu nunca expliquei o motivo para ninguém, mas tenho quase certeza de que Laleh contou porque, como eu disse, Laleh era muito mais popular do que eu.

Outra coisa que o Noruz e o Natal tinham em comum: presentes.

Mamou e Babou — depois de finalmente reaparecerem, agindo como se nada fora do normal tivesse acontecido — me deram uma camisa de botão branca. Era parecida com a que Sohrab estava vestindo, mas a minha tinha riscas de giz azuis.

Dayi Jamsheed e Dayi Soheil me deram cinco milhões de riais iranianos cada.

Eu não sabia exatamente qual era a taxa de câmbio entre o rial iraniano e o dólar americano, apenas que a diferença era considerável.

Meus tios deram a mesma quantidade para Laleh, que saiu correndo e gritando pela casa.

— Estou milionária! Estou milionária!

Laleh passou a tarde inteira petiscando as sobremesas do Noruz — baqlava e bahmieh. Ela também bebeu três xícaras de chá, portanto, nove cubos de açúcar, o que significava que ela tinha energia o suficiente para alimentar um sistema de electroplasma inteiro.

Ainda havia uma montanha de qottab nos esperando para depois do jantar.

Eu não contei isso para Laleh.

Sohrab me seguiu até meu quarto quando fui guardar a camiseta e o dinheiro.

— Eu trouxe uma coisa para você, Darioush — disse ele.

— Sério?

Eu me senti horrível. Eu não havia comprado nada para Sohrab. Como eu poderia saber que faria um amigo no Irã?

Sohrab pegou uma embalagem pequena, embrulhada em uma página de classificados de um jornal iraniano. Ele tentou me entregar, mas me lembrei da prática social apropriada.

— Não posso aceitar — eu disse.

Não era apenas taarof.

Eu não conseguia suportar o quão egoísta eu era.

— Por favor.

— É sério.

— Sem essa, Darioush. Taarof nakon.

Ele empurrou o presente contra o meu peito.

Resistir era inútil.

— Tudo bem, Sohrab. Obrigado.

Abri a embalagem e uma camisa branca de seda escorregou sobre as minhas mãos. Era um uniforme de futebol, com uma faixa verde sobre os ombros, uma vermelha sobre o peito e o contorno sutil de um leopardo na altura da barriga.

— Uau — exclamei.

O tecido suave deslisava pelos meus dedos enquanto eu observava o brasão no peito.

— É da Seleção Melli. A seleção iraniana de futebol. Da Copa do Mundo.

Vesti a camisa — a gola da roupa casual persa aparecendo por baixo. Mesmo assim, me senti um iraniano de verdade. Mesmo com a cabeça do leopardo esticada sobre a minha barriga.

— Eu amei — disse. — Muito obrigado.

Pisquei algumas vezes porque não queria que Sohrab percebesse meu humor performando uma severa Manobra Gravitacional. Eu sabia como camisas de futebol eram caras. Sohrab poderia ter usado aquele dinheiro para comprar chuteiras novas, mas, em vez disso, ele comprou aquela camisa para mim.

— Você está bem, Darioush?

— Sim, sim. — Pisquei mais algumas vezes. — É só que isso é muito, muito legal da sua parte.

Eu me sentia em casa.

— Eu não comprei nada para você. Desculpa, Sohrab.

Sohrab sorriu.

— Não precisa. Queria fazer uma surpresa.

A mãe de Sohrab apareceu na porta do quarto com a câmera na mão.

Usei a distração para esfregar os olhos e fungar um pouco.

— Sohrab! Você deu a camisa para ele.

— Baleh, Maman.

— Eu amei. Obrigado, Khanum Razaei.

— Foi tudo coisa do Sohrab.

— Eu adorei — comentei, olhando para ele.

A mãe de Sohrab levantou a câmera. Ele jogou seu braço sobre os meus ombros e sorriu em direção às lentes.

— Yek. Soh. Seh.

Tentei sorrir, mas provavelmente saí parecendo surpreso. Ou constipado.

Ninguém nunca havia apoiado os braços sobre os meus ombros como Sohrab fazia. Como se fosse perfeitamente aceitável fazer aquilo com outro garoto. Como se fosse algo que amigos fazem uns com os outros.

Não havia barreiras dentro de Sohrab.

E eu amava aquilo.

Khanum Razaei tirou a foto e conferiu como ficou. Ela inclinou a cabeça para trás e analisou a imagem sobre a armação dos óculos.

— Ficou boa.

— Obrigado — eu disse, mais uma vez. — Muito mesmo.

— Sohrab sabia que você iria gostar.

Ela estreitou os olhos para mim e saiu corredor afora.

Sohrab ainda estava apoiado em mim, batendo no meu ombro.

— Esse é o presente mais legal que alguém já me deu.

Sohrab apertou meu ombro mais uma vez, e tocou em minha nuca.

— Fico feliz que você tenha gostado, Darioush.

Comemos quando o sol se pôs.

Nossa família não precisava jejuar, mas Mamou garantiu que Sohrab e sua mãe não seriam deixados de lado. Mahvash Razaei — era assim que minha mãe a chamava, Mahvash-khanum — elogiava tudo. Achei que Mamou iria jogar a concha de arroz na cara dela, para que ela parasse de falar.

Não havia mesas e cadeiras para que todos os Bahramis (e mais dois Razaeis) comessem juntos, então ficamos espalhados segurando o prato com uma mão e comendo com a outra da melhor forma possível. Laleh ignorou todos os cozidos e arroz e foi direto para a tigela de pepino, que ela comeu inteira como se fosse chocolate.

— Darioush-jan — chamou Dayi Jamsheed. — Você não gosta de khiar?

— Hum. Não muito.

Eu não entendia o motivo e o propósito de pepinos. O gosto não era ruim, mas eles tinham uma textura esquisita e gosmenta que eu simplesmente não conseguia superar.

— Você não é tão persa — disse ele. — Não tanto quanto Laleh.

Olhei para baixo, para a minha camisa da Seleção Melli que eu ainda vestia por cima da camisa social.

Eu nunca havia me sentido tão persa em toda a minha vida, mas, ainda assim, não era o bastante.

— Você puxou o seu pai. Ele também não gosta — comentou meu tio.

E, então, pegou um pepino e saiu andando.

Meu pai estava na cozinha, colocando os pratos na lava-louças.

Eu enxaguei meu prato e o ajudei com os outros, ainda empilhados sobre a pia.

— Já jantou?

— Sim.

— Não precisa ajudar. Deixa comigo.

— Não me importo — respondi. — Mamou comentou sobre como você sempre ajuda com a louça. Ela disse que você é um amor.

Meu pai quase corou ao ouvir aquilo.

Quase.

— Ela disse para sua mãe que eu ia deixá-la mal acostumada. Disse que os homens no Irã não lavam a louça.

— Ah.

— Mas eu gosto de ajudar. Sua avó já tem um prato cheio de preocupações.

Ele encaixou outro prato dentro da lava-louças e soltou uma risada.

— Metaforicamente falando.

— Aham.

— O que você achou dos seus tios?

— Eles são… Sei lá. Dayi Jamsheed disse que eu não sou persa. Porque não gosto de pepino.

Entreguei o último prato para o meu pai e comecei a juntar os garfos e colheres.

— E Dayi Soheil me chamou de gordo.

Meu pai quase derrubou o prato que estava segurando.

— Ele o quê?

— Bom. Não exatamente. Ele só, tipo, deu um tapinha na minha barriga, mas ficou implícito.

— Acho que ele só estava sendo carinhoso, Darius.

Stephen Kellner sempre dava o benefício da dúvida para todo mundo.

Todo mundo, menos eu.

— Achei vocês — disse minha mãe.

Ela fechou a porta da cozinha e tomou a prataria das minhas mãos.

— Vocês dois pra fora. Deixa que eu arrumo isso.

— Eu não me importo, amor — disse meu pai, olhando em direção à porta. — Vá passar um tempo com seus irmãos.

Por um momento, me perguntei se meu pai estava tentando evitar a sala de estar. Se ele estava se abrigando na cozinha para fugir das críticas em massa da família Bahrami.

Mas aquilo era impossível.

Stephen Kellner nunca fugia de nada.

— Deixa comigo — rebateu minha mãe.

Com um sorriso, ela empurrou meu pai para longe com seu quadril, mas ficou na ponta dos pés para beijá-lo na têmpora.

— Vão lá.

— Certo. Vamos lá, Darius.

Ele passou o braço sobre o meu ombro e me guiou de volta para a sala de estar.

Depois do jantar, os filhos do Dayi Jamsheed empurraram todos os móveis para os cantos, deixando o tapete verde e vermelho no centro da sala para todo mundo dançar.

Dayi Jamsheed tinha quatro filhos: os meninos Zal e Bahram, e as meninas Vida e Nazgol.

Primeiramente: minha prima Nazgol tinha esse nome por causa da palavra em persa que significava flor.

Ela não era um Espectro-do-Anel — o Nazgûl — e eu tinha quase certeza de que ela nunca havia lido *O Senhor dos Anéis*, então não era como se eu pudesse fazer essa piada com ela.

Segundamente: Dayi Jamsheed também foi parcialmente-Super--homem. A decisão de chamar seu filho de Bahram Bahrami deve ter saído do mesmo poço de niilismo teutônico que faz Stephen Kellner escolher Grover como meu nome do meio.

Que tipo de nome é Darius Grover Kellner?

Era como se eu estivesse destinado a ser um alvo.

É o seguinte:

Todas as músicas iranianas têm exatamente a mesma batida.

Talvez apenas os persas legítimos, amantes-de-pepino saibam diferenciar.

No começo, apenas as damas dançam. Elas formam um círculo, balançando os quadris, virando os punhos e dando passos curtos em uma coreografia confusa. Mamou tinha um biombo de vitral que separava a sala de estar da sala de jantar, e a luz que passava através dele projetava uma constelação de cores sobre a minha família.

Khanum Rezaei entrou no meio da roda e dançou com seu lenço na mão, o balançando e rodopiando na batida da música. Laleh riu e tentou imitá-la, mas o balanço da minha irmã era um pouco mais violento.

Fiquei com Sohrab no canto da sala. Ele tinha um jeito descolado de estalar os dedos, batendo palmas e deslizando os dedos indicadores um sobre o outro, mas não importava o quanto eu tentasse, não conseguia fazer igual, então me contentei com bater os pés no chão. Nós nos balançamos juntos, rindo e batendo os ombros.

Foi a noite mais divertida da minha vida.

Uma música nova começou, e aquela eu reconheci das festas persas que frequentei em Portland. Soava como uma mistura caótica de um tambor persa com uma dúzia de violinos celtas.

— Eu amo essa música! — gritou Mamou a plenos pulmões.

Ela pulou no meio da roda, se juntando a Mahvash Rezaei e Laleh. As três chutavam o ar, pulavam e batiam o pé com tanta empolgação que fizeram as fotos nas paredes tremerem.

Sohrab se juntou a elas, me puxando pelo braço, e eu pulei e morri de rir tentando acompanhar, mas, em termos de dança, eu tinha a graciosidade de um androide.

Mamou segurou minha mão, eu segurei a de Sohrab, e nós formamos uma corrente. Em pouco tempo, estávamos dançando, girando, batendo os pés, pulando e sorrindo.

Mas, mesmo sorrindo, eu pensava em como Mamou, sra. Razaei e Sohrab já haviam dançado aquela música antes. Como eles já haviam comemorado o Noruz juntos antes.

Como Mamou já havia beijado Sohrab nas bochechas e o convidado para tomar chá antes. Mais vezes do que eu seria capaz de contar.

Meu peito explodiu. Só um pouquinho.

Eu odiava como Sohrab havia participado da vida da minha avó por muito mais tempo do que eu.

Odiava o tanto de ciúmes que eu sentia dele.

Odiava como eu não conseguia viver uma comemoração de Noruz sem passar por uma Manobra Gravitacional de Humor.

Mas Sohrab encontrou meus olhos e abriu um sorriso tão grande, seus olhos tão apertados, que eu sorri de volta e comecei a rir.

Sohrab me entendia.

E eu o entendia também.

E aquilo era simplesmente a coisa mais incrível do mundo inteiro.

Na cozinha, encontrei meu pai junto com Dayi Jamsheed, Sayi Soheil e Babou, os três sentados com pratos de tokhmeh jogando uma partida intensa de Rook.

Rook é um jogo de cartas que, até onde eu sei, está presente no DNA de todos os persas legítimos. Em qualquer encontro com quatro ou mais persas, pelo menos um teria um deck de cartas em seu bolso da frente.

Rook era jogado em pares, e seu parceiro se sentava à sua frente. Apesar de todo o emaranhado mecânico quântico, meu pai e Babou acabaram formando uma dupla.

Eu não podia acreditar que Stephen Kellner estava jogando Rook.

Eu não podia acreditar que ele estava jogando com Ardeshir Bahrami.

Eu não podia acreditar que ele parecia estar se divertindo de verdade.

Stephen Kellner se divertindo com Ardeshir Bahrami.

Não fazia sentido. Eu não sabia jogar Rook e, desde a última vez em que eu perguntei, meu pai também não. Nas festas persas nós ficávamos no canto observando os homens persas mais velhos jogarem e rindo das brigas que inevitavelmente aconteciam apesar de não entendermos uma palavra sequer.

Babou grunhiu e assentiu, e meu pai jogou um oito de copas na mesa. Enquanto Dayi Jamsheed jogava, meu pai olhou para mim e sorriu.

Sorriu.

Como se estivesse se sentindo em casa.

Eu não sabia como ele havia conseguido. Como havia se adaptado tão bem entre os homens da família Bahrami, como um camaleão.

Ele era mesmo um Super-homem.

A cozinha estava quente demais. A brisa havia morrido com o pôr do sol, e o ar abafado não se movia através das janelas da cozinha. A chaleira apitou, implacável como Smaug, o Dourado.

Peguei um qottab quando meu pai não estava olhando e me esgueirei por trás da mesa em direção ao quintal dos fundos.

Sequência principal

Senti um cheiro doce.

Flores de jasmim desabrochando.

Eu nunca havia sentido o cheiro fresco de jasmim antes. Era intenso e ao mesmo tempo delicado, como um cobertor de lã. Eu gostava de jasmim nos chás da Cidade das Rosas, mas aquilo não era nada comparado com o aroma fresco das flores. Mamou e Babou haviam plantado as pequenas mudas brancas por todo o perímetro do jardim, em caixinhas de madeira pintadas de um azul suave.

Eu me abaixei sobre um dos canteiros e respirei fundo. Meu peito parecia pesado, como se alguém tivesse derrubado um planeta em cima de mim.

Do lado de dentro, minha família jogava Rook e conversava com palavras que eu não entendia. Dançando músicas que já haviam dançado juntos por anos. Compartilhando piadas e histórias das quais eu jamais seria parte. Comendo khiar e bebendo doogh como persas legítimos.

Até meu pai tinha conseguido se enturmar.

Mas eu não pertencia.

— Darioush?

Era Sohrab.

— O que aconteceu?

Esfreguei os olhos e abaixei a cabeça. Sohrab deslizou pela parede ao meu lado, e recostou seus joelhos no peito.

— Nada.

Os olhos de Sohrab não estavam apertados dessa vez.

Eu não havia notado como eles eram grandes.

— Por que você está chorando?

— Não estou — disse, só que havia um nó na minha garganta e eu soava como um sapo.

Sohrab chegou mais perto, colando seu ombro no meu.

— Alguém disse alguma coisa que te magoou?

Balancei a cabeça e continuei em silêncio.

Sohrab passou o braço por cima de mim e pegou um jasmim do arbusto mais próximo. Ele balançou a pequena flor de um lado pro outro e esperou até que eu falasse.

— É tão difícil — comentei. — Todo mundo se conhece. Todo mundo fala persa. Todo mundo sabe dançar. E eu...

— Esqueceu da Simin-khanum? — disse Sohrab. — Ela amou te receber aqui.

— Não é a mesma coisa. Dayi Soheil me acha gordo. E Sayi Jamsheed disse que eu não sou persa. Mas eles gostam do meu pai. Eles estão lá dentro jogando Rook — solucei. — Eu sou uma decepção para todo mundo.

— Darioush — disse Sohrab, batendo no meu ombro mais uma vez.

— Ninguém me quer aqui.

— Todo mundo te quer aqui. Nós temos um ditado em persa. A tradução é "seu lugar estava vazio". Nós dizemos quando sentimos saudades de alguém.

Funguei o nariz.

— Seu lugar estava vazio antes, mas essa é a sua família. Seu lugar é aqui.

Esfreguei os olhos com a palma das mãos.

Era uma coisa boa de imaginar. Mesmo que eu não acreditasse nele.

— Obrigado, Sohrab.

— Não conte ao Babou. Nem ao meu pai — pedi, depois que terminei de liberar meus hormônios de estresse.

— O quê?

— Que eu estava... Você sabe.

— Ah! — Ele mordeu as bochechas. — Você não conversa com seu pai?

— Não muito.

— Por quê?

— Hum...

Como eu poderia explicar o vasto abismo entre Stephen Kellner, Super-homem teutônico, e eu, um D-rrotado?

Suspirei, batendo de lado contra o corpo de Sohrab. Nós havíamos nos aproximado ainda mais enquanto eu me acalmava.

— É só que... não importa o que eu faça, ele está sempre chateado comigo. Meu corte de cabelo. O que eu como. A mochila que eu levo para a escola. Meu emprego. Tudo. Ele está sempre decepcionado comigo. Sempre tentando me mudar e fazer com que eu faça as coisas do jeito que ele faria. Para que eu me comporte como ele se comportaria.

— Darioush...

— Sabe o que ele me disse? Ele disse que as pessoas não iriam implicar tanto comigo se eu fosse mais normal. Eu sei lá o que isso significa!

— Eu também não sei — disse Sohrab, esbarrando em mim de novo. — As pessoas implicam com você? Na escola?

— Sim. Alguns dos garotos me provocam. Muito.

— Eu sinto muito.

— Não seria nada mal se meu pai apenas dissesse que eles estão errados. Que eles estão errados a meu respeito. Que estão errados em fazer o que fazem. Mas ele age como se a culpa fosse minha, como se eles fossem me deixar em paz se eu pudesse me transformar em um Minion Desalmado da Ortodoxia. E não é só por causa da escola. É por causa de tudo, sabe? Qualquer alteraçãozinha de humor que eu tenho. É como se meu pai tivesse certeza de que eu vou...

— Vai o quê?

Engoli em seco.

— Darioush?

— Então. Eu estou deprimido. Quer dizer, eu tenho depressão. Clínica.

— Aconteceu alguma coisa ruim? Algo que te deixou triste?

Em geral as pessoas fazem essa pergunta em tom de crítica, mas não Sohrab.

Ele perguntou como se eu fosse um quebra-cabeça que ele estava empolgado para montar.

Mesmo que as peças não fizessem muito sentido.

— Não. É só uma confusão. Meu cérebro faz as reações químicas do jeito errado.

Minhas orelhas ardiam.

— Nunca aconteceu nada de ruim comigo.

Eu me sentia péssimo dizendo isso em voz alta.

O dr. Howell — e meu pai também — sempre me diziam para não sentir vergonha. Mas às vezes era difícil.

— Há quanto tempo você tem?

— Sei lá. Faz um tempo já — respondi. — É genético. Meu pai também tem.

— Mas você não conversa com ele a respeito? Nem quando você está triste, tipo agora?

— Não.

Sohrab mordeu os lábios.

— Às vezes parece que ele não me ama, sabe? Não de verdade.

— Por quê?

Contei a Sohrab sobre as histórias antes de dormir. Contei sobre a escola de futebol e sobre os escoteiros. Contei sobre todos os passos que eu e meu pai demos para longe um do outro. E sobre como nunca mais voltamos.

Sohrab era um bom ouvinte. Ele nunca fazia o advogado do diabo ou me dizia que o que eu estava sentindo era errado, como Stephen Kellner sempre fazia. Ele assentia e me fazia perceber que ele entendia, e dava uma risada se eu dissesse algo engraçado.

Mas, eventualmente, até o assunto Stephen Kellner acabou morrendo.

Brinquei com a bainha da minha camisa da Seleção Melli, a enrolando no dedo indicador.

— E você?

— Eu?

— Você nunca fala sobre o seu pai. E ele não está aqui. Ele...

Sohrab desviou o olhar e mordeu a bochecha.

— Desculpa. Eu só estava me perguntando.

— Não — disse ele, olhando de volta para mim. — Tudo bem. A maioria das pessoas já sabe. E você é meu amigo.

Sohrab arrancou mais uma flor de jasmim para brincar entre os dedos.

— Meu pai está preso.

— Ah.

Eu nunca havia conhecido alguém que conhecia alguém que estava preso.

— O que aconteceu?

— Você viu as notícias sobre os protestos? Há alguns anos, na época das eleições?

— Acho que sim...

Eu teria que perguntar para a minha mãe para ter certeza.

— Aconteceram alguns protestos aqui em Yazd também. Meu pai estava lá. Ele não estava protestando, estava voltando do trabalho. Ele é dono da loja junto com Amou Ashkan.

Assenti.

— A polícia chegou e ele estava vestido como os manifestantes.

— Roupas lisas?

— Exato, e aí ele foi preso junto com os manifestantes e está na cadeia desde então.

— Como assim? Por quê?

— Ele é bahá'í. E as coisas não são muito boas se você for preso e for bahá'í, sabe?

Balancei a cabeça.

— Mas Mamou e Babou também não são muçulmanos. Eles não têm muitos problemas.

— É diferente com zoroastras. O governo não gosta muito de bahá'ís.

— Ah.

Eu não sabia daquilo, e me senti ainda mais envergonhado.

Sohrab havia vivido sem seu pai por anos, mas lá estava eu, reclamando de Stephen Kellner que, apesar de não ser perfeito, certamente era menos assustador do que o governo iraniano.

— Eu sinto muito mesmo, Sohrab.

Bati meu ombro contra o dele, e ele suspirou, relaxando um pouco.

— Está tudo bem, Darioush.

Eu sabia, sem que ele precisasse dizer, que não estava nada bem.

Não de verdade.

Fiquei conversando com Sohrab no jardim enquanto a brisa gelada da noite caía sobre nós. Os pelos finos e escuros nos braços se Sohrab se arrepiaram.

— A gente deveria voltar. Já está tarde. Acho que minha mãe já foi embora.

Estremeci.

— Tudo bem.

Meu pé estava dormente. Enquanto seguia Sohrab de volta para a casa, parecia que eu estava andando sobre cacos de vidro.

Mas eu me sentia melhor. Meu pai e Babou estavam sozinhos na cozinha, bebendo chá e conversando silenciosamente.

— Não sei — disse meu pai. — Parece que ele está sempre dificultando as coisas.

— É tarde demais para mudá-lo — respondeu Babou. — Você não pode controlá-lo, Stephen.

— Eu não quero controlar, mas ele é tão teimoso.

Minhas orelhas arderam. Esperei até que eles percebessem que eu e Sohrab estávamos na porta.

— Não se preocupe tanto, Stephen. Pelo menos ele fez amizade com Sohrab. Ele vai ficar bem.

— Você acha?

Babou assentiu.

Meu pai encarou a xícara de chá. Seu pomo de adão pulava para cima e para baixo.

— Acho que Sohrab talvez seja o primeiro amigo de verdade que ele já teve — disse ele finalmente.

Dentro do meu peito, uma estrela de sequência principal entrou em colapso sob a própria gravidade.

Eu odiava que meu pai pensasse aquilo sobre mim.

Odiava que ele estivesse certo.

Odiava que Sohrab tivesse ouvido tudo.

— Hum — murmurei, mais alto do que precisava.

Meu pai olhou para trás e me viu. Suas orelhas ficaram vermelhas também.

Eu queria dizer alguma coisa. Queria rebater.

Mas Stephen Kellner nunca dizia coisas por dizer.

Foi Sohrab quem me salvou.

— Khodahafes, Agha Bahram. Eid-e shomaa mobarak.

— Khodahafes, Sohrab-jan.

— Hum. Boa noite — eu disse.

Levei Sohrab até a sala de estar, que parecia ter abrigado uma Festa Nível Doze organizada por vinte ou trinta Minions.

Como eu disse, álcool era ilegal no Irã (não que isso impedisse todo mundo, mas impedia a família Bahrami), então não havia nenhuma garrafa vazia ou copos plásticos para recolher, mas havia pratos sujos e xícaras de chá e pilhas de casca de tohkmeh e muitas marcas brancas de açúcar de confeiteiro nas paredes.

Só poderia haver uma culpada para aquilo. As manchas estavam perfeitamente alinhadas na altura de Laleh.

Na porta, Sohrab tirou o par de chinelos de Babou que estava usando no jardim. Ele ainda estava com suas meias pretas. Eu nunca usava meias com chinelo, mas Sohrab fazia a combinação funcionar.

Ele era um persa legítimo.

— Obrigado.

— Darioush. Lembra do que eu disse? Que seu lugar estava vazio?

— Sim.

— Seu lugar estava vazio para mim também — disse ele. — Eu também nunca tive um amigo antes.

Eu quase sorri.

Quase.

— Te vejo amanhã?

— Sim. Se você quiser. Quer dizer, acho que sim.

Sohrab entortou a cabeça para o lado, como se eu tivesse dito alguma coisa engraçada, mas então balançou a cabeça e estreitou os olhos.

— Tudo bem. Khodahafes, Darioush.

— Khodahafes.

O Borg das ervas

Clang. Clang.

O ventilador ainda estava dançando, seus pés de borracha batendo na mesma sincronia do ritmo persa que passei a noite inteira ouvindo, mas não foi aquilo que me acordou.

Saí do quarto, pisando nos tapetes sempre que eu podia. O piso estava gelado.

Clang. Vush.

O barulho vinha da cozinha.

— Mãe?

Ela estava de frente para a pia, com seu roupão e as luvas de borracha cor-de-rosa de Mamou puxadas até seus cotovelos. Seu cabelo ainda estava com o "visual casual persa", cheio de ondas e cachos, mas alguns deles já haviam escapado do penteado cuidadosamente preparado.

O balcão à direita da pia tinha uma pilha mais alta do que o Portão de Todas as Nações, com potes, panelas, pratos, copos e xícaras de chá.

Eram tantas xícaras de chá.

— Oi, querido.

— O que você está fazendo?

— Não consegui dormir.

— Posso ajudar?

— Tá tudo bem. Volte para a cama.

Não dava para saber se aquilo era apenas taarof.

— Não consigo dormir também.

— Certo. Você se importa de enxugar esses aqui? — perguntou ela, apontando para alguns pratos que estavam no escorredor. — Pode empilhar tudo na mesa.

Peguei um pano de prato na gaveta ao lado do forno, e então comecei a secar um prato de arroz feito de cerâmica. A louça enorme era branca estampada com círculos concêntricos e pequenas folhas verdes.

— Ei. Você mandou esse prato aqui de presente pelos Ardekanis no ano passado?

Minha mãe empurrou com o antebraço os óculos que escorregavam pelo seu nariz.

— Sim. Foi presente de aniversário de casamento.

— Ah, sim.

Mamou e Babou eram casados há 51 anos.

Pensei em todas as brigas que eles já deveriam ter tido, e todas as vezes em que perdoaram um ao outro.

Pensei nos pequenos segredos que apenas eles sabiam um sobre o outro.

Pensei em como, talvez, eles não chegariam aos 52 anos de casamento.

— Mãe?

— Sim?

A voz dela estava aguda, o mesmo som do ar saindo pela boca de um balão de festa se esvaziando.

— Eu sinto muito. Pelo Babou.

Ela balançou a cabeça e esfregou uma caçarola de sopa com força o bastante para abrir um buraco nela.

— Não. Eu que sinto muito. Queria ter trazido você e Laleh antes. Não é justo que vocês só possam vê-lo desse jeito. Tão cansado. E tão… Bem, você viu.

Ela parou de esfregar e soprou uma mecha de cabelo que caiu sobre o rosto.

— Sim.

— Os médicos disseram que vai piorar.

Segurei o nó na minha garganta, procurando por um ponto seco no pano de prato.

— Sabe uma coisa que eu me lembro?

— O quê?

— Teve um dia… Eu devia ter uns sete ou oito anos, eu e Mahvash fomos brincar no parque. Nós éramos amigas na infância. Eu te contei isso?

Ela não havia me contado aquilo.

Era esquisito imaginar minha mãe tendo amigos na infância.

Mas eu gostava de como ela era amiga de Mahvash, e agora eu era amigo do filho dela.

— Enfim, nós fomos descalças, porque a manhã estava fria. Mas quando chegou a hora do almoço, nós tentamos sair da grama, mas o asfalto estava quente demais.

Minha mãe abriu um sorriso engraçado.

— Como não conseguimos voltar para casa, Babou foi atrás da gente. Mas como ele não sabia o motivo da nossa demora, não levou nenhum sapato pra nós.

— Ah, não — comentei.

— Então ele levou Mahvash para casa, nas costas, e me deixou no parque. Disse que era para me ensinar a ser mais responsável.

Aquilo parecia algo que Babou faria.

— Mas quando voltou para me buscar, ele tinha esquecido de passar em casa para pegar um par de sapatos para mim. Então teve que me carregar nas costas também.

Aquilo me fez sorrir.

— Ele era muito forte — disse minha mãe, fungando.

Larguei o pano de prato e tentei abraçar minha mãe de lado. Mas ela me afastou.

— Eu estou bem — disse ela, empurrando os óculos novamente. — Desculpa por não ter te ensinado persa.

— Como assim?

Não entendi. Nossa conversa fez uma Manobra Gravitacional particularmente confusa.

— Era minha obrigação te ensinar. Garantir que você conhecesse suas origens. E eu estraguei tudo.

— Mãe…

Ela largou a esponja e fechou a torneira.

— Foi difícil demais para mim, sabe? A ideia de me mudar para os Estados Unidos. Quando fui embora daqui, eu tinha certeza de que iria voltar, mas acabou não acontecendo. Eu me apaixonei pelo seu pai e fiquei por lá, mesmo sem nunca me sentir em casa de verdade. Quando você nasceu, quis que crescesse como um americano. Queria que se sentisse em casa lá.

Eu a entendia. De verdade.

A escolha já era difícil o bastante sendo meio-persa. Não sei se eu conseguiria sobreviver se eu fosse totalmente persa.

Minha mãe balançou a cabeça.

— Você é muito parecido com o seu pai, em vários aspectos... Mas você é meu filho também. Dei o meu melhor enquanto você crescia, mas acho que isso acabou ajudando mais a sua irmã do que a você.

Bem, teria sido legal aprender persa assim como Laleh.

— Desculpa, Darius.

Agora que éramos só nós dois — e todos os persas legítimos estavam dormindo — voltei a ser a versão americana do meu nome.

Minha mãe beijou minha testa e então ligou a torneira novamente.

— Seria mais fácil conversar com seu avô se você pudesse falar em persa. Mesmo antes, ele nunca se sentiu muito confortável falando em inglês.

Aquilo era algo que eu já sabia. Na nossa casa, quando conversávamos pelo Skype, era quase sempre Mamou quem falava em inglês.

— Ele te ama de verdade, sabe? Mesmo quando ele não diz as coisas certas. Ele te ama.

— Eu sei — respondi.

— Acho que ele te ama ainda mais, já que não te vê sempre. Isso torna tudo mais especial.

— Sim. Eu também o amo.

Aquilo talvez fosse um exagero.

Quer dizer, eu amava a ideia de Babou.

Mas a ideia era muito diferente da realidade.

Laleh foi a primeira a acordar pela manhã. Ela correu de um lado para o outro, cantando a plenos pulmões, os pés batendo no piso enquanto dançava. Abriu uma fresta na porta e espiou meu quarto.

— Bom dia, Laleh.

— Sobh bekheir!

— Quer tomar café da manhã?

— Baleh.

— Tudo bem. Já estou indo.

Vesti um par de meias e a segui até a cozinha.

Graças a mim e à minha mãe, mal dava para dizer que houve uma festa de Noruz na noite anterior. Eu tinha limpado as bancadas e o fogão.

Laleh foi bisbilhotar a geladeira. Estava tão lotada de sobras de comida que a luz interna não alcançava nada além da primeira prateleira.

— Noon-o paneer mekham.

Laleh havia entrado no modo apenas persa, embora usasse apenas frases que eu conseguia entender.

Peguei o queijo feta na prateleira mais alta da porta da geladeira.

— Quer que eu faça pão tostado para você?

— Baleh!

Laleh não conseguia alcançar os pratos, mas pegou facas de manteiga limpas para a gente. Quando o forno elétrico apitou — eu queria que ele fizesse um som de alerta vermelho ou qualquer coisa do tipo porque parecia tão futurista —, peguei uma cesta com uma das toalhas de Mamou e a enchi de pães.

— Quer chá?

Laleh assentiu e pegou um pedaço de sangak maior do que sua cabeça. Ela jogou no prato, soprando os dedos recém-queimados pelo pão.

Depois do café da manhã, eu e Laleh nos sentamos na sala de estar — eu lendo *O Senhor dos Anéis* e Laleh assistindo a mais uma novela iraniana. Eu nunca havia assistido novelas americanas, então não tinha muitas referências, mas, mesmo assim, as iranianas pareciam absurdas.

Todos os personagens aparentavam estar imitando o William Shatner.

Minha irmã amava.

— Olha o casaco dela!

Laleh finalmente voltou para o inglês, só para poder comentar a novela comigo.

Na TV, uma mulher mais velha estava em um restaurante sofisticado, vestindo um casaco de pele branco ridículo que a deixava com a mesma cor (e tamanho) de um urso polar.

— Uau.

Mamou nos encontrou daquele jeito, Laleh rindo para a televisão, eu lendo um livro e concordando com minha irmã quando necessário.

— Sobh bekheir! — disse Laleh em persa mais uma vez, agora que tinha um novo público.

— Sobh bekheir, Laleh-jan.

Mamou beijou Laleh e, depois, me beijou.

— Vocês já tomaram café da manhã?

— Baleh.

— Ainda tem sangak quentinho no cesto — comentei. — E posso fazer mais chá.

— Que tal fazer um pouco daquele chá especial que você trouxe, maman?

— Tudo bem.

Enquanto eu pegava o FTGFOP1, Mamou puxou uma tigela enorme de qottab coberta com plástico filme de algum lugar das profundezas da geladeira, deu uma piscadinha para mim e levou a tigela para a sala de estar.

Ouvi Laleh gritar um "Eba!" em um tom de voz três oitavos abaixo da sua voz normal.

Laleh gostava de qottab ainda mais do que eu.

Coloquei a chaleira em uma bandeja junto com algumas xícaras, para que eu pudesse servir Mamou na sala.

— Obrigada, maman — disse ela, cheirando o chá com calma e tranquilidade — O cheiro é muito bom.

Ao contrário do que Ardeshir Bahrami disse, chá poderia ser, sim, para cheirar, no fim das contas.

Mamou fechou os olhos e deu uma golada longa e vagarosa.

— Muito bom, maman! Obrigada.

Perguntei se Laleh queria provar, mas ela recusou — estava quente demais, e não estava adoçado — e então bebi minha xícara.

Mamou sorriu e se aproximou para me dar um beijo na bochecha.

— Obrigada, Darioush-jan — disse ela. — Seu presente foi perfeito.

Eu amava tanto a minha avó.

Minha mãe apareceu por volta das dez da manhã, já arrumada. Ela pegou um lenço pendurado no cabideiro ao lado da porta.

— Mamou — chamou ela. — Bereem!

Mamou saiu do seu quarto, também arrumada.

— Onde vocês vão?

— Vamos visitar meus amigos — respondeu Mamou.

— É uma tradição — explicou minha mãe. — No dia seguinte ao Noruz.

— Ah, é?

Minha mãe assentiu.

— A gente nunca fez isso lá em casa.

Lembrei de como Sohrab havia olhado para mim quando perguntou se a gente iria se ver. Como ele parecia surpreso por eu não ter dito sim de imediato.

Como era possível existir uma tradição de Noruz que eu não conhecia?

— Bem... — Minha mãe minha suspirou.

E então, piscou para mim como se não soubesse muito bem o que responder.

— Por que você não vai visitar o Sohrab?

Parecia óbvio que eu o fizesse.

— Tudo bem.

Tomei um banho, me arrumei e, antes de sair, minha mãe desenhou um mapa para mim. Sohrab morava a alguns quarteirões de distância, mas tudo parecia diferente fazendo o trajeto a pé em vez de ir de carro.

Quando nós buscamos Sohrab para irmos até Persépolis, ainda estava escuro. Sob a luz do dia, a casa dos Razaeis parecia mais antiga e menor do que a de Mamou. As paredes cáqui eram opacas o bastante para que eu pudesse olhar sem causar nenhum dano ao meu córtex visual. A porta dupla era de madeira, cada uma com uma maçaneta de bronze diferente: uma ferradura à direita, e uma chapa retangular sólida à esquerda.

O bronze parecia um pouco envelhecido — assim como as portas e a casa em si. Parecia uma casa amada, onde as pessoas viviam bem.

Fazia todo o sentido Sohrab morar em um lugar como aquele.

Dei três batidas rápidas na porta com a ferradura. Mahvash Razaei me atendeu. Havia um borrão de pó branco sobre a sua testa, e um pouco nas sobrancelhas também, mas ela sorriu ao me ver — o mesmo sorriso de olhos apertados herdado pelo filho.

— Alláh-u-Abhá, Darioush!

— Hum.

Sempre me sentia esquisito quando alguém dizia "Alláh-u-Abhá" para mim, porque não tinha certeza se eu deveria responder — ou até mesmo se eu tinha permissão para tal — já que eu não era Bahá'í e não acreditava em Deus.

O capitão Picard não contava.

— Entre!

Tirei meus Vans e os deixei no canto, ao lado dos sapatos de Sohrab.

Havia um biombo de madeira que separava a entrada do resto da casa, com prateleiras repletas de fotografias, velas e carregadores de celular. Os tapetes eram brancos e verdes, com detalhes dourados, e sem as borlas como os tapetes de Mamou. A casa parecia aconchegante como uma toca de hobbit.

O ar tinha um cheiro forte de pão assado. Pão de verdade, caseiro, não aqueles produzidos em massa pelo Subway.

— Você já comeu? Quer alguma coisa?

— Estou bem. Já tomei café.

— Tem certeza? — perguntou ela, me guiando até a cozinha. — Não vai dar trabalho nenhum.

— Certeza. Achei que eu deveria fazer uma visita, já que o Noruz foi ontem.

Eu me senti muito persa.

— Você é um amor.

Darius Kellner. Um amor.

Eu gostei que a mãe de Sohrab pensasse aquilo de mim.

Gostei muito.

— Tem certeza de que não quer nada?

— Sim. Comi qottab antes de vir.

— Sua avó faz o melhor qottab.

Tecnicamente, eu não havia provado todas as possibilidades, mas concordei com Mahvash a princípio.

— Ela mandou alguns — comentei, segurando o pote de plástico que eu havia levado.

Mahvash Razaei arregalou os olhos, lembrando um guerreiro Klingon. Sua personalidade era muito grande e cheia de vida para ser contida em um corpo humano frágil.

— Obrigada! Agradeça à sua avó por mim!

Khanum Razaei guardou o qottab e voltou para o balcão, ao lado do forno. Estava coberto de farinha, o que explicava a mancha branca misteriosa em seu rosto.

A pia estava cheia de folhas de alface romana sendo lavadas sob água corrente. Eu me perguntei se era para comer com o pão. Eu não conhecia nenhuma receita iraniana que envolvesse alface romana com pão, mas aquilo não significava que não existisse nenhuma.

— É o favorito de Sohrab — comentou Khanum Rezaei, apontando para a pia. — Ele e o pai adoram.

O pai de Sohrab.

Eu me senti mal por ele.

E também um pouco confuso, porque eu não conhecia ninguém que tivesse alface romana como comida favorita.

Sohrab Rezaei era realmente único.

— Você pode levar isso lá para fora pra mim?

A sra. Rezaei colocou as folhas em um escorredor, balançou sobre a pia algumas vezes e me entregou.

— Pode colocar na mesa. Vou chamar Sohrab.

O jardim da família Rezaei era muito diferente do de Babou. Não havia nenhuma árvore frutífera, ou canteiros de jasmim, apenas longas fileiras de jacintos e uma coleção de vasos enormes com ervas diferentes. O maior deles ficava ao lado da cozinha — tinha mais ou menos meio metro de largura e um metro de altura — e estava cheio de hortelã fresca.

Menta é o Borg das ervas. Se você permitir, ela domina qualquer pedaço de terra que encontra em seu caminho, roubando todas as características biológicas e tecnológicas do solo.

Havia uma grelha no meio do jardim, daquelas grandes e redondas que pareciam uma Starbase vermelha em miniatura. A única mesa era uma de pingue-pongue, perto da porta onde eu permanecia de pé segurando as folhas de alface pingando.

— Khanum Rezaei?

Ninguém respondeu.

Era para colocar a alface na mesa de pingue-pongue?

Iranianos falavam pingue-pongue ou apenas tênis de mesa?

Nunca falamos sobre a história do pingue-pongue/tênis de mesa no Irã durante a matéria de esportes de rede nas aulas de educação física, o que agora parecia um descaso ridículo.

Khanum Rezaei apareceu atrás de mim. Quase deixei a alface cair de susto.

— Eu me esqueci disso.

Ela se espremeu por trás de mim e jogou uma toalha enorme, azul e branca sobre a mesa de pingue-pongue. Ela se erguia nas pontas, onde ficavam as hastes para encaixar a rede.

— Pode espalhar as folhas sobre a mesa para elas secarem um pouco.

— Tudo bem.

Fiz o que ela pediu, espalhando as folhas de forma que elas se encostassem o mínimo possível. A água escorria pela toalha de mesa, deixando-a um pouco translúcida.

— Darioush!

Sohrab me pegou por trás, balançando meus ombros para frente e para trás.

Minha nuca arrepiou.

— Ah. Oi.

Ele vestia uma calça de pijama xadrez tão grande que dava para colocar seu corpo inteiro dentro de uma das pernas. Elas estavam amarradas em sua cintura com um cordão. Dava para saber porque ele havia colocado sua camisa polo verde para dentro da calça.

Assim que Sohrab viu as folhas de alface, ele me largou e foi correndo para dentro, conversando com sua mãe em persa na Velocidade Nove.

Eu havia me tornado invisível.

Enquanto eu observava Sohrab pela porta, ele parecia mais novo de alguma forma, se balançando de pijama e a camisa enfiada para dentro da calça.

Eu sabia, sem que ele precisasse dizer, que ele sentia falta do pai.

Eu me senti péssimo por ele.

E me senti péssimo por sentir pena de mim mesmo. Sohrab havia passado mais um Noruz sem seu pai, e eu preocupado por me sentir invisível.

Mas Sohrab olhou de volta para mim enquanto eu o observava, e seus olhos se apertaram novamente. Seu sorriso era uma supernova.

— Darioush, você gosta de sekanjabin?

— O quê?

— Sekanjabin. Já provou?

— Não — respondi. — O que é?

Ele pegou uma jarra pequena de boca larga dentro da geladeira, disse algo rápido para a mãe e voltou para o jardim.

— É xarope de menta. Aqui.

Ele abriu a jarra, balançou uma folha de alface e a mergulhou dentro do molho.

Se seu rosto já era uma supernova antes, ele se tornou um disco de acreção — um dos objetos mais brilhantes de todo o universo — assim que provou a alface.

Eu amava como Sohrab conseguia se teletransportar daquela forma.

Peguei uma folha pequena e provei o molho. Era doce e mentolado, mas havia um toque azedo também.

— Vinagre?

— Sim. Babou sempre coloca um pouco.

— Foi Babou que fez isso?

— Sim. Você nunca provou?

— Não. Eu nunca tinha ouvido falar antes.

Como eu não sabia que meu avô fazia sekanjabin?

Como eu não sabia o quão delicioso era sekanjabin?

— É a receita mais famosa dele. Meu pai… Ele sempre plantava menta a mais para o Babou usar.

Ele apontou para o jardim.

— Você viu nosso pé como está?

— Vi sim.

— Está crescendo demais. Faz tempo que Babou não prepara sekanjabin.

— Ah.

Sohrab mergulhou mais uma folha no molho e me entregou a jarra. Era perfeito.

— Obrigado por ter vindo, Darioush.

— É tradição visitar seus amigos no dia depois do Noruz. — Peguei mais uma folha. — Certo?

Sohrab apertou meu ombro enquanto cheirava outra folha de alface. Ele assentiu, mastigou, engoliu e então estreitou os olhos daquele jeito dele.

— Certo.

Depois de ajudar Sohrab a limpar todas as folhas de alface sobre a mesa — dois pés inteiros — ele correu para se vestir enquanto eu observava Khanum Rezaei fazer pão. Ela socava a massa com as mãos cobertas de farinha, e então salpicou uma mistura de ervas secas e temperos.

— Você gosta deste pão, Darioush-jan? Noon-e barbari?

— Hum, gosto. Minha mãe compra na padaria persa às vezes.

— Vocês não fazem em casa?

— Na verdade, não.

— Vou fazer um pouco para você. Você pode colocar no congelador e levar de volta para casa depois.

— Maman!

Sohrab reapareceu na porta, vestindo uma calça de verdade e uma camiseta polo branca. Ele disse algo em persa para sua mãe, alguma coisa sobre o jantar, mas foi rápido demais.

— Anda, Darioush. Vamos nessa.

— Hum. Obrigado — eu disse à mãe ele.

Segui Sohrab até a porta de entrada e amarrei o cadarço do meu Vans.

Ele queria me mostrar uma coisa.

O Reino Cáqui

Descemos a rua de Sohrab na direção oposta da casa de Mamou. Uma brisa soprou e o ar parecia mais puro e um pouco empoeirado.

Quando passamos por um cruzamento, Sohrab apontou para a direita.

— Minha escola fica a uns cinco quilômetros naquela direção.

Ele deu ênfase ao *qui* em quilômetros em vez do *lô*, o que foi bem legal.

— Você gosta de estudar lá?

— É normal — disse ele, dando de ombros. — Estudo com o Ali-Reza e o Hossein.

— Ah.

Não importa onde você estuda, Minions Desalmados da Ortodoxia são inevitáveis.

Passamos por um muro branco longo que contornava uma fileira de lojas. A parede refletiu a luz do sol.

Espirrei.

— Mas você tem amigos também. Certo?

— Alguns. Mas ninguém como você, Darioush.

Sorri, mas o sorriso acabou virando outro espirro.

— Perdão. Eles também são Bahá'ís?

Sohrab riu.

— Não. Só alguns. A maioria das pessoas não é como Ali-Reza, Darioush. Elas não são tão preconceituosas.

Minhas orelhas arderam.

— Desculpa. Na sua escola só estudam garotos, né?

— Sim.

Chegamos em uma faixa de pedestres. Sohrab mordia as bochechas e olhava para mim enquanto esperávamos os carros passarem.

— Então, você não tem uma namorada, Darioush?

Engoli em seco.

— Não.

Tentei manter a voz neutra, mas não importava como eu respondesse àquela pergunta, as pessoas sempre analisavam cada detalhe da minha reação. A ardência nas orelhas se espalhou pelas minhas bochechas.

— Como isso é possível?

Eu não sabia como responder.

Não era como se eu conseguisse mentir para Sohrab.

Acho que ele percebeu meu desconforto, embora antes que eu pudesse dizer qualquer outra coisa, ele completou:

— Tá tudo bem. Eu também não tenho.

Eu quase sorri.

Quase.

— Aqui é diferente. Garotos e garotas não...

Ele pensou por um momento antes de terminar a frase.

— Não interagem muito. Só depois de mais velhos. Yazd é uma cidade muito conservadora, sabe?

— Ah. Imaginei.

Eu não sabia. Não mesmo.

Mas antes que eu pudesse perguntar qualquer outra coisa, Sohrab desviou o olhar e apontou.

A parede cáqui à nossa direita deu lugar a um parque enorme e verdejante. Árvores pequenas cercavam o gramado, projetando uma sombra manchada sobre os bancos espalhados. Um banheiro público no canto estava cercado por uma grade de arame.

Quem põe cercas em volta de um banheiro?

A brisa soprou novamente, balançando o gramado. Sohrab fechou os olhos e respirou fundo.

— Esse é o nosso parque favorito. A gente sempre veio pra cá no Sizdeh Bedar.

Sizdeh Bedar é o décimo terceiro dia após o Noruz, quando os persas fazem um piquenique.

Persas são loucos por piqueniques, especialmente no Sizdeh Bedar. Em Portland cada família faz uma porção enorme da comida — dolmeh, salada olivieh e kotlet — e nós ocupamos o parque inteiro para que haja espaço para toda pessoa persa, parcial ou não, em um raio de um quilômetro.

Como a data do Noruz muda todo ano, dependendo no equinócio, a data do Sizdeh Bedar também muda, o que significa que às vezes ele cai no meu aniversário. Mas, de alguma forma, eu nunca consigo calcular direito.

— Cai em primeiro de abril este ano, certo?

Sohrab pensou um pouco enquanto fazia as contas entre o calendário iraniano e o gregoriano.

— Dois de abril.

— Ah. É meu aniversário.

— Você ainda vai estar aqui?

Fiz que sim.

— Ótimo. Podemos comemorar as duas coisas.

Sohrab me pegou pelo ombro e me levou em direção ao banheiro.

— Nós jogamos futebol aqui às vezes. Quando o campo não está muito cheio.

— Ah.

Torci para que nós não fôssemos jogar futebol. Eu não estava preparado.

— Legal.

— Vem — disse Sohrab, me puxando para trás do banheiro. — Quero te mostrar uma coisa.

Sohrab lançou um sorriso rápido, e então enfiou os dedos na cerca de arame em volta do banheiro e começou a escalar. O metal se balançou e curvou sob o seu pouco peso enquanto ele enfiava a ponta dos pés nos buracos em formato de diamante.

— Anda! — insistiu ele enquanto se jogava sobre o telhado do banheiro.

Eu era mais pesado que Sohrab e a integridade estrutural da cerca era bastante duvidosa. Com certeza ela cederia se eu tentasse escalar.

— Darioush! — gritou Sohrab, com o telhado estalando sob os seus pés. — Vem ver!

Mordi os lábios e agarrei a cerca. O sol brilhou forte a manhã inteira, e o arame estava quente sob os meus dedos. Escalei em direção a Sohrab, convencido de que a cerca iria enrolar como uma tampa de lata de sopa assim que eu chegasse no topo. Mas ela aguentou firme, e Sohrab ofereceu sua mão manchada de preto para me puxar até o telhado. Minhas mãos também ficaram sujas com o formato perfeito da grade, e elas cheiravam como moedas velhas.

Esfreguei as mãos mas tudo que consegui foi espalhar a sujeira, deixando a situação ainda pior.

Sohrab riu e jogou os braços sobre os meus ombros, o que sem dúvida deixou a marca da sua mão na minha camiseta.

— Olha — disse ele, apontando com a cabeça para frente.

— Uau.

Não sei como não tinha percebido as duas torres cor de turquesa erguidas sobre os telhados pálidos à nossa frente. Elas pareciam espirais cobertas de joias de algum palácio élfico do mundo antigo, feitas de mithril, safiras, magia e poder.

Tive que piscar. Parecia uma miragem — linda demais para ser verdade —, mas ela ainda estava lá quando abri os olhos.

— O que é isso?

— É a Masjid-e Jameh. A Grande Mesquita de Isfahan. Tem centenas de anos de idade.

— Uau. É enorme.

— Aqueles são apenas os... — Ele pensou por um segundo. — Minaretes. Certo?

Assenti. O vocabulário de Sohrab era imenso.

— E logo abaixo há duas redomas. Redomas enormes. E o jardim, e a mesquita.

— Uau.

Meu vocabulário ficou de alguma forma menos imenso diante da mesquita majestosa.

A Masjid-e Jameh se erguia sobre as outras construções de Yazd. Tudo ao seu redor parecia pequeno e envelhecido, e mesmo as redomas pareciam ter alguns andares de altura.

Dali de cima, parecia que eu estava olhando para um mundo de fantasia, um mundo forjado pela astúcia dos anões e pela magia dos elfos.

— O que são aquelas coisas? — perguntei, apontando para as espirais no topo de um dos telhados ente nós e a Masjid-e Jameh.

— Nós chamamos de baad gir. Apanhador de vento.

— Ah.

— É o ar-condicionado da Pérsia antiga.

— Legal.

Sohrab manteve o braço sobre meu ombro enquanto apontava para outras construções ao redor: mesquitas mais novas e menores, bazares, e lá longe, pairando sobre Yazd, as montanhas que nós iríamos visitar em breve. Eu conseguia sentir o cheiro do desodorante dele — algo farmacêutico, tipo xarope para tosse com agulhas de pinheiro — e eu não lembrava se tinha passado desodorante depois do banho.

Abaixei a cabeça para cheirar minha axila sorrateiramente. Eu não cheirava à "brisa da montanha" — seja lá qual for o cheiro disso —, mas também não estava fedendo a cebola refogada, o que geralmente é o meu cheiro quando esqueço do desodorante e começo a produzir biotoxinas.

Ficamos por um bom tempo sentados na beirada do telhado, balançando as pernas e admirando o reino cáqui à nossa frente. As nuvens passavam e a brisa balançava meu cabelo, impedindo que ele se tornasse um Risco de Incêndio Nível Cinco.

Do outro lado da rua, duas mulheres andavam pela calçada. Uma mais velha, com um lenço azul tão desbotado que já estava praticamente cinza. O lenço me lembrava um trapo velho que meu pai usava para lustrar seus sapatos sociais.

A mulher mais jovem usava um lenço vermelho brilhante, e uma jaqueta estilosa que descia até abaixo da cintura. Minha mãe disse que aquilo era uma *manteaux,* outra palavra persa que pode ou não ter sido emprestada do francês.

Eu não entendia a obsessão iraniana com o empréstimo de palavras francesas.

Os minaretes da Grande Mesquita de Isfahan brilhavam sob a luz do sol e eu usei a língua para arrancar um pedaço de alface que estava agarrado entre meus dentes.

Ainda dava para sentir o sabor doce e mentolado do sekanjabin.

Que meu avô fez.

— Ei, Sohrab.

— Sim?

— O que você quis dizer ontem? Depois que o Babou... quando você disse que aquele não era ele de verdade.

— Ele não é mais o mesmo. Por causa do tumor.

— Mas vocês se conhecem há muito tempo. Certo?

Sohrab assentiu.

— Ele e Mamou nos ajudaram. Muito. Quando meu pai foi preso.

— Como ele era antes?

Sohrab deixou seu braço cair do meu ombro, e cruzou as mãos sobre o colo. Ele mordeu o lábio por um momento.

— Lembro de uma vez. Três, quatro anos atrás. Mamou e Babou foram à nossa casa para comer ghormeh sabzi. Minha mãe adora fazer.

Ghormeh sabzi é um cozido feito com várias ervas e vegetais. Sempre achei meio duvidoso, porque ele leva feijão vermelho que parecem olhos pequeninhos, como luzes mortas acesas no meio do pântano verde de cozido, esperando para puxar hobbits desavisados para a morte.

— Babou tinha acabado de comprar um celular novo. Ele precisava da minha ajuda. Babou não leva muito jeito com tecnologia.

— Sério?

— Sim. Eu ajudei com o computador. Para que ele pudesse ligar para a sua mãe pelo Skype.

— Ah. Obrigado.

— Claro. Eu amo seus avós.

Sohrab me deu um soquinho no ombro.

— Enfim. Ele estava tentado colocar uma foto sua como papel de parede. Uma foto da escola.

— Eu?

— Sim. Ele estava tão orgulhoso. Ele sempre fala sobre os netos dos Estados Unidos. Sempre.

Aquilo não fazia sentido.

Ardeshir Bahrami com orgulho de mim?

Ele mal me conhecia.

Sohrab era mais neto dele do que eu jamais seria.

— Ele falou tanto sobre você que quando chegou aqui parecia que eu já te conhecia. Eu sabia que nós seríamos amigos.

Minha garganta travou.

Eu amava como Sohrab conseguia dizer coisas como aquela sem se sentir esquisito. Como não havia muros dentro dele.

— Queria ter conhecido ele nessa época — eu disse. — Queria…

Fui interrompido pelo som do azan. Do telhado, o som era alto e nítido, muito mais rico do que das outras vezes em que eu havia escutado.

Nós escutamos o canto nos alto-falantes e eu imaginei todas as pessoas na Grande Mesquita se ajoelhando para orar, e todas as pessoas em Yazd atendendo ao chamado, e ainda mais além, uma rede neural se espalhando pelo país inteiro e pela comunidade iraniana ao redor do planeta.

Eu me senti muito persa naquele momento, mesmo sem entender o canto. Mesmo sem ser muçulmano.

Eu era uma estrela minúscula no meio de uma galáxia rodopiante e luminosa de iranianos, unida pela gravidade de milhares de anos de herança cultural.

Não havia nada parecido nos Estados Unidos.

Talvez o Super Bowl.

Quando o canto terminou, enxuguei os olhos com a manga da camiseta.

Eu geralmente ficaria nervoso de liberar hormônios de estresse na frente de outra pessoa, mas não de Sohrab. Não depois que ele disse que sentia que já me conhecia.

Talvez eu também já o conhecesse.

Talvez sim.

— É lindo, né? — disse Sohrab, suspirando.

— É sim.

— Nós só oramos de manhã e de noite. Não no azan.

— Ah.

— Às vezes eu queria que a gente orasse. Eu me sinto…

— Conectado?

— Sim — disse ele, pegando um pedaço solto de telha e jogando para longe.

Esgacei a gola da camisa, desejando que ela tivesse cordões, porque o silêncio pesado entre nós cresceu repentinamente. Não era desagradável, mas era cheio, como a trégua depois de uma tempestade.

Sohrab engoliu seco.

— Darioush. Você acredita em Deus?

Desviei o olhar.

Como eu disse, eu não acreditava em nenhuma forma de poder superior além do Picard.

Peguei um pedaço de telha e atirei.

— Acho que não — respondi.

Eu me senti envergonhado e inadequado.

Sohrab chutou a cerca à nossa frente e observou nossas sombras projetadas no chão lá embaixo.

— Isso te deixa chateado?

— Não — disse Sohrab.

Eu sabia que sim, sem que ele precisasse me dizer.

— Desculpa — sussurrei.

Sohrab balançou a cabeça e jogou mais um pedaço de telha, fazendo barulho no chão.

— Para quem você recorre? — disse ele, fechando os olhos e engolindo seco. — Quando precisa de ajuda.

Eu sabia que ele estava pensando no seu pai.

Coloquei minha mão sobre seu ombro. Foi esquisito — não sei como Sohrab conseguia fazer uma coisa daquelas sem pensar muito a respeito — mas depois de um segundo pareceu normal.

— Acho que… é para isso que servem os amigos.

Sohrab olhou para mim e quase estreitou os olhos.

Quase.

Ele colocou seu braço em volta do meu ombro, e fiz o mesmo. Estávamos conectados.

— Fico feliz por sermos amigos, Darioush.

Sohrab esticou o braço e bagunçou meu cabelo. Eu gostei do jeito como ele fez aquilo.

— Fico feliz por você estar aqui.

— Eu também.

— Queria que você pudesse ficar. Mas seremos sempre amigos. Mesmo depois que você voltar para casa.

— Sério?

— Sim.

Apertei o ombro de Sohrab. Ele também apertou o meu.

— Tudo bem.

Uma saída estratégica

Nós não assistimos a *Star Trek* no Noruz, é claro — teria sido impossível —, mas no dia em que Sohrab me levou ao telhado, meu pai chegou com o iPad depois do jantar.

— Estou fazendo chá… Você me espera?

— Você já viu este episódio antes — respondeu meu pai. — Você sabe como sua irmã fica impaciente.

Quando o chá ficou pronto, Laleh estava recostada no meu pai, que a abraçava, já na primeira cena do episódio "Lealdade e obediência".

Eles pareciam felizes e contentes sem mim.

Como eu disse, Laleh era minha substituta. Eu sabia disso desde que ela nasceu. Mas nunca havia me importado antes. Não muito.

Star Trek era tudo que eu tinha com meu pai. E agora Laleh havia me substituído nisso também.

A singularidade quântica em meu peito se agitava, extraindo mais poeira interestelar do seu próprio horizonte, sugando toda forma de luz que se aproximasse.

Bebi um gole de chá, voltei pela cozinha e saí para o jardim.

Os jasmins estavam florescendo de novo. Tudo estava silencioso, exceto pelo barulho ocasional dos carros passando pela rua.

Eu amava o silêncio. Mesmo que às vezes ele me fizesse pensar em coisas tristes. Tipo se alguém iria sentir minha falta se eu morresse.

Bebi meu chá, respirei fundo o aroma de jasmim e me perguntei se alguém ficaria triste se eu morresse em um acidente de carro ou qualquer coisa assim.

Isso é normal.

Certo?

— Darius?

— Sim?

— Por que você não veio assistir com a gente?

— Como você disse, eu já assisti antes.

Meu pai bufou para mim.

Eu odiava quando ele bufava para mim.

— Não seja assim.

— Assim como?

— Você está sendo egoísta.

— Egoísta?

— Sua irmã queria passar um tempo com você. Você passa o dia inteiro com Sohrab, andando por aí fazendo sabe-se lá o quê, e Laleh fica aqui totalmente sozinha.

Eu tinha quase certeza de que Babou havia ficado em casa o dia inteiro também, então Laleh nem ficou "totalmente sozinha".

— Você magoou a Laleh, saindo da sala emburrado daquele jeito.

Eu não saí emburrado.

Fiz uma saída estratégica.

— Vocês começaram sem mim. De novo.

— Eu não queria que sua irmã se distraísse.

— Bem, isso seria tão ruim assim? Nós dois assistirmos sem ela?

— Ela é sua irmã, Darius.

— Isso era para ser uma coisa nossa. Eu e você. Era o nosso momento juntos. E ela arruinou tudo.

— Já passou pela sua cabeça que talvez eu goste de assistir com ela?

Stephen Kellner nunca me bateu. Nunca mesmo.

Mas a frase doeu como se ele tivesse batido.

Como poderia ser tão fácil para ele me deixar de lado?

Será que era porque eu sempre fui um alvo?

Engoli seco e respirei fundo. Não queria que minha voz saísse esganiçada.

— Ótimo. Assiste com ela, então.

— Não fique triste, Darius.

— Eu não estou triste, tá?

Stephen Kellner não gostava que eu ficasse triste.

Ele não gostava que eu tivesse sentimentos.

— Darius...

Eu me levantei do chão com um impulso.

— Vou dormir.

Mesmo depois de ter parado de me contar histórias antes de dormir, meu pai sempre fazia questão de dizer "te amo" toda noite antes de ir dormir.

Era uma coisa dele.

E eu sempre respondia com um "também te amo".
Era nossa tradição.
Naquela noite, meu pai não disse que me amava.
Eu também não disse mais nada a ele.

As Torres do Silêncio

Minha mãe bateu à porta na manhã seguinte, antes do azan. Nós iríamos visitar as Torres do Silêncio.

Tive que esperar na cama por alguns minutos até que a minha própria Torre do Silêncio abaixasse.

Até o momento eu seguia firme com meu plano de não fazer o número três na casa da minha avó, mas aquilo deixava as minhas manhãs cada vez mais constrangedoras.

— Darioush!

— Já acordei.

Minha mãe havia voltado a me chamar pelo nome iraniano.

Queria que ela se decidisse de uma vez por todas.

Eu estava parado na manhã gelada com as mãos enfiadas nos bolsos.

Déjà vu.

Mas, desta vez, foi Stephen Kellner quem chegou dirigindo o Fumaçamóvel.

Eu e Laleh nos arrastamos para o banco de trás. Babou se sentou no meio, ao lado de Mamou. Sua boca estava fechada em uma linha reta perfeita. Meu pai tentava o tempo todo fazer contato visual comigo através do retrovisor, mas eu o evitava.

Laleh estava totalmente acordada. Agitada e nervosa. Seus olhos estavam inchados e sua voz rouca.

— Eu não quero ir.

— Mas você vai — rebateu minha mãe do banco de passageiro. — Todos nós vamos.

Era, claramente, uma discussão constante.

Laleh grunhiu e recostou a cabeça do meu lado.

Eu me lembrei de quando eu era pequeno — bem pequeno — e costumava segurar minha irmã toda vez que meus pais precisavam de um tempo. Mesmo quando estava muito agitada, ela acabava dormindo no meu colo eventualmente, o rosto amassado contra o meu ombro, os braços moles, a boca babando.

Aquela era minha versão favorita de Laleh. Quando tudo que eu precisava fazer era segurá-la e ela me amava mais do que tudo. E quando *Star Trek* era uma coisa só minha e do meu pai.

Eu não queria dividir. Não *Star Trek*.

Eu odiava o quão egoísta eu era.

Mas então Laleh me envolveu com seus braços e me apertou enquanto soltava um suspiro suave.

Ela estava brava com a mãe e o pai, mas estava feliz comigo.

Era muito difícil ficar chateado com a minha irmã, mesmo quando eu queria.

E foi meu pai quem decidiu me substituir por ela, afinal.

Não Laleh.

A viagem até as Torres do Silêncio dava a volta pelas montanhas que cercavam Yazd. Sentei no fundo e tentei não vomitar enquanto Stephen Kellner dirigia pelas estradas cheias de curvas em velocidades arriscadas.

— Aqui! — gritou minha mãe.

Meu pescoço quase estalou quando meu pai pisou nos freios. Ele parou em um estacionamento com chão de cascalho.

O Fumaçamóvel crepitou e ficou quieto quando meu pai puxou a chave. O Bafo Sombrio nos envolveu novamente, com cheiro forte de cabelo queimado, pipoca torrada e uma pitada do Fim de Todas as Coisas.

O sol nascente pintava as montanhas cáqui de rosa e vermelho enquanto nós percorríamos a trilha empoeirada. Meus pais guiavam o caminho, e de vez em quando meu pai oferecia seu braço para Mamou se apoiar. Babou subia pela inclinação por contra própria, mais devagar. Por um momento me perguntei se ele precisava de ajuda, mas me lembrei de como ele subiu até o telhado para regar suas figueiras. E como Sohrab disse que nós deveríamos observá-lo até que ele terminasse. Então o segui para poder ficar de olho nele, torcendo para que não caísse.

Laleh andou comigo. Quando sua energia esgotou e ela começou a choramingar, Babou se virou e a segurou pela mão.

— Laleh-khanum — disse ele. — Você não quer ver o topo da montanha? É muito bonito.

— Eu não ligo! — resmungou ela, arrastando a reclamação até sua voz estalar.

Eu já sabia como identificar os sinais de uma Lalehtástrofe iminente. Corri até eles e segurei a outra mão de Laleh.

— Vamos lá, Laleh. Já estamos quase no topo.

Mas minha irmã diminuiu o ritmo ainda mais, nos forçando a parar. Eu me ajoelhei na frente dela.

— Isso é importante, Laleh, faz parte da história da nossa família.

Mas eu sabia que argumentos como aquele geralmente não funcionavam com Laleh, principalmente quando ela já estava naquele estado. Ela era imune à lógica.

Só havia um jeito para acalmá-la.

— E quando a gente voltar para a casa da Mamou, eu te levo na cidade. O tio do Sohrab tem um mercado. A gente pode comer faludeh.

Ela curvou os lábios enquanto pensava sobre a proposta.

Minha irmã nunca resistia a um bom suborno.

— Promete?

— Prometo.

— Tudo bem.

Laleh soltou a mão de Babou e saiu correndo para alcançar Mamou.

Quando me levantei, Babou olhou para mim por um momento.

— Você é um irmão muito bom, Darioush-jan.

Pisquei, desacreditado.

Aquela era a coisa mais legal que Ardeshir Bahrami já tinha dito para mim.

Yazd se estendia abaixo de nós, pequenos tufos de neblina se escondiam nas sombras, onde o sol da manhã ainda não havia chegado para espantá-las. Fileiras de baad girs marchavam à distância, e os minaretes azuis da Grande Mesquita brilhavam sob a luz.

As Torres do Silêncio, onde os zoroastras enterravam seus mortos — chamavam de enterro celestial — ficavam de sentinela sobre Yazd há milhares de anos.

— Meu avô foi enterrado aqui — disse Babou. — Junto com a minha avó. Ele também se chamava Darioush.

Mastiguei os cordões do meu moletom enquanto ele me guiava pela torre, seguindo as paredes desmoronadas que nos cercavam. Estávamos dentro de um anel de pedra com uns trinta metros de largura, com uma leve inclinação das paredes de fora em direção ao centro, onde os corpos descansavam em um círculos concêntricos: homens do lado de fora, mulheres no meio, crianças no centro.

Estava vazio agora. Décadas sem nenhum enterro celestial, desde quando a cerimônia foi criminalizada. E não havia mais ninguém por perto porque turistas não gostavam de acordar tão cedo.

Fiquei me perguntando se eu era um turista.

Ver as Torres do Silêncio parecia um passeio turístico.

Da mesma forma que pareceu um passeio turístico visitar as ruínas de Persépolis. Mesmo elas sendo parte da história da nossa família. Mesmo elas sendo nossa herança.

Como eu poderia ser um turista no meu próprio passado?

O vento estava forte e gelado. Ele agitava a poeira que se levantava sob os nossos passos, e balançava o capuz do meu casaco.

Tirei o capuz e deixei os cordões caírem da minha boca.

Babou suspirou.

— Agora temos que colocá-los no cimento. Não é a mesma coisa.

— Ah.

Ele apontou para outra montanha depois do vale.

— Lá tem mais uma. Está vendo?

— Aham.

— Muitos ancestrais de Mamou estão lá.

— Uau.

— Nossa família vive em Yazd há muitos anos. Muitas gerações nascidas e criadas aqui e enterradas aqui depois que morrem.

Nossa família fazia parte da trama que compunha Yazd. Costurada nas pedras e no céu.

— Agora seu dayi Soheil mora em Shiraz. E sua mãe nos Estados Unidos. E até Dayi Jamsheed vive falando sobre se mudar para Teerã. Em breve não haverá mais nenhum Bahrami em Yazd.

Meu avô parecia tão pequeno e abatido, curvado sob o peso da história e o fardo do futuro.

Eu não sabia o que dizer.

A singularidade em meu estômago voltou, pulsando e se contorcendo em uma harmonia empática com aquela que, agora eu sabia, existia dentro de Babou.

Naquele momento pude entender meu avô perfeitamente.

Ardeshir Bahrami estava tão triste quanto eu.

Ele apoiou sua mão sobre minha nuca, apertando de leve.

Aquilo foi a coisa mais próxima de um abraço que ele já havia me dado.

Relaxei ao seu lado enquanto nós observávamos a paisagem à nossa frente.

Aquilo foi a coisa mais próxima de um abraço que eu já havia dado nele.

A Enterprise de ontem

Como prometido, quando voltamos das Torres do Silêncio, levei Laleh
até a loja de Ashkan Razaei. Na ida, passamos na casa de Sohrab. Ele
estreitou os olhos ao abrir a porta.

— Oi, Darioush! Olá, Laleh-khanum.

— Oi.

Laleh suspirou. Ela apertou mais a minha mão e abaixou a cabeça,
escondendo as bochechas avermelhadas.

Opa, parecia que minha irmã tinha uma quedinha...

Fazia sentido. Se minha irmã fosse ter uma quedinha por alguém,
Sohrab era uma boa escolha, apesar de ele ser velho demais para ela.

— Oi. Estamos indo para a loja do seu amou. Comprar faludeh.
Quer vir junto?

— Claro!

Laleh segurou a mão de Sohrab para que ela pudesse se balançar
entre nós dois. Apesar de toda a reclamação, ela aproveitou o passeio nas
Torres do Silêncio: encheu Sohrab com todos os detalhes imagináveis
enquanto caminhávamos para a loja.

Dei de ombros para Sohrab em solidariedade.

Eu amava como Laleh conseguia conversar com ele tão facilmente.

Quando chegamos à loja, soltei a mão de Laleh para abrir a porta
e ela correu até o balcão. Sohrab estreitou os olhos e a seguiu.

— Sohrab-jan! Agha Darioush! Quem é essa?

— É minha irmã mais nova, Laleh.

— Alláh-u-Abhá, Laleh-khanum. Que nome lindo. Prazer em
te conhecer.

Laleh corou novamente.

— Oi — disse ela, encarando o chão de ladrilhos cinzas.

Segurei a mão de Laleh e dei uma balançada.

— Quer faludeh, Laleh?

Ela balançou a cabeça e continuou olhando para baixo, analisando
seu par de tênis brancos.

Nem mesmo sua paixão por sobremesas foi o bastante para fazer Laleh superar aquela timidez repentina e inexplicável.

— Se você quiser, temos sorvete também, Laleh-khanum — disse o sr. Rezaei.

Sorvete persa é batido com açafrão e pistache.

Eu não gosto tanto quanto faludeh, mas é incrível.

— Bastani mekhai, Laleh-jan? — perguntou Sohrab.

— Baleh — respondeu ela.

— Darioush?

— Faludeh. Por favor.

Mandei Laleh lavar as mãos enquanto Sohrab conversava com seu amou em persa. Sohrab continuava sorrindo. Não o sorriso de olhos apertados de sempre, mas um mais suave.

Eu gostava de observar Sohrab conversando com seu tio. Era diferente de quando ele estava com a mãe. Mais relaxado.

Talvez, quando estivesse com seu amou, ele se sentisse criança de novo, de um jeito que ele não conseguia se sentir com sua mãe porque ele precisava ser o homem da casa.

Queria que Sohrab pudesse ser criança de novo o tempo todo.

Não sei se Ashkan Rezaei sempre dava porções tão bem servidas de faludeh, mas eu estava grato por não ter Stephen Kellner por perto para presenciar minha imprudência alimentar.

Sohrab era muito contido — ele colocou apenas um pouquinho de suco de limão no seu faludeh —, mas eu cobri o meu com xarope de cereja o bastante para transformá-lo em Sangria Klingon.

Peguei guardanapos pra gente e Ashkan Rezaei entregou uma esfera perfeita de bastani amarelo-sol para Laleh.

— Noosh-e joon — disse ele.

Laleh finalmente olhou para cima.

— Merci — agradeceu.

Ela ignorou a colher e começou a lamber o bastani direto do copinho descartável.

Estiquei o braço para me despedir do sr. Rezaei.

— Khaylee mam-noon, Agha Rezaei.

— Não tem de quê — respondeu ele.

Então ele cobriu minha mão com suas duas e percebi que elas eram muito peludas, assim como o peito dele.

— Volte sempre, Agha Darioush.

★ ★ ★

A língua de Laleh já estava começando a ficar amarela e claramente dormente por causa do doce gelado, mas isso não a impediu de manter uma conversa em persa com Sohrab enquanto caminhávamos para casa.

Eu não sabia por que ela havia decidido mudar de idioma, mas aquilo me deixou bravo.

Eu não tinha a obrigação de levá-la para tomar sorvete.

Não tinha que incluir Laleh. Não tinha que passar tempo com ela.

A singularidade rodopiou dentro de mim, um buraco negro ameaçando me sugar.

Primeiro Laleh roubou *Star Trek*, e agora ela ameaçava roubar Sohrab também.

— Como está o sorvete? — perguntei, tentando novamente me inserir na conversa.

— Bom — respondeu ela, e então, se virou para Sohrab e voltou a falar em persa.

Sohrab olhou para mim e, depois, de volta para Laleh.

— Laleh — disse ele —, isso é falta de educação. Darioush não consegue te entender.

Pisquei.

Ninguém nunca havia pedido para as pessoas falarem em inglês quando eu estava por perto.

Nem mesmo a minha mãe.

— Não tem problema — eu disse.

— Não — rebateu Sohrab. — Não é educado.

— Desculpa, Darius — disse Laleh.

— Tudo bem.

Olhei para Sohrab. Ele estreitou os olhos, com a colher na boca.

— Obrigado.

— Darioush — chamou Sohrab. — Você pode ficar fora de casa por mais um tempo?

— Ah, acho que sim.

Deixei Laleh na cozinha com Mamou, que tentou alimentar Sohrab com mais sobras do Noruz — a comida parecia se multiplicar, e talvez ela nunca fosse acabar — antes de sair novamente.

Pelo caminho que fizemos, dava para perceber que Sohrab estava me levando de novo até o parque próximo à Grande Mesquita de Isfahan.

Aquele estava virando o nosso lugar.

Assim que chegamos ao telhado do banheiro, ele amassou um pedaço de jornal que, de alguma forma, tinha ido parar no telhado.

— Darioush, o que aconteceu?

— Como assim?

Sohrab mordeu os lábios por um segundo, amassando o jornal até que ele se tornasse uma bolinha pequena.

— Você parece muito triste.

— Ah.

— Está chateado com a Laleh?

— Não — eu disse, e então, completei: — Não exatamente.

Sohrab assentiu e esperou por mim.

Eu gostava daquilo. Do jeito como ele esperava para que eu pudesse pensar no que dizer.

— Eu e meu pai assistimos a *Star Trek* toda noite. Você conhece *Star Trek*?

Sohrab assentiu.

— Costumava ser uma coisa só nossa, mas agora ele prefere assistir com Laleh.

— Ele não quer que você assista também?

— Não — respondi. — Não sei.

Mastiguei um dos cordões do meu casaco por um segundo e então cuspi quando me dei conta de que estava fazendo aquilo na frente de Sohrab.

Eu não queria que Sohrab achasse que eu sempre mastigava o cordão do casaco.

— É só que… Não é só a coisa do *Star Trek*, sabe? Tipo, persa. Ela sabe falar e eu não sei. Todo mundo aqui gosta mais dela. Então, o que sobra para mim?

— Darioush, lembra do que eu te disse? Que o seu lugar estava vazio antes?

— Sim.

— Laleh não pode ocupar seu lugar. Por que você pensaria isso?

— Sei lá, às vezes eu só me sinto preso, pensando em coisas.

— Coisas tristes?

Assenti, mexendo na bainha da minha camisa.

Eu não sabia explicar de um jeito melhor do que aquele.

— É difícil para você? A depressão?

— Sim. Às vezes.

Sohrab assentiu.

E, então, ele passou o braço sobre os meus ombros e disse:

— Mas quer saber? Laleh não é minha melhor amiga, Darioush. Você é.

Minhas orelhas ardiam.

Eu nunca fui melhor amigo de ninguém antes.

Sohrab me balançou para frente e para trás.

— Não fique triste, Darioush.

— Vou tentar — afirmei.

Eu era o melhor amigo de Sohrab.

Quase sorri.

Quase.

Eu não precisava dizer em voz alta.

Sohrab sabia que ele era meu melhor amigo também.

A hora de *Star Trek* estava se tornando rotina de novo, agora que nossas noites não eram mais tão ocupadas. Agora que os dias pareciam ter desacelerado.

Agora que estar em Yazd não parecia tão diferente de estar em casa.

Havia se tornado uma rotina, com a diferença de que Laleh sempre participava.

E eu não.

Apesar do que Sohrab disse, era difícil não pensar em como ela tomou meu lugar quando meu pai a abraçava no sofá da sala de estar para assistir ao episódio "As férias do capitão", um dos melhores episódios da terceira temporada de *Star Trek: A nova geração*. É sobre Picard correndo atrás de alienígenas viajantes do tempo para resolver um mistério antigo.

Apesar de odiar viagens no tempo, eu amava aquele episódio.

É brilhante.

Também é notável por causa do traje de férias do capitão Picard: shorts de mergulho prateados extremamente curtos que apenas um homem francês conseguiria vestir bem.

Laleh achou os shorts ridículos.

— O que ele está vestindo?

Ela perguntou tão alto que eu consegui ouvir da cozinha, onde eu estava bebendo chá e lendo *O Senhor dos Anéis*.

Meu pai fez xiu para Laleh. "As férias do capitão" também era um dos episódios favoritos dele.

Eu quase me juntei a eles.

Quase.

Mas aí Laleh começou a falar de novo, zombando dos efeitos especiais.

Então bebi meu chá e li meu livro, tentando ao máximo ignorar o som das risadas do meu pai e de Laleh.

— Darius?

Levantei os olhos do livro. A música dos créditos finais estava tocando na sala.

— Sim?

— Tudo bem?

— Sim.

— Quer que eu pegue seu remédio?

— Ah, sim. Obrigado.

Servi um copo de água enquanto meu pai pegava os potes de remédio. Ele me entregou o meu, e separou seus próprios comprimidos.

— Melhor ir para a cama logo. Amanhã o dia começa cedo.

— Tudo bem.

Meu pai abaixou minha cabeça para beijar minha testa. Ele não se barbeava desde que chegamos no Irã, sem dúvida na tentativa de cultivar a aspereza iraniana de uma barba por fazer, e seu queixo arranhou a ponta do meu nariz.

— Te amo, Darius.

Ele segurou meu rosto por um momento, me olhando nos olhos. Eu não sabia o que ele queria. Não sabia o que ele esperava de mim.

Mas ao menos ele disse.

— Te amo, pai.

Problemas com o pai

No dia seguinte, Mamou convidou Sohrab e sua mãe para o café da manhã. Laleh aproveitou a oportunidade para explicar a Sohrab tudo sobre *Star Trek: A nova geração,* agora que ela era uma autoproclamada especialista.

Enquanto Laleh distraía Sohrab, peguei um copo d'água e tomei meus remédios.

Não sei por que eu não queria que ele visse. Ele já tinha visto meu prepúcio, afinal. E já sabia sobre a minha depressão de qualquer forma.

Mas eu ainda odiava que ele tivesse que me ver tomando os comprimidos.

De alguma forma, parecia ainda mais íntimo do que ficar pelado na frente um do outro.

Isso é normal.

Certo?

— Termine o café da manhã, Laleh-jan — pediu Mamou. — Deixa o Sohrab comer. Temos que sair daqui a pouco.

Nós iríamos até Dowlatabad.

Dowlatabad é um dos nomes mais comuns de lugares no Irã. É como Springfield nos Estados Unidos: existe um em cada província.

O de Yazd era um jardim, não uma cidade separada (pelo menos até onde eu sabia), e era famoso por seu paisagismo, sua mansão e seu baad gir gigante.

Os adultos foram na frente, com Laleh sobre os ombros do meu pai, enquanto eu e Sohrab os seguíamos, em silêncio.

Aquilo era uma das coisas que eu gostava em Sohrab: nós não precisávamos conversar para aproveitarmos a companhia um do outro. Nós apenas andamos e admiramos a manhã de Yazd. Às vezes, nossos olhares se encontravam e a gente sorria ou piscava ou até mesmo gargalhava.

O sol brilhava, mas o ar ainda estava se livrando do frio da noite. Eu deveria ter vestido um casaco, mas em vez disso, vestia uma camisa de manga comprida com o uniforme da Seleção Melli por cima.

Eu amava muito aquele uniforme.

Me sentia muito persa com ele.

Pássaros cantavam lá no alto.

Espirrei.

— Afiat basheh — disse Sohrab.

— Obrigado.

Espirrei de novo.

— Desculpa. Falta muito para chegarmos?

— Não muito, é mais perto do que a Masjid-e-Jameh.

— Tudo bem.

— Darioush, quando vamos jogar futebol de novo?

Mordi os lábios e olhei para baixo, encarando meus Vans. Eles estavam ficando empoeirados.

Eu não tinha certeza se conseguiria suportar mais um episódio de humilhação peniana no vestiário.

Mas, então, Sohrab disse:

— Não precisamos jogar com Ali-Reza e Hossein se você não quiser. Podemos ir em outro campo.

Aquela era outra coisa que eu gostava em Sohrab: ele sabia o que eu estava pensando sem que eu precisasse dizer em voz alta.

E uma terceira coisa que eu gostava nele: ele me dava tempo para pensar nas coisas.

Humilhação peniana à parte, eu me diverti muito jogando futebol com Sohrab. E nós dois não poderíamos jogar sozinhos. Não se nós fôssemos ficar no mesmo time.

Eu sempre queria estar no mesmo time que Sohrab.

— Eu não me importo — respondi, finalmente. — Nós podemos jogar com os garotos.

— Tem certeza? Não vou deixar eles te provocarem de novo. Prometo.

— Certeza — afirmei. — Podemos jogar quando você quiser.

— Vamos hoje à tarde. Quando voltarmos. Tudo bem?

— Tudo bem.

— Você é bom no futebol, Darioush. Deveria jogar no time da sua escola quando voltar para casa.

Eu me imaginei correndo no campo com o uniforme do Colégio Chapel Hill (Vai, Chargers!).

— Talvez eu faça isso.

★ ★ ★

Pinheiros e ciprestes se enfileiravam nos caminhos do Jardim Dowlatabad. Caminhamos sob a sombra manchada, aproveitando a névoa que era soprada pelos chafarizes borbulhantes. O caminho era pavimentado com pedras quebradas de um lado e azulejos brancos e brilhantes em forma de diamante do outro.

Ele me trazia muita paz.

— Meu pai amava vir aqui — comentou Sohrab.

Eu gostava de como ele se sentia seguro de falar sobre o pai comigo.

— Você consegue visitá-lo?

Sohrab mordeu as bochechas e não respondeu.

— Desculpa.

— Não. Não precisa se desculpar. Está tudo bem, Darioush.

Ele sentou na beirada de um chafariz, e eu me sentei ao seu lado, ombro a ombro.

Não sei por que dizem que pessoas que estão sempre juntas são como "carne e unha". Eu e Sohrab éramos carne e ombros.

Respeitei o tempo dele.

— Nós conseguíamos visitá-lo no começo. Nos primeiros anos. Uma vez por mês.

O chafariz borbulhou.

O vento balançou as árvores.

— Era ruim?

— Não muito. Ele estava aqui, em Yazd. A prisão não era boa, mas pelo menos ele estava perto.

Sohrab travou o maxilar.

Recostei em seu ombro novamente, mais para animá-lo do que qualquer outra coisa.

— Ele foi transferido há quatro anos — disse ele.

— Ah?

— Para a prisão de Evin. Você conhece Evin?

Balancei a cabeça.

— É bem ruim. Fica em Teerã. E ele foi colocado em…

Sohrab olhou para cima, encarando os galhos que nos sombreavam.

— Ele não pode ter contato com ninguém, nem mesmo com os outros presos.

— Confinamento solitário?

— Sim.

— Ah — eu disse.

Sohrab suspirou.

Queria fazê-lo se sentir melhor, mas não sabia como.

Sohrab tinha problemas com o pai.

Acho que eu também tinha problemas com meu pai, mas, em comparação, os meus não eram nada.

Talvez todos os garotos persas tivessem problemas com o pai.

Talvez seja esse o significado do que é ser um garoto persa.

— Sinto muito, Sohrab.

Apoiei a mão sobre seu ombro, e ele soltou um suspiro longo e contido.

— E se eu nunca mais puder vê-lo?

Apertei o ombro de Sohrab e estiquei o braço dando a volta, para que eu pudesse meio que abraçá-lo.

Sohrab mordeu os lábios e soltou alguns hormônios de estresse.

Só alguns.

— Você vai — eu disse.

Sohrab secou o rosto com as costas das mãos.

Eu me senti tão inútil.

Sohrab estava sofrendo e não havia nada que eu pudesse fazer. Nada além de ficar sentado ali e ser seu amigo.

Mas talvez aquilo fosse o bastante. Porque Sohrab sabia que não havia problema em chorar na minha frente. Ele sabia que eu nunca diria que ele não deveria ter sentimentos.

Ele se sentia seguro comigo.

Talvez fosse essa a coisa que eu mais gostava nele.

Depois de um minuto, ele pigarreou, balançou a cabeça e se levantou.

— Vamos, Darioush. Quero te mostrar muitas coisas.

Manda ver

— Darioush. Olhe para cima. Chegamos.

— Uau.

A copa das árvores terminou abruptamente. Estávamos na ponta de uma longa fonte, que indicava o caminho até uma mansão gigante de oito andares, e por trás da mansão se erguia o baad gir. Uma torre de vento.

Era uma torre de verdade — não como as Torres do Silêncio que eram mais colinas do que qualquer outra coisa.

O baad gir do Jardim Dowlatabad era ainda mais alto do que as colunas rodopiantes do Takhte Jamsheed. Ele se erguia a uns trinta metros de altura, com a metade de baixo lisa encaixada na metade de cima, que captava o vento, com pequenos ornamentos em forma de espadas no topo. A superfície do pináculo era coberta de espinhos.

O local me lembrava o Barad-Dûr, apesar de faltar o flamejante Olho de Sauron no topo para a imagem ficar completa. E era cor de cáqui, e não preto.

Espirrei.

— É enorme!

— Sim, enorme.

Sohrab olhou para a minha cara perplexa.

— Vamos. É ainda melhor lá dentro.

— A gente pode entrar?

— Claro.

Era o lugar mais colorido que eu já havia visto em Yazd. Talvez o lugar mais colorido no mundo inteiro.

Uma das paredes era inteiramente coberta por um vitral. Flores cheias de detalhes complexos de todas as cores iluminavam a mansão com um arco-íris dançante.

Estávamos nadando na luz.

E acelerando para a velocidade da dobra.

— Uau — suspirei.

Parecia o tipo de lugar onde você só consegue sussurrar.

— Você diz isso o tempo todo.

— Desculpa.

— Não precisa, eu gosto. Não tem essas coisas lá na sua cidade?

— Nada parecido com isso — respondi.

Olhei para o teto: linhas brancas e brilhantes se cruzavam e balançavam juntas formando uma estrela de doze pontas, que cascateava para fora até formar diamantes entrelaçados que acompanhavam a curvatura da parte de dentro da redoma.

Eu havia entrado em um mundo de magia élfica. Em Valfenda ou Lothlórien.

O ar gelado que vinha do baad gir sobre nós arrepiou os pelos dos meus braços.

— Nada parecido com isso.

Desta vez, quando fomos jogar futebol-não-americano, eu lembrei de levar uma toalha. E usar uma cueca com mais estrutura.

Eu ainda não tinha chuteiras — Sohrab disse que poderia me emprestar de novo —, mas tinha meu uniforme da Seleção Melli, o que era ainda melhor.

Ainda me sentia meio enjoado só de pensar em ficar pelado de novo, mas o pior já havia acontecido, e eu sabia que Sohrab iria me defender se fosse preciso.

Quando chegamos no vestiário, Sohrab tentou me passar suas chuteiras boas de novo.

— Você deveria usar essas — afirmei. — Eu fico com as brancas.

— Fique com elas. São melhores.

— Mas...

Eu havia sido enrolado mais uma vez. Minhas habilidades de taarof ainda eram muito baixas.

— Eu me sinto muito mal. Você não pode me dar as melhores chuteiras.

— Tudo bem, Darioush. Obrigado.

Sucesso!

Quando terminei de me vestir, Sohrab olhou para mim e estreitou os olhos.

— Você está parecendo um craque do futebol, Darioush.

Minhas orelhas ficaram tão vermelhas, pareciam a listra sobre o meu peito.

— Obrigado.

— Pronto?

— Pronto.

Ali-Reza e Hossein estavam no campo novamente, investidos em uma partida de dois contra oito com um grupo de crianças mais novas e, claramente, menos experientes. Eu e Sohrab assistimos por um minuto enquanto Ali-Reza se embolava com um dos seus oponentes e marcava um gol.

Balancei a cabeça. Era o tipo de manobra totalmente agressiva que apenas um Minion Desalmado da Ortodoxia poderia executar.

Sohrab agarrou meu ombro.

— Vamos lá!

Ele correu até o grupo, se colocando no time das crianças. Em um piscar de olhos, ele roubou a bola de Ali-Reza e atravessou o campo em direção ao gol. Completamente indefensável.

As crianças vibraram e riram quando Sohrab marcou um gol. Nem se importaram com o fato de ele ter invadido o time.

Eu me posicionei para defender nosso gol ao lado de um garoto com chuteiras grandes demais — ele deveria ter pés de hobbit assim como eu — e um cabelo persa ainda maior e mais cacheado que o meu.

— Salaam — disse ele.

Seu sotaque era encorpado, mas de um jeito legal. Eu gostei do jeito como ele formava as vogais.

— Hum, salaam.

Ele apontou para a minha camisa da Seleção Melli.

— Legal — comentou ele em inglês.

Acho que ele percebeu que eu não falar muita coisa em persa.

— Obrigado.

O jovem hobbit iraniano — decidi chamá-lo de Frodo — correu em direção ao meio-campo. Agora que Sohrab estava jogando, Ali-Reza e Hossein haviam perdido a vantagem, e nosso time continuava avançando.

Sohrab marcou mais três gols com a ajuda de alguns dos nossos novos companheiros de time, antes que Hossein segurasse a bola e chamasse todo mundo para uma reunião no meio-campo.

Eu e Frodo corremos para nos juntarmos ao círculo. Todo mundo estava falando em persa, discutindo entre si rápido o bastante para que eu não conseguisse entender nada.

Assim como quando Frodo usava o Um Anel, eu havia entrado em outra dimensão, escondido dos iranianos ao meu redor pela minha inabilidade de falar persa.

Já que eu tinha me tornado o Frodo, decidi que o hobbit ao meu lado agora seria Samwise.

— Em inglês, por favor. Darioush não consegue entender — disse Sohrab.

— Certo. Sohrab e Aiatolá escolhem primeiro — ordenou Hossein.

Samwise olhou para mim.

— Aiatolá?

Minhas orelhas arderam mais do que a Montanha da Perdição.

Sohrab me salvou mais uma vez.

— Vamos mudar os times — explicou. — Seis contra seis. Você vem comigo, Darioush. Seremos os capitães.

Eu. Darius Kellner. Um capitão.

Assim como o Picard.

— Asghar — disse Sohrab para Samwise. — Você vem com a gente.

Sohrab e Ali-Reza revezaram para escolher os outros garotos. Ficamos com Mehrabon, Ali (sem ser o Reza) e Behruz, que era o garoto mais baixinho porém com o bigode mais espesso.

Fiquei profundamente impressionado.

— Tudo bem — disse Sohrab, assentindo para mim.

Pigarreei.

— Manda ver.

Jogar futebol-não-americano com Sohrab, Asghar-Samwise-Frodo e o resto do time foi divertido de verdade. Apesar de Asghar e todos os outros garotos terem decidido me chamar de Aiatolá.

No início eu odiei, mas até onde eu sei, nenhum deles sabia o verdadeiro motivo.

— O apelido é porque você está no comando — disse Sohrab para mim. — Foi isso que eu disse a eles.

Nosso time gritou meu apelido toda vez que eu mandava bem em um passe perigoso ou fazia uma boa defesa. Quase comecei a gostar.

Quase.

Mas, apesar de tudo, Sohrab sempre me chamava de Darioush.

Jogamos até minhas panturrilhas arderem e meus pulmões ficarem em risco de sofrerem um fracasso involuntário. Jogamos até Asghar ter que se arrastar para o lado do campo com as mãos no joelho, lutando contra a vontade de vomitar. Jogamos até Hossein e Ali-Reza se cansarem de tomarem gols da gente. E nós marcamos muitos gols.

Asghar e os outros garotos nos fizeram prometer que jogaríamos de novo no dia seguinte. Sohrab disse sim imediatamente. Aparentemente ele era um jogador assíduo naquele campo, embora tivesse perdido muitos jogos desde que começou a andar comigo.

Ele abriu mão daquilo por mim.

Ele não precisava ter feito isso.

Ali-Reza fingiu que não iria voltar para jogar mais — afinal, ele havia acabado de sofrer uma derrota massacrante —, mas eu sabia que ele voltaria quando Hossein disse:

— Times diferentes da próxima vez.

Sohrab esperou um pouco, chutando a bola ao meu redor, enquanto os outros se refrescavam ou caminhavam para o vestiário.

Eu sabia por que ele estava fazendo aquilo. Mas ele não disse nada, nem transformou aquilo em algo importante.

Esse é o tipo de amigo que ele era.

Mas aquilo não deixou as coisas menos constrangedoras quando ficamos apenas nós dois no vestiário.

Na verdade, acho que foi ainda mais constrangedor.

Sohrab tirou toda a roupa mais uma vez, como se fosse totalmente normal que garotos ficassem pelados ao lado uns dos outros. Sua pele era como um vulcão, com suor escorrendo em cada vale.

Meu rosto experimentava um fluxo térmico extremo.

— Obrigado por me emprestar essas aqui — comentei enquanto desamarrava o cadarço das chuteiras.

— Não tem de quê — disse Sohrab, jogando a tolha sobre os ombros. — É bom compartilhar as coisas com você, Darioush.

Arranquei minha camisa suada da Seleção Melli, completamente consciente de que todas as minhas coisas de futebol vinham de Sohrab, fossem compradas ou emprestadas.

Eu me senti um amigo muito inadequado.

Foi ali que me dei conta: eu tinha um jeito de compensar. Sohrab precisava urgentemente de um novo par de chuteiras. E eu era um iraniano milionário.

— Vamos. A água já deve estar quente de novo.

Sohrab conversou virado para mim enquanto tomávamos banho, o que era esquisito, mas pelo menos a ducha e o sabão cobriam parcialmente meu corpo. Não me senti tão exposto, principalmente quando eu podia me virar para me enxaguar e escutá-lo.

Sohrab contou tudo sobre os garotos que jogavam futebol com ele: como os jogos começaram só com ele e Ali-Reza, então Ali-Reza convidou Hossein, e Sohrab convidou Asghar e, um por um, o grupo foi se juntando como um sistema solar se formando ao redor de uma nova estrela.

Fiquei impressionado com como Sohrab conseguia manter uma conversa casual sobre as dinâmicas do futebol entre os jovens de Yazd enquanto ensaboava seu pênis.

Eu me impressionei ainda mais com a minha capacidade de conversar de volta enquanto lavava meu umbigo e minha barriga balançava como uma forma de vida gelatinosa e inumana.

Talvez eu estivesse aprendendo a ter menos muros dentro de mim também.

Talvez.

— Obrigado por jogar hoje, Darioush — disse Sohrab no caminho de volta para casa.

— Obrigado por ter me convidado.

— Lembra do que eu disse? Seu lugar estava vazio.

Sorri de volta para ele.

— Sim.

— Mas agora não está mais.

— Não mais.

— Mamou — eu disse. — Queria comprar umas chuteiras legais para Sohrab. Hum. Chuteiras de futebol.

— Tudo bem, maman. Você sabe quanto ele calça?

— Quarenta e quatro.

— Certo. Vou pedir para seu Dayi Soheil trazer na próxima vez que ele vier. As lojas são melhores lá em Shiraz.

— Vou pegar meu dinheiro.

— Está tudo bem, Darioush-jan, não precisa.

— Precisa sim. Ele é meu amigo. Quero fazer algo legal por ele.

— Você é um amor.

Fiquei surpreso por não ter que usar o taarof.

— Posso ajudar?

Mamou estava com espuma até os cotovelos.

— Não precisa, Darioush-jan.

— Eu posso enxaguar pra você.

— Se você quiser. Obrigada.

Fiquei surpreso por não ter que usar o taarof mais uma vez.

Enxaguei a louça ao lado de Mamou enquanto ela cantarolava junto com o rádio.

Eu estava tão acostumado com o som das batidas persas irreconhecíveis, que de primeira não reconheci o que Mamou estava cantando. O que estava tocando no rádio.

— Ah.

Não era persa. Não era música persa mesmo.

Era "Dancing Queen".

— Mamou?

— Sim?

— Você está escutando ABBA?

— Sim. É meu grupo musical favorito.

Pensei um pouco naquilo: como Fariba Bahrami, que morou no Irã a vida inteira, era apaixonada por uma banda da Suécia.

Queria saber onde ela tinha escutado ABBA pela primeira vez.

Queria saber de quais outras músicas ela gostava. E filmes. E livros.

Queria conhecer tudo que ela amava.

— Darioush-jan?

— Sim?

— Estou quase terminando. Você pode preparar um pouco do seu chá especial?

— Claro.

Sequei as mãos e botei a água para ferver. Mamou terminou de lavar os últimos pratos e tirou metade de uma melancia da geladeira. Ela cortou em cubos enquanto eu infusionava o FTGFOP1 e servi uma xícara para cada um.

— Você não deixa as folhas no chá? — perguntou Mamou.

— Fica amargo se deixar por muito tempo.

— Ah. Obrigada, maman. Eu amo esse chá.

Eu amava minha avó.

Antes, ela era um monte de pixels na tela do computador.

Agora ela era real, cheia das contradições mais incríveis.

Eu queria saber mais.

Queria saber tudo sobre ela.

Era como se o poço dentro de mim finalmente estivesse aberto.

E, enfim, tive minha chance.

— Quando você começou a escutar ABBA?

Chelo kabob

Eu e Sohrab jogamos futebol-não-americano todos os dias, exceto sexta-feira.

Na sexta Mamou estava fazendo chelo kabob.

Naquela manhã, a encontrei com os braços enfiados até os cotovelos em uma tigela enorme de carne moída, que emanava um brilho dourado por causa de todo o açafrão que ela tinha colocado.

— Sobh bekheir, maman — disse ela.

— Sobh bekheir.

— Tem chá na chaleira, na sala de estar.

Aquele era o lugar mais seguro para a chaleira.

Fariba Bahrami estava fazendo chelo kabob, o que significava que a cozinha estava prestes a se tornar um campo de batalha, como o Abismo de Helm.

— Obrigado. Precisa de mais alguma ajuda?

— Eu chamo se precisar. Obrigada.

— Tudo bem.

Até mesmo os meio-persas, como eu e Laleh, tinham sonhos doces e saborosos com chelo kabob.

Lá em casa, nós só comíamos em ocasiões especiais: aniversários, feriados e dias de boletim, desde que eu ficasse acima da média.

Stephen Kellner ficava surpreendentemente de boa com aquilo. Ele dizia que queria que eu desse o meu melhor. Não queria que eu tivesse medo de tirar notas ruins, desde que eu estivesse aprendendo.

Aquilo era bom, porque eu sempre tirava C em matemática, mas tirava A em história e inglês, mantendo minha média boa o bastante para garantir porções frequentes de chelo kabob.

Quando fazíamos chelo kabob em casa, minha mãe era a responsável pelo chelo — ela conhecia o segredo para um tah dig perfeito — e meu pai era o responsável pelo kabob.

A maestria da carne grelhada era um componente essencial na estrutura de um Super-homem teutônico.

Minha mãe deve ter mencionado as habilidades sobrenaturais de kabob do meu pai, porque Mamou colocou ele para colocar as porções de carne moída para o kabob koobideh nos espetos.

Meu pai modelou a carne nos espetos de metal, beliscando entre o dedo do meio e o indicador para cima e para baixo na altura da lâmina para poder grelhá-la, enquanto Mamou cortava o peito de frango em cubos usando um cutelo tão grande que parecia ter saído de um desenho animado.

Eu tinha certeza de que aquele evento iria terminar em sangue; corpos empilhados até as alturas, como a Batalha dos Campos de Pelennor.

Lavei a louça quando me deixaram, aproveitei o cheiro de kabob no ar e esperei pelo som das cornetas.

— Darioush. Vem aqui me ajudar, por favor — chamou Babou do jardim. — Precisamos arrumar as mesas.

Eu imaginei que Babou fosse pegar uma mesa de pingue-pongue, como a que os Rezaeis tinham no quintal, mas, em vez disso, ele me fez arrastar três mesas dobráveis com tampo de tecido guardadas no galpão. Desdobrei as mesas e o ajudei a alinhá-las debaixo da copa das figueiras.

Babou rosnou e assentiu para mim, mas não falou nada. Seus ombros estavam curvados, e enquanto eu o seguia até o galpão para pegar algumas cadeiras dobráveis de madeira, percebi como seus pés se moviam devagar.

Lembrei do que minha mãe disse, sobre como Babou era forte, naquele dia em que ele a carregou do parque até a casa.

Eu me perguntei se era o mesmo parque onde Sohrab e eu sentamos no telhado para ver o sol se pondo sobre o nosso Reino Cáqui.

Eu me perguntei se Babou já havia carregado algum dos meus primos nas costas.

Eu me perguntei o que mais eu havia perdido, o que mais eu iria perder.

Eu não entendia Babou — e, para ser sincero, nem sabia se eu gostava dele —, mas não queria que ele morresse.

Em breve teríamos um Bahrami a menos.

— Darioush-jan. Vá pedir para Khanum Rezaei trazer mais sabzi quando ela vier com Sohrab.

— Tudo bem.

A sra. Rezaei abriu a porta antes mesmo que eu pudesse bater. Seu cabelo estava puxado para trás e preso com bobes gigantescos. Com a testa exposta e as sobrancelhas arqueadas quase na altura da raiz do cabelo, ela me lembrava ainda mais um guerreiro Klingon pronto para a batalha.

— Alláh-u-Abhá, Darioush-jan — disse ela, me puxando para dentro. — Entre. Sohrab está nos fundos.

— Hum. Alláh-u-Abhá.

O sorriso da sra. Rezaei ficou ainda maior, e eu fiquei feliz por ter decidido que tudo bem usar aquele cumprimento mesmo eu não sendo bahá'í.

— Babou pediu para você levar mais sabzi hoje à noite. Se puder.

— Claro, claro. Sua avó faz o melhor chelo kabob.

Torci para que ela não ficasse ofendida com Stephen Kellner se metendo no chelo kabob desta vez. Klingons podem ser notoriamente polêmicos quando se trata de comida.

Enquanto a sra. Rezaei separava o sabzi para levar, encontrei Sohrab no quintal.

Ele estava chutando sua bola de futebol para lá e para cá, descalço e sem camisa. Suor escorria do seu cabelo curto até as têmporas, descendo pela nuca. Ele acenou quando me viu e colocou as mãos atrás da cabeça, como se estivesse se rendendo. Seu peito liso subiu e desceu, subiu e desceu, e os músculos no abdômen se contraíam com cada respiração.

Eu sabia que se chegasse perto o bastante, a radiação térmica que ele estava emitindo iria me queimar.

— Oi, Darioush.

Sohrab mal conseguia respirar.

— Oi. O que você está fazendo?

— Abdominais. Agachamentos. Corrida. Treino.

— Uau.

Eu havia subestimado a dedicação de Sohrab ao futebol.

Talvez eu devesse estar treinando também.

Sohrab inspirou e estreitou os olhos e expirou e estreitou os olhos.

Espirrei.

— Babou me mandou pedir para sua mãe levar sabzi hoje à noite. Para o chelo kabob.

— Mamou faz o melhor chelo kabob! Eu como muito, toda vez.

— Eu também. Quer dizer, quando os meus pais fazem.

Sohrab apoiou o pé direito sobre o esquerdo, o usando para coçar seu dedão. O silêncio entre nós dois ficou pesado e íntimo. Minhas orelhas começaram a arder, prontas para entrar em alerta vermelho.

Sohrab engoliu seco. O buraco em sua clavícula se destacava em sua pele brilhante.

— Quer jogar enquanto isso?

Ele sabia perfeitamente como quebrar o silêncio.

— Sim.

Todo mundo estava certo:

Fariba Bahrami fazia mesmo o melhor chelo kabob do mundo.

Talvez do Quadrante Alfa inteiro.

Nós comemos à sombra das figueiras de Babou, reunidos em volta das mesas dobráveis ou sentados à beira dos canteiros de erva. Diferente do jardim dos Rezaeis, o de Babou ainda não havia sido tomado pela menta franca, mas era apenas uma questão de tempo.

Resistir era inútil.

Sobre cada mesa, uma cesta de sabzi — salsinha, agrião, estragão, manjericão, menta, talos de cebola e rabanetes frescos cortados em forma de flor. Havia fatias de limão para espremermos sobre a carne, e pequenos pratos de vidro cheios de sumagre brilhante como rubi, que servia para ser jogado em cima de tudo.

Teoricamente era para ajudar com a digestão, o que era bom, porque eu não conhecia nenhum persa — parcial ou não — que não comesse além da conta quando o cardápio era chelo kabob.

— Eu te falei — disse Sohrab, esbarrando no meu ombro. — Sua avó faz o melhor.

— Sim.

Usei a ponta da colher para pegar um pedaço de kabob koobideh. De todas as comidas persas, kabob koobideh é, provavelmente, a que parece mais suspeita, até mais do que fesenjoon. Cada kabob parecia uma tora marrom e macia, brilhando por causa do óleo e da gordura, marcada nos lugares onde meu pai havia apertado para colocá-los no espeto.

Era profundamente sugestivo.

Minha prima Nazgol, que talvez fosse mesmo um Espectro-do-Anel, estava sentada do meu outro lado, observando Laleh cortar seu kabob e misturar tomate grelhado no arroz. Nazgol olhou para mim e jogou uma das pétalas da flor de rabanete na boca.

— Quer uma?

— Não, obrigado.

— Faz bem para a saúde. Toma — disse ela, tentando colocar um pedaço de rabanete na minha boca enquanto eu ria e desviava.

— Nakon, Nazgol-khanum — disse Sohrab. — Deixa ele em paz.

Nazgol deu de ombros e se virou para oferecer o rabanete para Laleh, que jogou dentro da própria boca e então franziu o rosto.

Sohrab observou Laleh se engasgar. Ele me olhou de canto e então riu.

— Obrigado — eu disse. — Vou pegar mais um pouco. Você quer?

— Na merci, Darioush — disse ele, mas então estreitou os olhos.

— Só um pouquinho, talvez.

— Tudo bem.

Levei nossos pratos para a cozinha, onde as bandejas de kabob e arroz tomavam conta de cada centímetro quadrado disponível na bancada. Quando o jantar terminasse, as louças iriam formar uma pilha ainda mais alta do que aquela que eu e minha mãe lavamos depois do Noruz.

Chelo kabob dava um trabalhão.

Meu pai estava enchendo seu prato de vegetais grelhados enquanto eu colocava um pouco de arroz de açafrão no meu. Pela primeira vez ele não fez nenhum comentário sobre minhas escolhas de comida, apesar de um segundo prato de arroz ser uma imprudência alimentar clássica. Ele estava ocupado demais recebendo críticas e conselhos dos homens da família Bahrami sobre sua preparação de kabob.

— Você tem que acertar no sal. Isso é muito importante — comentou Dayi Jamsheed.

— Precisa modelar melhor, ou vai cair do espeto — disse Dayi Soheil.

— A grelha tem que estar muito quente — foi a vez de Babou.

— Mas não muito.

Quase senti pena do meu pai.

Quase.

Troquei um olhar com ele, para ver se ele precisava ser resgatado.

Mas ele sorriu para mim e se voltou para Babou.

— Eu gosto de umedecer meus dedos com óleo em vez de água — disse meu pai. — Assim a carne não gruda tanto. Mas faz mais bagunça.

Os homens da família Bahrami assentiram em aprovação.

Eu não estava com ciúmes dele.

Não mesmo.

Talvez o lugar do meu pai também estivesse vazio.

E ele deu um jeito de ocupá-lo.

Talvez.

O superaglomerado de Virgem

Com tantos persas reunidos de forma tão próxima, era inevitável que em algum ponto eles iniciassem uma partida de Rook.

Desta vez, Babou jogou com Dayi Soheil contra meu pai e Dayi Jamsheed.

Eu não entendia como alguém poderia jogar tanto Rook quanto Ardeshir Bahrami.

Às vezes eu o encontrava jogando sozinho na cama, as cartas dispostas no colo, sobre o cobertor, enquanto ele formulava jogadas e estratégias com um adversário imaginário e uma dupla imaginária.

Eu me sentei no canto da sala e observei os homens da família Bahrami — e Stephen Kellner — distribuírem as cartas.

Como ele conseguia?

Como ele simplesmente se juntava aos outros daquela forma?

— Darioush — chamou Sohrab. — Você está preso?

— Ahn?

— Você disse que às vezes fica preso. Pensando em coisas tristes.

Engoli em seco e puxei os cordões do meu casaco.

— Ah, não. Não é nada.

— Vamos lá — disse Sohrab, me colocando de pé. — Não vou deixar você ficar preso de novo.

Ele me arrastou até a mesa onde Parviz e Navid, filhos do Dayi Soheil, estavam sentados. Parviz tinha 23 anos e Navid, 21, o que fazia com que eles fossem mais próximos de mim em idade do que qualquer outro familiar, exceto Nazgol, a Nazgûl de dezenove anos.

— Darioush — disse Parviz.

Sua voz era rica e suave, como manteiga de amendoim cremosa. Ele quase não tinha sotaque: só aparecia em suas vogais afiadas e na melodia das suas frases, como se houvesse a sombra de uma pergunta em tudo que ele dizia.

— Por que você nunca contou que jogava futebol?

— Ah. Hum.

— Sohrab disse que você joga muito bem.

Eu me esforcei muito para não sorrir.

— É verdade. Vocês têm que ver.

— Não sou tão bom assim.

— É sim! Vocês tinham que ouvir o Ali-Reza. Ele estava tão irritado. Ficava dizendo: "Não é justo! Eu nunca mais jogo com vocês dois!"

Parviz gargalhou.

— Você ainda joga com ele?

— Eu achei que ele tinha se mudado — comentou Navid.

A voz de Navid era profunda, como a da sua mãe. Ele havia herdado os lábios arqueados e elegantes dela, e os cílios longos e escuros de Mamou. Eu também havia herdado os cílios de Mamou, o que às vezes me causava provocações na escola.

Mas, para falar a verdade, eu gostava dos meus cílios.

De verdade.

— Ele ia se mudar para Kerman — respondeu Sohrab. — Mas o pai dele perdeu o emprego e eles precisaram ficar aqui.

Ali-Reza foi um completo babaca comigo — o epítome de um Minion Desalmado da Ortodoxia —, mas me senti mal por ele.

No fim das contas, Ali-Reza também tinha problemas com o pai.

Sohrab contou, passe a passe, tudo sobre o nosso último jogo para Parviz e Navid. Ele fez parecer muito melhor do que realmente foi, disfarçando os passes que eu perdi e exagerando todas as minhas defesas.

Ficou ainda mais difícil de não sorrir.

Eu me senti com uns três metros de altura.

— Depois do jogo, Ali-Reza não parava de reclamar. Asghar me contou. Ali-Reza disse: "Eles nem jogam futebol nos Estados Unidos."

Sohrab jogou o braço sobre o meu ombro. Ele havia tomado banho antes de sair de casa, e ainda tinha um aroma limpo e fresco, como alecrim. Minhas costas se aqueceram onde seu braço estava apoiado.

— Mas não importa. Darioush é persa também.

Eu estava entrando em velocidade de dobra com força total.

Radiante de orgulho.

Navid e Perviz decidiram que, já que eu era tão persa, estava na hora de aprender a jogar Rook. Navid puxou um baralho de dentro do bolso da camisa, do jeito como um fumante puxa um maço de cigarros, e começou a distribuir as cartas.

Sohrab se sentou à minha frente e ajudou meus primos a me explicarem as regras. Eu já sabia o básico, mas nunca havia tentado jogar de verdade.

— Não se preocupe — disse Sohrab. — O importante é se divertir.

Olhei para a mesa do meu pai. Seu olhar encontrou o meu e ele sorriu, como se aprovasse o que eu estava fazendo.

Fiquei com medo de ter que jogar Rook com ele depois que voltássemos para casa.

Eu não teria estômago para isso.

Sohrab começou nossas apostas. A telepatia inerente que nos tornava uma dupla tão boa no futebol-não-americano nos ajudou no Rook também.

O que era uma vantagem porque, no geral, eu era péssimo no jogo.

Entretanto, Sohrab nunca ficava irritado nem perdia a paciência. Até Navid e Parviz estavam de boa. Depois de cada rodada eles me davam conselhos sobre o que eu poderia ter feito melhor. Aquele era provavelmente o jogo de Rook mais demorado que eles já haviam jogado.

Mas isso não importava. Nós nos divertimos.

Quando a noite se acalmou, acompanhei Sohrab e sua mãe até a saída e desejei uma boa noite a todos na sala de estar, onde as mulheres estavam sentadas bebendo chá e tagarelando em persa.

Mamou se levantou do sofá para me dar um abraço de boa-noite.

Se Mamou fazia o melhor chelo kabob do Quadrante Alfa, aquilo não era nada comparado com seus abraços, que eram de longe os melhores no superaglomerado de Virgem, onde nossa Via Láctea era apenas uma pequena parte.

Quando Mamou me abraçava, eu era envolto por uma nova dimensão de luz e aconchego.

Suspirei e a abracei também.

Queria que houvesse um jeito de embalar todos os seus abraços e levá-los de volta para Portland comigo.

— Boa noite, maman.

— Boa noite, Mamou. Te amo.

— Te amo, Darioush-jan — disse ela, segurando meu rosto. — Durma bem.

A porta de Laleh estava entreaberta quando passei pelo corredor. Ela estava curvada na cama, totalmente incapacitada devido a quantidade de chelo kabob que havia comido.

Eu meio que queria que meu pai não estivesse jogando Rook. Assim eu poderia convencê-lo a assistir a um episódio de *Star Trek*. Só nós dois.

Mas meu pai havia encontrado seu lugar, e eu havia encontrado o meu. Mesmo sendo lugares tão distantes um do outro.

Como eu disse, nossas proporções deveriam ser cuidadosamente calibradas.

Fui para o quarto onde encarei o Ventilador Dançante. Dayi Soheil havia comprado as chuteiras novas de Sohrab para mim, lacradas em uma sacola, e Mamou deixou a caixa sobre a minha cama. Eu abri: um par de Adidas verde brilhante, com três listras brancas reluzentes em cada pé, tão novas que iriam cegar Ali-Reza e Hossein na próxima vez que Sohrab jogasse contra eles.

As chuteiras eram perfeitas.

Queria correr até Sohrab e dar o presente imediatamente.

Queria ir até o campo e jogar uma partida.

Mas então pensei no que ele havia me dito — sobre como era bom compartilhar as coisas comigo. E pensei que, talvez, fosse melhor esperar para entregar as chuteiras depois. Como um presente de despedida.

— O que é isso? — perguntou minha mãe, parada na porta.

— Dayi Soheil comprou essas chuteiras para eu dar para o Sohrab. De presente. Ele está precisando.

— Elas são perfeitas.

— Sim.

Minha mãe se sentou ao meu lado, passando os dedos pelo meu cabelo.

— Você é um bom amigo. Sabia disso?

— Obrigado.

— Eu amo ver vocês dois juntos. Igual Mahvash e eu quando éramos mais novas.

— Sim.

Eu amava ser amigo de Sohrab.

Amava a pessoa que eu era por causa da amizade ele.

— Você vai sentir saudades daqui, não vai?

— Vou — puxei o cordão do casaco. — Acho que sim.

Minha mãe me envolveu com seus braços, e puxou minha cabeça para me dar um beijo na testa.

— Você se divertiu hoje?

— Foi perfeito — respondi.

Perfeito, mas amargo ao mesmo tempo porque eu sabia que meu tempo estava acabando.

Queria poder ficar no Irã.

Queria poder ir para a escola com Sohrab, e jogar futebol-não--americano todo dia, embora eu supostamente tivesse que começar a chamar só de futebol mesmo.

Queria ter nascido em Yazd. Ter crescido ao lado de Sohrab e Asghar e até mesmo de Ali-Reza e Hossein.

A questão é que eu nunca tive um amigo como Sohrab antes. Alguém que me entendia sem precisar se esforçar. Que sabia como era se sentir preso do lado de fora por causa de uma coisa pequena que te separava de todo o resto.

Talvez o lugar de Sohrab também estivesse vazio antes.

Talvez.

Eu não queria voltar para casa.

Não sabia o que eu ia fazer quando chegasse a hora de dizer adeus.

A era dos Bahramis

— Seu cabelo está muito grande, Darioush.

— Hum.

Babou estava andando muito com Stephen Kellner.

Ele tentava colocar um chapéu branco sobre meus cachos persas escuros, mas o chapéu sempre acabava escorregando.

— Fariba-khanum!

Ele chamou pelo corredor para que Mamou trouxesse alguma coisa, mas não consegui identificar a palavra.

Mamou apareceu na porta do meu quarto, sorrindo para o boné torto na minha cabeça.

— Aqui, maman.

Mamou colocou três grampos na boca, arrumando meu cabelo sob o boné e prendendo tudo em seu devido lugar.

— Perfeito.

— Merci — agradeci.

— Você é tão lindo! — disse ela, apertando minhas bochechas antes de sair.

Babou me segurou pelos ombros, me olhando de cima a baixo. Eu estava vestindo a camisa branca que ele e Mamou me deram no Noruz, e meu único par de calças sociais cáqui.

Eram da mesma cor que as paredes de Yazd. Eu me perguntei se eu não iria me camuflar nos prédios e parecer apenas uma cabeça flutuante.

Babou puxou a gola da minha camisa para deixá-la alinhada.

— Você está muito bem-vestido, Darioush-jan.

— Hum. Obrigado.

Eu não me sentia bem.

Eu me sentia como se estivesse em uma missão distante, disfarçado para infiltrar e observar outra cultura sem violar a Primeira Diretriz.

Eu me sentia um ator, fazendo o papel de bom neto de um zoroastra.

Eu me sentia um turista.

Mas Babou mexeu no meu chapéu mais um pouco, mesmo depois de Mamou já ter arrumado. Ele me olhava nos olhos de vez em quando, como se estivesse procurando por alguma coisa que talvez — apenas talvez — eu já tivesse em mim aquele tempo todo.

Babou murmurou enquanto alisava a costura nos meus ombros e repousou as mãos sobre eles.

— Estou feliz que esteja aqui para ver isso, Darioush-jan.

Talvez eu não fosse tão turista assim.

Talvez houvesse alguma coisa que eu e Babou pudéssemos compartilhar. Nosso próprio *Star Trek*.

Talvez.

— Eu também.

O Atashkadeh é o Templo de Fogo zoroastra de Yazd.

Não era como uma mesquita ou uma igreja, com reuniões semanais. Era usado apenas para comemorações especiais.

Mas havia uma tocha acesa lá dentro o tempo inteiro.

A tocha dentro do Atashkadeh queimava há mil e quinhentos anos. De acordo com Babou, ela era formada por dezesseis tipos diferentes de fogo — incluindo fogo causado por raios, o que é bem legal se você parar para pensar.

Estávamos todos com roupas claras: minha mãe, Laleh e Mamou com lenços e manteaux brancos. Eu, meu pai e Babou com nossos chapéus brancos.

Até Stephen Kellner, um notável humanista secular, se arrumou para ir.

O Templo de Fogo não era tão alto quanto a Grande Mesquita de Isfahan, nem mesmo quanto o baad gir do Jardim de Dowlatabad. Ele tinha dois andares de altura e era cercado por árvores. Uma piscina calma e perfeitamente circular refletia o céu azul sem nuvens sobre nós.

— Uau.

O que o Atashkadeh não tinha em altura, ele compensava em magnitude: na frente havia cinco arcos, sustentados por colunas brancas e lisas, com uma Faravahar esculpida no topo. O homem alado brilhava em uma pedra imaculada, coberta de azul e dourado.

Eu me perguntei como ele se mantinha tão vibrante sob o sol de Yazd, que desbotava tudo para um branco cegante.

Quando estacionamos o carro, Mamou liberou Laleh e eu do banco de trás, mas então voltou para dentro.

— Hum.

— Podem ir na frente, Babou não está se sentindo muito bem.

Olhei para Babou sobre o ombro dela, e ele estava pálido apesar do sol dourado que iluminava a janela do carro.

Para ele ficar para trás, a coisa deveria ser séria.

Ele estava tão empolgado para nos mostrar o Atashkadeh.

Minha mãe nos guiou pelo caminho de rochas na entrada do templo, e nos mostrou onde deveríamos deixar nossos sapatos e meias.

Era silencioso lá dentro, um silêncio tão intenso que apertava minha cabeça como um chapéu pequeno demais.

Até mesmo Laleh conseguia perceber que aquele era o tipo de lugar para se ficar quieta.

Um portal todo em vitrais nos separava do santuário, onde um cálice de bronze gigante abrigava o fogo ancestral.

Pensei em Babou esperando no carro. Quantas vezes ele já tinha vindo aqui para ver as chamas dançarem?

Quantas vezes os avós dele encararam esse mesmo fogo?

E todos os outros Bahramis. Voltando geração após geração, entre revoluções e mudanças no regime, guerras e invasões e massacres. Quantos deles já ficaram de pé no mesmo lugar que eu?

E quantos mais estariam aqui nos próximos anos, se Babou estivesse certo e a Era dos Bahramis estivesse chegando ao fim?

De pé no templo, olhando para o fogo que queimava havia centenas de anos, senti os fantasmas da minha família ao meu redor. A presença suave deles me arrepiou os pelos do braço e balançou meus cílios.

Seguei os olhos e continuei ali, perdido na visão das chamas.

Eu sabia que Babou seria um daqueles fantasmas em breve.

Ninguém precisava dizer aquilo em voz alta.

Babou foi direto para cama quando voltamos para casa. Mamou ficou com ele. Escutei suas vozes suaves através da porta fechada.

Encontrei minha mãe no solário, com um álbum de fotografias no colo e mais três ao seu lado, no sofá.

— Hum. Mãe?

— Pode entrar.

Ela empilhou todos os álbuns juntos para que eu pudesse sentar ao seu lado.

— Você está bem?

— Sim — respondeu ela, mas sua voz estava rouca, como se ela tivesse chorado. — Só olhando algumas fotos antigas.

O álbum estava aberto em uma página com fotos dela nos Estados Unidos: sua formatura na faculdade, o chá de panela, a cerimônia de cidadania americana.

— Esse aqui é o pai?

— Sim.

No fim da página havia uma foto de um Stephen Kellner jovem de pé em frente a uma porta verde brilhante. Aparentemente o Super--homem em algum momento foi um Super-hippie, com uma barba cheia e o cabelo abaixo dos ombros.

Imagine só:

Stephen Kellner de cabelo grande. Preso em um rabo de cavalo, até.

— Babou odiava esse cabelo. Seu pai cortou para deixá-lo feliz. Por pouco ele não estava de cabelo grande nas nossas fotos do casamento — disse minha mãe, sorrindo. — Meu Deus, dá pra imaginar? Seu pai nunca conseguiria superar.

Havia uma foto da minha mãe com meu pai (de cabelo curto) no dia do casamento, com Mamou e Babou um de cada lado; outra onde eles estavam em um restaurante chique observando o rio; minha mãe com uma barriga de grávida enorme; e meu pai deitado no sofá com um bebezinho apoiado em seu peito nu.

Os braços do meu pai cercavam Laleh com tanto cuidado e ela, com as perninhas dobradas sob a barriga, aninhava o rosto perto do pescoço dele.

— Ela era tão pequenininha...

— Esse é você, querido.

— Quê?

Olhei mais de perto. Minha mãe tinha razão.

Era difícil acreditar que aquele pequeno saco de batatas no colo do meu pai poderia ser eu.

Era difícil acreditar como Stephen Kellner parecia feliz, me segurando em seus braços, seus lábios formando um beijo sobre meu cabelo fino de bebê (que não era tão escuro e cacheado ainda).

Queria poder voltar para aquela época. Um tempo em que nós não precisávamos nos preocupar com decepções e brigas e proporções cuidadosamente calculadas.

Quando nós podíamos ser pai e filho o tempo inteiro, em vez de apenas 45 minutos por dia.

Ou nem isso.

— Essa é a minha foto favorita de vocês dois — disse ela.

— Hum.

— Ele sempre conseguia fazer você dormir. Sempre. Mesmo quando seus dentes estavam começando a nascer, alguns minutos sobre o peito do seu pai e você simplesmente apagava. Você amava o colo dele.

Minha mãe tracejou o eu-batata com a ponta dos dedos.

— Olha só como ele ama ser pai.

A voz da minha mãe ficou trêmula.

A envolvi em meus braços e apoiei a cabeça sobre os seus ombros.

— Sinto muito, mãe.

Contenção magnética

Embrulhei as chuteiras novas de Sohrab com páginas de classificados de uma das revistas de Mamou, cobertas de imagens de homens carrancudos com camisa de botão anunciando imobiliárias, cirurgias plásticas ou carros.

Era nosso último jogo.

Eu não estava nada bem.

Não estava bem em ter que me despedir de Sohrab.

E eu meio que odiava minha mãe e meu pai por terem me levado para o Irã sabendo que eu teria que dizer adeus.

Saí alguns minutos mais cedo para que Sohrab pudesse experimentar as chuteiras antes de irmos para o campo. Mas quando cheguei lá, um veículo estranho estava estacionado do lado de fora da casa: um carro popular pequeno e marrom acinzentado, polido de um jeito tão brilhante que eu espirrei quando a luz do sol refletiu sobre o capô.

Bati à porta de Sohrab e joguei a caixa com as chuteiras entre uma mão e outra. Eu não sabia o que deveria fazer com ela: se deveria segurar na minha frente ou esconder atrás de mim ou colocar debaixo do braço.

Ninguém atendeu. Bati de novo, um pouco mais alto.

Às vezes Sohrab e sua mãe não conseguiam ouvir a porta, se estivessem no banheiro, no telefone ou no quintal dos fundos.

Talvez eles estivessem aproveitando outra mesa de pingue-pongue cheia de alface romana e sekanjabin do Babou.

Desisti da porta da frente e me esgueirei pelo lado, andando na ponta dos pés sobre as pedras quadradas que cercavam a casa dos Rezaeis.

Mas o quintal dos fundos estava vazio — sem Sohrab, sem alface. Apenas a mesa de pingue-pongue dobrada e recostada na parede da casa. Suas dobradiças tremeram, como uma vela verde e rígida balançando na brisa forte de Yazd.

Esfreguei a unha do meu dedão sobre os lábios. Queria estar com meu casaco com cordões.

Eu me perguntei se Sohrab e sua mãe tinham saído. Se haviam se esquecido de que eu iria passar ali.

Mas, de repente, através de uma pequena janela na porta, enxerguei Ashkan, o amou de Sohrab, andando de um lado para o outro na cozinha, entrando e saindo do meu campo de visão.

Bati à porta dos fundos.

— Oi. Quer dizer, Alláh-u-Abhá, Agha Rezaei.

— Allá-u-Abhá, Agha Darioush — disse ele, mas havia tristeza em sua voz, e ele não estava sorrindo.

O tio de Sohrab tinha o tipo de rosto que não parece certo quando não está sorrindo.

— Que bom te ver.

Ele deu um passo para trás para me deixar entrar. Tirei meus Vans e os deixei apoiados na porta. Não havia sinal algum de Sohrab.

— Hum. Está tudo bem?

O sr. Rezaei suspirou. Não um suspiro de cansaço, mas um de tristeza. Deixou minha nuca arrepiada.

— Entre.

Ele me puxou pelo ombro e me guiou até a sala de estar.

A sra. Rezaei estava jogada no sofá, como se estivesse acabado de voltar de uma batalha, deixando para trás um rastro de cadáveres ao estilo Klingon. Seu cabelo parecia feito de chamas escuras flamejando no ar ao seu redor. Sua maquiagem, geralmente tão bem-feita, estava borrada. Seu peito subia e descia.

Ela estava aos prantos.

Eu me senti péssimo por imaginá-la como um Klingon.

Eu era um completo e total D-rrotado.

Sohrab a envolvia com seus braços, como se pudesse evitar que ela se quebrasse se ele segurasse forte o bastante. De cara achei que ele estava balançando por causa de todo o esforço, mas lágrimas pesadas e grossas escorriam das bochechas dele também.

Eu não sabia o que fazer.

Eu não sabia o que dizer.

— Sohrab-jan. Mahvash. Darioush está aqui.

Mahvash Rezaei gemeu. Era o pior som que eu já havia escutado em toda a minha vida. O som que alguém faz quando é apunhalado no coração.

Sohrab pegou a mão da mãe, abrindo gentilmente seus dedos com unhas bem feitas e entrelaçando nos seus. Ele apoiou o queixo sobre a cabeça dela e a abraçou ainda mais forte.

— Hum.

Eu me senti tão inútil.

Minhas mãos suavam sobre a caixa de Sohrab, borrando o papel do embrulho.

— Posso. Hum. Fazer chá? Ou qualquer coisa?

Eu soube que era algo estúpido a se dizer no momento em que as palavras saíram da minha boca.

Sohrab levantou a cabeça bruscamente.

— Vai embora, Darioush.

Sua voz afiada como uma faca.

— Desculpa. Eu só...

— Vai embora!

Meu estômago virou do avesso.

— Sohrab — disse Agha Rezaei com delicadeza.

Ele falou algo em persa, mas Sohrab rebateu, sua voz aumentando de tom e volume até começar a rachar.

O tio de Sohrab balançou a cabeça e me levou de volta para a cozinha. Suas mãos tremiam enquanto ele enchia o bule.

— Aqui. — Deixei as chuteiras de Sohrab sobre o balcão e peguei o chá na gaveta ao lado do fogão.

Eu me esforcei para engolir, mas não conseguia me livrar daquele nó na garganta.

— O que houve? — sussurrei.

Não conseguia fazer minha voz funcionar direito.

Ashkan Rezaei abriu a boca para falar, mas fechou os lábios trêmulos novamente. Ele estava chorando também.

— Meu pai — disse Sohrab. Ele apareceu na porta, radiando fúria. Seu maxilar cerrado e, então, aberto. — Ele morreu.

Eu queria poder viajar no tempo.

Queria poder desfazer tudo, para que aquilo não fosse de verdade.

— Amou.

Sohrab disse algo em persa para o tio, que parecia estar prestes a cair de joelhos a qualquer momento. Ele usou a mesma voz afiada que usou comigo.

Agha Rezaei balançou a cabeça e voltou para a sala de estar.

— O que você quer, Darioush?

— Sinto muito — gaguejei, ainda sentindo o nó na garganta. — O que aconteceu?

O rosto de Sohrab ardeu como uma estrela recém-nascida. Eu podia quase ouvir seus dentes rangendo.

— Disseram que ele foi esfaqueado. Na prisão.

— Ai meu Deus, ai meu Deus.

Sohrab me perfurou com os olhos. Ele sinalizou com o queixo em direção ao balcão.

— O que é isso?

Engoli em seco e peguei a caixa.

— Isso... Eu trouxe. Pra você.

Sohrab me encarou como se eu estivesse falando em Klingon.

— O que é?

— Sapatos. Chuteiras. Pra jogar futebol.

— Você veio até aqui para me dar sapatos?

— Hum.

O nó na garganta se tornou areia. Eu estava ficando mais rouco a cada segundo.

— Sim. Para o nosso jogo hoje.

Os olhos de Sohrab flamejaram. Ele bateu na caixa de sapatos que eu segurava e me empurrou.

O empurrão não foi forte, mas eu recuei mesmo assim porque não estava esperando.

Eu não esperava aquele olhar.

— Sai daqui. Vai embora. Vai!

— Mas...

Sohrab me interrompeu.

— Você é tão egoísta. Meu pai morreu e você vem aqui pra jogar futebol?

Sohrab chutou a caixa com as chuteiras para o outro lado da cozinha.

— Sinto muito — eu disse.

— Você sempre sente muito, meu Deus.

Meu coração parecia estar em velocidade de dobra, prestes a perder a contenção magnética e se partir.

— Eu...

A areia na garganta se espalhou pelos meus olhos.

— Para de chorar! Você está sempre chorando! Pedar sag. Nunca aconteceu nada de ruim com você. Você não pode reclamar de nada. Sua vida nunca te deu motivos para ser triste.

Perdi a voz.

Só consegui ficar parado ali, piscando e chorando.

— Vai embora, Darioush.

E então, completou:

— *Ninguém te quer aqui.*

Ninguém te quer aqui.

Sohrab me deu as costas e saiu, batendo a porta da sala de estar.

E então ele gritou.

Sua voz estilhaçada como vidro.

Tudo que ele disse era verdade.

Ninguém te quer aqui.

Eu sabia que era verdade.

Saí pelos fundos aos tropeços.

Ninguém te quer aqui.

Corri.

A primeira e melhor jornada

Minhas meias cediam sobre o cascalho e concreto.

Eu havia deixado meus tênis na casa de Sohrab.

Não poderia voltar para buscá-los.

E não poderia voltar para a casa de Mamou também.

Continuei correndo.

Eu era um covarde.

Sohrab esqueceu de acrescentar isso na lista.

As nuvens por trás das montanhas lançavam uma luz acinzentada e translúcida sobre toda Yazd. Sem o sol, as casas antigas não eram mais cáqui e brilhantes. Elas eram marrons e sujas e cobertas de areia.

Havia lixo por toda parte: embalagens plásticas brancas; garrafas vazias com crostas amareladas de doogh; jornais amassados e desbotados pelo sol e fotos do meu, infelizmente, novo xará, o Aiatolá de verdade, olhando emburrado para o céu cinza.

Eu não gostava mais do Irã.

Queria voltar para casa. Para Portland, não para a casa de Mamou.

Não conseguia parar de pensar em Sohrab. No pai dele. Em como ele nunca mais o veria.

Pensei em Stephen Kellner. Em como eu queria vê-lo bem menos.

Pensei em como eu era egoísta.

Eu realmente me odiava.

Meu pé estava sangrando.

Eu havia cortado o calcanhar enquanto escalava a cerca de arame no nosso cantinho no parque. Nós deveríamos comemorar o Sizdeh Bedar lá.

Acho que aquilo não ia mais acontecer.

O azan tocava na Grande Mesquita de Isfahan, perfurando a tarde silenciosa. Por toda Yazd, pessoas se voltavam em direção à qibla para orar, uma entidade multicelular titânica focada no mesmo momento no espaço-tempo.

Minha garganta estava embolada, uma onda de compressão que viajava do meu peito até o estômago.

Mais um fracasso de contenção.

Sequei meu rosto na camisa da Seleção Melli que Sohrab me deu de presente no Noruz.

Ninguém nunca havia me dado um presente como Sohrab fez. Um que mostrava como ele me entendia perfeitamente. Um que fazia com que eu me sentisse em casa.

Ninguém nunca havia me chamado para jogar futebol ou para passar um tempo em um telhado ou para comer alface em volta de uma mesa de pingue-pongue.

Ninguém nunca havia me feito sentir que está tudo bem em chorar. Ou batido os ombros contra os meus e me feito sorrir.

Eu me balancei com tanta força que achei que o banheiro iria perder sua coesão molecular e entrar em colapso, se tornando uma pilha de poeira vibrante.

Achei que eu nunca mais iria parar de chorar.

Sohrab estava certo ao meu respeito.

Sohrab estava certo sobre tudo.

Cruzei os cotovelos sobre o joelho e enterrei o rosto naquele pequeno buraco que formei.

Queria possuir o Um Anel, só para poder sumir.

Queria possuir um equipamento de camuflagem, só para ninguém nunca me encontrar.

Queria poder simplesmente desaparecer para sempre.

— Darius?

Não era possível.

Como Stephen Kellner conseguiu me encontrar?

A cerca de arame balançou enquanto ele se arrastava para cima.

— Aí está você.

— Oi.

Minha garganta não funcionava direito. Parecia que eu tinha engolido um abacaxi com casca e tudo.

Meu pai limpou suas mãos na calça e se sentou ao meu lado, tão perto que nossos cotovelos se esbarraram.

Cheguei para o lado para que a gente não se encostasse.

— Nós estávamos preocupados com você.

— Desculpa.

— O sr. Rezaei disse que você saiu da casa de Sohrab horas atrás. Você estava aqui esse tempo todo?

Dei de ombros.

Meu pai repousou sua mão na minha nuca, mas eu me sacudi para afastá-lo.

— Ele nos contou o que aconteceu.

— Sobre o pai de Sohrab?

— Sim. E sobre você e Sohrab também.

Senti mais uma falha de contenção chegando.

Eu não podia deixar Stephen Kellner me ver chorando.

— O que fez você vir até aqui me procurar? — perguntei.

Meu pai apontou para a Grande Mesquita.

— Esse me pareceu o tipo de lugar que você gosta.

Mordi os lábios e pisquei.

— Não chore, Darius — disse meu pai.

Ele tentou me abraçar, mas eu me esquivei.

— Não consigo, tá bem?

O dr. Howell diz que depressão é a raiva voltada para dentro.

Eu tinha tanta raiva voltada para dentro que poderia alimentar o núcleo de uma dobra.

Mas sem a força de um campo magnético adequado, ele iria explodir para fora.

Eu não conseguia mais ficar sentado, mesmo que meu pé doesse quando eu colocava peso sobre ele.

— Às vezes eu não consigo não chorar. Tá bem? Às vezes merdas acontecem. Às vezes as pessoas são cruéis comigo e eu choro. Desculpa por ser um alvo tão grande. Desculpa por te decepcionar. Mais uma vez.

— Eu não estou decepcionado…

Dei uma risada.

— Eu só quero me certificar de que você está bem. Essa doença pode tomar conta da gente antes que a gente perceba.

— Não. Você só quer que eu seja como você. Quer que eu ignore quando as pessoas são cruéis comigo. Quando Trent me provoca. Quando Sohrab…

Engoli em seco.

— Você quer que eu sinta absolutamente nada. Só quer que eu seja normal. Como você.

Peguei um pedaço de telha e joguei em direção ao parque vazio. Meu peito estava prestes a explodir, arremessando matéria e antimatéria até aniquilar tudo ao meu redor.

— Você nem assiste mais a *Star Trek* comigo — sussurrei. — Eu nunca vou ser bom o bastante para você.

Toda a minha fúria escapou, implodindo de volta no meu peito, escorrendo por cada horizonte do buraco negro supermassivo dentro de mim.

Manobra gravitacional.

O rosto do meu pai ficou vermelho e turvo.

— Darius.

Meu pai suspirou, descruzando as pernas compridas para se levantar.

— Você sempre foi bom o bastante para mim. Eu te amo desde o momento que vi suas mãozinhas no ultrassom e senti seus pezinhos chutando a barriga da sua mãe. Te amo desde a primeira vez em que pude te abraçar e olhar seus olhos castanhos lindos e saber que você se sentia seguro nos meus braços.

As mãos do meu pai tremiam, como se desejasse que eu ainda fosse um bebê para que ele pudesse me segurar.

— Eu te amo cada dia mais. Amo te ver crescer. Te ver se tornando quem você é. Te ver aprendendo a lidar com um mundo do qual eu não posso te proteger para sempre, embora eu quisesse poder.

Ele pigarreou.

— Ser seu pai é a minha primeira e melhor jornada.

Não era verdade.

Como ele poderia dizer uma coisa daquelas?

— Lembra das histórias que você costumava contar para mim? — Funguei. — Lembra? Quando eu era pequeno?

— Claro. — Ele fechou os olhos e sorriu. — Eu amava te colocar para dormir.

— Se amava tanto, por que você parou?

Ele mordeu os lábios.

— Você se lembra disso?

— Lembro.

Meu pai suspirou e cruzou as pernas novamente para se sentar no parapeito do telhado. Ele olhou para cima, mas não manteve o contato visual — apenas deu um tapinha no lugar ao seu lado.

Eu me sentei, mas longe dele.

Meu pai olhou para o alto, como se fosse falar alguma coisa, mas abaixou os olhos até suas mãos e engoliu seco. Seu pomo de adão subia e descia, subia e descia.

— Você está errado. Eu quero que você sinta as coisas, Darius. Mas tenho medo por você. Você nem imagina o quanto eu sinto medo. Eu tiro meus olhos de você por um momento e, se for no momento errado, você pode se afundar na depressão, ficar mal o bastante para... para fazer alguma coisa contra você mesmo. E eu não posso te proteger disso. Não importa o quanto eu tente.

— Eu não vou me machucar, pai.

— Eu quase me machuquei.

Toda a atmosfera no telhado desapareceu, jogada para longe com a confissão do meu pai.

— Você... o quê?

— Quando você tinha sete anos. Meus remédios não estavam funcionando direito. E eu ficava pensando em como você e sua mãe viveriam melhor sem mim.

— Ah.

— Fiquei tão mal, só pensava nisso. O tempo inteiro. O dr. Howell me receitou um tranquilizante muito forte.

— Hum.

— Eu me transformei em um zumbi. Era por isso que eu não conseguia mais te contar histórias. Eu mal conseguia saber que horas eram.

Eu não sabia disso.

— Eu passei muito tempo perdido, Darius. Eu não gostava da pessoa que eu era quando tomava aqueles comprimidos, mas foram eles que salvaram minha vida. Eles que me mantiveram aqui. Com você. E com a sua mãe. E quando eu estava melhorando e o dr. Howell me deu alta dos tranquilizantes, sua irmã nasceu e eu... As coisas eram diferentes. Ela era um bebê e precisava de mim. E eu não sabia se você ainda queria ouvir minhas histórias. Se você um dia iria me perdoar.

— Pai...

— Suicídio não é o único jeito que você pode perder alguém para a depressão.

Meu pai olhou para mim de novo. Não havia mais paredes entre nós.

— E me mata saber que eu passei isso pra você, Darius. Isso me mata.

Havia lágrimas em seus olhos.

Lágrimas humanas de verdade.

Eu nunca havia visto meu pai chorar.

E por causa de alguma ressonância harmônica, comecei a chorar também.

Meu pai se aproximou de mim. E quando percebeu que eu não me afastei, ele me envolveu com seus braços e me puxou para baixo para apoiar seu queixo sobre a minha cabeça.

Quando eu havia ficado mais alto do que Stephen Kellner?

— Sinto muito, filho. Eu te amo tanto.

Deixei meu pai me abraçar, como aquela versão pequena de saco de batatas que eu fui um dia, dormindo sobre seu peito quando eu era um bebê.

— Está tudo bem.

— Não. Não está.

— Eu sei. — Ele acariciou minhas costas. — Está tudo bem em não estar bem.

Eu e meu pai ficamos lá para ver o pôr do sol, tingindo de dourado os minaretes da Grande Mesquita por alguns momentos de tirar o fôlego, antes de deixar Yazd mergulhar noite adentro.

Meu pai me deixou falar sobre Sohrab, e sobre o que ele havia dito para mim.

Ele me deixou ficar triste.

— Você ama mesmo o Sohrab, né?

— Ele é o melhor amigo que eu já tive.

Meu pai olhou para mim por um longo momento. Como se soubesse que havia mais ali.

Mas não perguntou.

Em vez disso, ele puxou meu cabelo para trás, me deu um beijo na testa e deixou seu queixo apoiado ali mais uma vez.

Talvez ele soubesse, sem que eu precisasse dizer em voz alta, que eu não estava pronto para falar mais.

Talvez.

Através de um buraco de minhoca

O Sizdeh Bedar foi, basicamente, cancelado.

Todo mundo estava indo para a casa da família Rezaei. Embrulharam toda a comida que Mamou fez para o piquenique.

— Feliz aniversário, meu amor. Se divirta com seu pai — disse minha mãe, beijando minha testa antes de pegar um prato de dolmeh.

— Obrigado.

Ela acariciou minha bochecha.

Pensei em como ela lidou com a depressão do meu pai por todos aqueles anos.

Pensei em como ela lidou com a minha também, e em como deveria ser difícil por causa de nós dois.

Pensei em como deve ter sido doloroso querer ajudar e não poder fazer nada.

Não exatamente.

Minha mãe era forte e resistente como as Torres do Silêncio.

Assim como Mamou. Ela beijou minhas bochechas.

— Você é o garoto mais doce que eu conheço, maman — disse ela.

— Darius?

Laleh me abraçou pela cintura.

— Eu sempre vou ser sua amiga.

Eu me ajoelhei e beijei a bochecha de Laleh.

— Sei que você vai, Laleh.

— Fiz chá para você. De aniversário. Está na chaleira. E eu nem coloquei açúcar.

— Obrigado.

Laleh me apertou de novo.

— Mas você pode colocar açúcar, se quiser — sussurrou ela.

Aquilo me fez sorrir.

— Tudo bem.

★ ★ ★

Era esquisito andar pelas ruas de Yazd com meu pai em vez de Sohrab. Esquisito, mas não ruim.

Meu pai ficava apontando para portas que ele gostava, ou baad girs que o deixavam particularmente impressionado. Mas ele não parava para desenhar. Ele havia deixado o caderno em casa.

— Quero passar um tempo com você — disse ele.

Eu não sabia como lidar com toda aquela atenção vinda do meu pai. Parecia que nós havíamos aumentado as proporções da nossa mistura de interação de maneira substancial.

Mas era legal.

Os minaretes da Grande Mesquita eram ainda mais altos do que o baad gir do Jardim de Dowlatabad. Estiquei o pescoço para poder olhar para eles.

— Uau.

— Uau — repetiu meu pai.

Cruzamos as fontes do pátio, olhando para os minaretes e para o arco enorme e pontudo que se erguia sobre nós. Era como ser engolido por uma fera celestial gigante.

Meu pai ficou sem palavras.

Eu sabia, sem que ele precisasse dizer em voz alta, que ele estava apaixonado por aquele lugar.

Os corredores e as câmaras eram silenciosos. As orações da manhã já haviam terminado, então o lugar estava basicamente vazio com exceção dos turistas, como nós. Nossos passos ecoavam infinitamente. Meus sapatos sociais faziam barulho sobre o piso liso.

Eu ainda precisava recuperar meus Vans da casa de Sohrab, mas minha mãe havia prometido que pegaria eles para mim.

Analisei meu pai enquanto ele encarava os azulejos do teto: formas geométricas infinitas que me faziam pensar em uma viagem através de um buraco de minhoca. Meu pai parecia relaxado — nem sorrindo, nem emburrado. Todas os seus muros haviam caído.

Ele nunca havia escondido sua depressão de mim. Não exatamente.

Mas eu nunca soube o quão perto estive de perdê-lo.

O quanto ele teve que lutar para continuar com a gente, mesmo que aquilo o tivesse transformado em um drone Borg.

Eu não queria perdê-lo.

E ele não queria me perder.

Ele só não sabia como dizer aquilo em voz alta.

Acho que eu nunca havia entendido meu pai tão bem assim.

Mamou fez meu prato favorito para o jantar: zereshk polow, que é arroz misturado com berberis vermelhas secas e adocicadas.

Berberis vermelhas são frutinhas silvestres que parecem rubis, só que com pequenos mamilos.

Parece esquisito, mas são deliciosas: pequenas cápsulas de felicidade doce e azeda.

Aniversários não são grande coisa no Irã. Não tem parabéns nem bolo. Meus pais disseram que me dariam meus presentes quando voltássemos para casa. Mas Mamou e Babou me deram uma linda chaleira antiga de cobre — forjada à mão e tudo — e um par de chuteiras. Eram iguais às de Sohrab, só que azuis, e do tamanho certo para os meus pés de hobbit.

Eu ainda me sentia péssimo por causa de Sohrab, independente do que qualquer pessoa me dissesse.

Abracei e beijei meus avós, e Babou me surpreendeu ao retribuir com um beijo em minha bochecha. Ele me segurou pelos cotovelos e olhou para mim.

— Darioush — disse ele, tão baixinho que só eu conseguia escutar. — Sohrab está sofrendo agora, mas a culpa não é sua.

— Hum.

— Você é um bom amigo, baba. E ele tem sorte de ter você.

Ele me soltou, dando um tapinha na minha bochecha.

Ele quase sorriu.

Quase.

Depois do jantar — e do chá, e do qottab — minha mãe me ajudou a fazer as malas.

Eu não precisava de ajuda, mas sabia que ela só queria passar um tempo comigo.

O Ventilador Dançante dançava com mais empolgação do que nunca. Ele sabia que aquela seria sua última performance.

Ao meu lado havia um cesto de roupas limpas, e eu entregava as camisetas para que minha mãe as dobrasse. Ela sabia fazer um truque legal para dobrar camisetas em quadrados perfeitos, com as mangas escondidas no centro.

Ela pegou meu uniforme da Seleção Melli. Até que estava limpa, levando em conta que eu despejei todo o conteúdo das minhas narinas nela, sem falar dos litros de hormônios de estresse.

Aquele uniforme havia sido meu talismã — minha camuflagem persa —, mas agora eu estava voltando para casa. Não precisava mais dele.

Talvez eu nunca tivesse precisado.

Talvez eu nunca devesse ter tentado ser algo que não sou.

Coloquei o uniforme na mala e o cobri com minhas cuecas dobradas para protegê-lo. Só por via das dúvidas.

— Mais alguma coisa?

Balancei a cabeça.

— Está triste de ter que voltar para casa?

— Não muito.

Minha mãe olhou para mim.

— Vou sentir saudades de Mamou — disse, engolindo em seco. — E Babou.

Minha mãe sorriu quando eu completei o fim da frase.

Acho que eu estava sendo sincero.

Acho mesmo.

— Mas…

— Eu entendo, meu amor…

— Obrigado.

Eu me sentei na cozinha, bebendo chá com Babou e Laleh enquanto lia *O Senhor dos Anéis*. Eu já havia terminado o livro, mas ainda faltavam os apêndices.

Eu sempre lia os apêndices.

Babou também estava lendo, um livro verde de páginas douradas. O cubo de açúcar escondido em sua boca deixava sua voz engraçada e sua bochecha estufada como a de um esquilo. Laleh estava sentada em seu colo, o escutando ler em persa e, de vez em quando, bebericando seu chá. Sua cabeça já estava tombando, mas ela se recusava a ir para a cama.

Ela não queria voltar para casa.

Ela era muito mais persa do que eu.

— Darioush-jan — disse Mamou.

Da porta ela sorriu para nós.

Ela não queria que nós fôssemos embora também.

Queria poder levá-la comigo.

— Sohrab está aqui. Ele veio se despedir.

Alerta vermelho.

Sohrab esperava por mim na porta de entrada, encarando o capacho com as mãos para trás. Ele não havia colocado um pé para dentro da casa.

Ele parecia menor e mais achatado de um jeito que eu nunca havia o visto antes.

Havia muros dentro dele agora.

— Hum — murmurei.

Ele levantou os olhos.

— Oi — disse ele.

— Oi.

— Você não apareceu hoje. Fiquei preocupado.

— Eu não sabia se você queria me ver.

Ele ficou na ponta dos pés. Estava usando as chuteiras novas que eu havia dado.

— Elas são perfeitas. Minha cor favorita. Você viu?

— Aham.

Sohrab enfiou a ponta das chuteiras no tapete da entrada e mordeu suas bochechas.

As coisas não ficavam esquisitas assim entre a gente desde aquele dia no vestiário, quando Ali-Reza e Hossein compararam meu prepúcio com um acessório de cabeça religioso.

— Obrigado — disse ele.

— Não há de quê.

Minhas orelhas estavam em chamas. Se algum hobbit passasse por ali procurando por um lugar para derreter o Um Anel do Poder, eles nem precisariam de um vulcão.

— Sinto muito pelo seu pai — afirmei. — Sinto muito mesmo.

Eu não conseguia suportar o quanto eu sentia.

Queria me aproximar dele, apoiar as mãos sobre os seus ombros e deixá-lo botar os hormônios de estresse para fora ou gritar ou fazer qualquer coisa que ele precisasse.

Mas os muros não estavam só dentro dele.

Estavam entre nós dois.

Eu não sabia como derrubá-las.

— Não foi culpa sua — respondeu Sohrab. — Desculpa pelo que eu disse.

— Não precisa.

— Não — disse ele, balançando a cabeça. — Eu estava magoado. E você estava lá. E eu sabia exatamente como magoar você.

Ele ainda não conseguia olhar para mim.

— Estou muito arrependido — disse ele. — Amigos não fazem o que eu fiz.

— Amigos perdoam — respondi.

— Não foi minha intenção, Darioush. O que eu te disse. Preciso que você saiba disso — disse ele, e seus olhos finalmente encontraram os meus. — Estou feliz por você ter vindo. Você é meu melhor amigo. E eu nunca deveria ter tratado você daquela forma.

Ele mordeu os lábios por um momento.

— Você pode sair? Só um pouquinho?

Olhei para trás em direção ao meu pai, sentado no sofá e assistindo à novela com Laleh. Ele assentiu.

— Claro.

As fendas da perdição

Segui Sohrab pela rua silenciosa. Ele tinha algo achatado e retangular nas mãos, mas eu não conseguia ver o que era.

Tentei engolir o nó na minha garganta, mas tudo que consegui foi fazer o nó descer para o coração.

Estar ao lado de Sohrab nunca havia me deixado tão nervoso antes.

O parque — nosso parque — estava escuro e vazio. As luzes em volta do banheiro deixavam tudo com um brilho alaranjado tão fraco que mal dava para ver a grade de arame enquanto a escalávamos. Sohrab subiu de um jeito desengonçado, com uma mão só, tomando cuidado para não derrubar seja lá o que estivesse segurando.

Nos sentamos com as pernas para fora do parapeito do telhado, admirando nosso Reino Cáqui pela última vez. Sohrab não disse nada, eu também não.

Quando o silêncio entre nós se cristalizou?

Esfreguei as palmas das mãos na minha calça, tentando tirar as manchas da grade.

Quando eu não aguentava mais o silêncio, disse:

— Sinto muito pelo seu pai.

Sohrab balançou a cabeça.

— Obrigado, mas eu não quero falar sobre isso.

— Ah. Desculpa.

Eu odiava aquela nova realidade.

Não queria viver em um mundo onde eu e Sohrab não conseguíamos mais falar sobre as coisas.

— Tudo bem. Talvez um dia eu consiga falar.

Sohrab me entregou a pequena embalagem que estava carregando. Estava embrulhada com jornal de Yazd, assim como as chuteiras que dei para ele.

— Eu trouxe um presente. Feliz aniversário, Darioush.

— Obrigado. Posso abrir agora?

— Pode.

Rasguei o papel e o amassei, para que ele não saísse voando do telhado. Embaixo do embrulho havia uma foto minha e do Sohrab emoldurada.

Foi na noite do Noruz, mas eu não conseguia lembrar ao certo quando ela tinha sido tirada. Sohrab e eu estávamos recostados na parede da sala de Mamou. Ele tinha seu braço apoiado sobre o meu ombro e nós dois estávamos rindo de alguma coisa.

Eu me perguntei se Sohrab voltaria a rir um dia.

— Gostou?

— É perfeito — respondi. — Obrigado. Você sempre me dá coisas, eu me sinto mal.

— Não se sinta. Eu dou porque quero.

Sequei os olhos — uma pequena barreira havia rompido.

— Eu nunca tive um amigo como você.

— Nem eu — disse Sohrab, apertando meu ombro. — Você não liga para o que ninguém pensa, sabe?

Minhas orelhas arderam.

— Sohrab, eu ligo para o que todo mundo pensa.

— Não mesmo. Não de verdade. Você não tenta mudar quem você é. Você se conhece — disse ele, batendo os ombros nos meus. — Queria ser assim. Eu sempre tento ser o que minha mãe precisa que eu seja. O que meu amou precisa. O que você precisa. Mas você é o oposto disso. Você é feliz de ser quem é.

Balancei a cabeça.

— Acho que não sou assim. Você nunca viu como as coisas são na minha cidade. Como todo mundo me trata.

— Eles não te conhecem, Darioush — disse Sohrab, me segurando pelos ombros. — Queria que você pusesse se ver do jeito como eu te vejo.

— Queria que você pudesse se ver também — respondi. — Você é a única pessoa que nunca quis que eu mudasse.

Sohrab piscou para mim, como se estivesse lutando contra um rompimento de barreira também.

— Vou sentir saudades, Darioush.

— Vou sentir saudades, Sohrab.

— Queria…

Mas não descobri o que Sohrab queria.

O azan começou a tocar, atravessando a noite.

Sohrab se virou e escutou, com os olhos fixos na Grande Mesquita à distância.

Eu me virei para observar Sohrab. O jeito como seus olhos perderam o foco. Como seu maxilar finalmente relaxou.

Passei meu braço sobre seus ombros, e ele entrelaçou seu braço com o meu.

Ficamos sentados assim, juntos.

E o silêncio voltou a ser bom.

A casa estava quieta quando voltamos, exceto por Babou e meu pai na cozinha, jogando Rook mais uma vez.

— Que horas vocês vão embora?

— Cedo, minha mãe disse que precisamos sair às cinco. O que significa que provavelmente vamos sair às seis.

— Provavelmente — concordou Sohrab.

Ele olhou para mim e eu olhei para ele.

Eu não sabia como dizer adeus.

Então Sohrab me puxou para um abraço.

Ele não me beijou na bochecha como um persa.

Não deu um tapinha nas minhas costas como um Minion Desalmado da Ortodoxia também.

Ele me apertou. E eu o apertei.

E então ele suspirou e se afastou.

E me deu um sorriso triste.

E foi isso.

Talvez ele também não soubesse como dizer adeus.

Eu amava Sohrab.

De verdade.

E eu amava ser Darioush para ele.

Mas era hora de voltar a ser Darius de novo.

Dayi Jamsheed chegou para nos levar de volta ao Teerã de manhã. Eu estava pronto e de banho tomado às cinco, então fiquei na sala de estar esperando. Havia terminado os apêndices de *O Senhor dos Anéis*, mas ainda tinha algumas leituras da aula de economia para fazer.

A verdade era que eu nem havia encostado naquela apostila desde que chegamos.

Laleh se arrastou até o meu lado no sofá. O lenço de seda estava todo bagunçado, mas ficava fofo daquele jeito. Seu peso era suave e quente sobre mim enquanto ela recostava a cabeça no meu peito e fechava os olhos.

Eu amava minha irmãzinha. Quando olhei para ela, me senti do mesmo jeito como quando encarei as chamas antigas no Atashkadeh. Ou quando escutei o azan sendo entoado pela cidade.

Meu pai nos encontrou daquele jeito, curvados um sobre o outro. Ele bagunçou meu cabelo, mas, para o seu azar, ele ainda estava molhado por causa do banho. Ele esfregou as mãos na perna para secá-las.

— Lição de casa?

— Só umas leituras de economia.

— Estou orgulhoso de você, por fazer isso.

Não sei bem o que eu achava daquilo — Stephen Kellner expressando seu orgulho por mim —, mas eu sabia que ele estava tentando melhorar as coisas entre nós dois.

Eu também queria que as coisas melhorassem.

— Obrigado.

Laleh bocejou e se aninhou sob o meu braço.

Eu poderia ficar daquele jeito para sempre.

Mamou me deu um abraço de despedida. Ela me dava um beijo em uma bochecha e depois na outra, revezando os dois lados até que meu rosto estivesse quente o bastante para ferver as lágrimas deixadas por ela.

Ela segurou meu rosto entre as palmas das mãos.

— Amo você, maman.

— Também te amo. Vou sentir saudades.

— Obrigado por ter vindo nos visitar.

— Eu amei — respondi.

E amei mesmo. De verdade. Amei os abraços de Mamou, sua comida e suas risadas. Amei quando me deixava ajudar a lavar a louça. Amei quando sentávamos juntos para beber chá.

Prometi a mim mesmo que ligaria para ela toda semana pelo Skype. Prometi a mim mesmo que sempre apareceria para dizer oi quando minha mãe ligasse.

Mas, lá no fundo, eu sabia que iria falhar.

Porque toda vez que eu falasse com ela, teria que dizer adeus.

E agora que éramos parte da vida um do outro — nossas vidas de verdade, não aquelas na tela do computador — eu não sabia se poderia sobreviver àquilo.

Eu finalmente havia conseguido abrir o poço dentro de mim.

E não achava que seria capaz de fechá-lo de novo.

Mamou se virou para embrulhar Laleh em um Abraço Nível Treze.

Não consegui assistir.

Joguei minha bolsa transversal da Kellner & Newton sobre os ombros e arrastei minha mala até a porta, onde Babou estava esperando.

As rugas em volta dos seus olhos eram sísmicas sob a luz da manhã, mas estavam apontando para cima.

— Darioush-jan — disse ele. — Obrigado por ter vindo.

Ele me segurou pelos ombros, beijando minhas duas bochechas.

— Cuide do seu pai. Ele precisa de você. Tudo bem, baba?

— Tudo bem.

Ninguém nunca havia me dito que meu pai precisava de mim.

Mas me perguntei se aquilo poderia ser verdade.

Talvez Babou tenha enxergado algo que eu nunca havia visto.

Não tenho certeza se ele queria aquilo, mas me aproximei e o abracei. Seu rosto arranhou minha bochecha.

Fui pego de surpresa quando Babou me envolveu com seus braços também.

— Te amo, Babou.

— Te amo, baba. Vou sentir sua falta.

A pior parte foi ver minha mãe se despedir de Babou.

Eles sabiam que nunca mais iriam se ver novamente.

Pensei no que minha mãe havia dito: sobre como ela queria que eu tivesse o conhecido mais cedo. Quando ele ainda era mais gentil. Mais forte. Mais feliz.

Eu sabia que ela estava dizendo adeus para aquele Babou também. Aquele que a carregou nas costas pelas ruas de Yazd. Aquele que a colocava para dormir. Aquele que colhia figos frescos do jardim todo verão.

Babou deu um beijo na testa da minha mãe e passou os dedos pelo cabelo dela. Do mesmo jeito como a minha mãe sempre fazia comigo.

Eu achei que ela nunca mais pararia de chorar.

Observei Mamou e Babou acenando para nós, suas silhuetas na porta da frente, até que o carro de Dayi Jamsheed virou a esquina e eles desapareceram.

Laleh já havia apagado de novo e babava no meu casaco.

A SUV do Dayi Jamsheed rodava de um jeito muito mais suave do que o Fumaçamóvel, embora ele tenha aprendido a dirigir com Babou, as mesmas manobras evasivas e velocidades arriscadas.

Com Laleh apoiada em mim e minha mãe conversando com Dayi Jamsheed em um persa sussurrado, fiquei sonolento também.

Meu pai olhou para mim e para Laleh no banco de trás. Ele me olhou nos olhos, apontou a cabeça em direção a Laleh e sorriu.

Estávamos indo para casa.

O melhor de dois mundos

Achei que me sentiria diferente — transformado — depois da viagem para o Irã. Mas quando chegamos em casa, me senti do mesmo jeito de sempre.

Isso é normal.

Certo?

Eu e Laleh tiramos dois dias de folga da escola para nos acostumarmos com o deslocamento temporal. Eu e meu pai assistimos a *Star Trek: A nova geração* toda noite, às vezes com Laleh, outras vezes só a gente.

Quando assistimos aos episódios "O melhor de dois mundos, Partes 1 e 2" — meu pai abriu uma exceção para a regra de "um episódio por noite" por causa do suspense no final da Parte 1 — Laleh ficou com medo e correu para o quarto.

Eu torci para que ela voltasse.

Mas não imediatamente.

— É legal quando somos só nós dois — disse meu pai.

— Sim. Mas não me importo se Laleh também assistir. Às vezes.

Talvez eu me sentisse diferente, no fim das contas.

Talvez algo tivesse mudado.

Talvez.

No dia de folga, minha mãe me levou para comprarmos rodas e um selim novo a minha bicicleta, para que eu pudesse ir para a escola sozinho de novo. E no meu primeiro dia de volta às aulas, joguei a bolsa transversal da Kellner & Newton sobre o ombro e saí de casa.

Apesar de ainda ser categoricamente contra bolsas transversais, eu sentia que a bolsa da Kellner & Newton tinha ido até Mordor e voltado comigo. Eu não poderia deixá-la de lado agora, embora minha mãe tivesse oferecido para comprar uma mochila nova.

Javaneh Esfahani sabia para onde eu havia viajado, os professores também, mas eu não havia contado para mais ninguém. Então, quando voltei das férias com duas semanas de atraso, bronzeado pelo sol de Yazd, os rumores já estavam circulando.

— Como foi na casa de reabilitação?

— Cara. Eu achei que você tivesse morrido!

— Ouvi dizer que você se juntou ao Estado Islâmico.

Fofo Bolger fez a Fábrica de Fofocas do Colégio Chapel Hill funcionar a todo vapor.

Passei a manhã inteira respondendo uma pergunta atrás da outra.

Quando cheguei no refeitório, joguei minha bolsa transversal no assento com um baque surdo e apoiei a testa sobre as minhas mãos.

— Ei — chamou Javaneh.

— Oi — murmurei sobre as mãos. — Ah! Eu trouxe uma coisa para você.

Procurei dentro da bolsa uma sacola plástica que minha mãe havia mandado para a mãe de Javaneh. Shallots, pashmak e haji secos, que são amêndoas tostadas e doces, e uma toalha de mesa nova.

— Obrigada. Como foi a viagem?

— Foi...

Eu não sabia o que dizer.

Como eu poderia explicar Mamou e Babou e Sohrab e futebol e o telhado para alguém que nunca havia vivido aquelas experiências?

Como eu poderia falar sobre elas quando a lembrança ainda doía?

— Foi?

— Foi — respondi. — Não sei. É difícil de explicar.

Javaneh assentiu.

— Talvez eu vá um dia. Ainda temos alguns familiares lá também.

— Espero que você consiga ir — eu disse. — Espero de verdade.

— Hoje nós vamos para o Campo Sul — anunciou o treinador Fortes quando saímos do vestiário. — Vamos, rapazes.

O Campo Sul era uma tripa enorme de grama atrás da Biblioteca do Colégio Chaper Hill. Tecnicamente, não era uma campo — estava mais para um gramado, sério, e ainda tinha uma leve inclinação — mas era onde o treinador Fortes nos levava para jogarmos futebol.

Era muito estranho usar a camisa dos Chargers, o time do Colégio Chaper Hill, e shorts de ginástica pretos em vez do meu uniforme da Seleção Melli.

Era muito estranho usar meus tênis em vez das chuteiras tão amadas de Sohrab, ou até mesmo as novas que ganhei de aniversário de

Mamou e Babou. (Nós não podíamos usar chuteiras na educação física. Supostamente por "motivos de segurança").

Era muito estranho jogar em um time completo, com meus colegas de classe me chamando de "Darius" ou "Kellner" em vez de "Darioush" ou "Aiatolá".

Eu meio que senti falta daquilo.

Foi legal descobrir que, na real, eu era um dos melhores jogadores da minha turma. Melhor que Trent Bolger, de qualquer forma, que estava jogando no time rival.

Eu o bloqueava, roubava a bola dele e tocava para frente, até ele parecer estar prestes a entrar em chamas como um Balrog raivoso.

Quando trocamos de posições e eu joguei uma partida como goleiro, eu sabia que ele iria tentar me dar o troco. Ele deslizava entre a defesa, tentando arrumar uma chance de lançar a bola direto em minha direção, mas eu sabia o que ele estava prestes a fazer.

Mergulhei até a bola, esfregando as canelas no gramado, e defendendo o gol.

Depois de lidar com os Minions Desalmados da Ortodoxia Iranianos, Trent Bolger e os outros americanos não pareciam mais tão durões.

— Boa defesa, D-sastre — disse ele. — Mas sei que você está acostumado a levar bolas na cara.

— Cuzão — rebateu Chip.

Ele correu em minha direção para me cumprimentar. Durante as férias, ele havia cortado o cabelo, que agora estava puxado para trás em um pequeno coque.

Eu meio que odiei como ele parecia descolado.

— Boa defesa, Darius.

— Ah. Obrigado.

Trent fuzilou Chip com o olhar, mas Chip apenas deu de ombros e sorriu para mim.

Eu não sabia o que fazer com aquilo.

Talvez Cyprian Cusumano não fosse tão desalmado como eu acreditava.

Talvez.

O treinador Fortes me parou enquanto eu caminhava de volta para o vestiário.

— Você mandou muito bem hoje, Kellner.

— Obrigado — respondi, e então pisei em alguma coisa.

Era molenga e, assim que o cheiro subiu, eu soube.

— Ah. Merda.

— Olha a boca! — disse o treinador até olhar para trás e me ver esfregando o tênis na grama.

As pessoas na vizinhança deixavam seus cachorros correrem pelo Campo Sul às vezes.

— Ah. Você quis dizer literalmente.

— Desculpa, treinador.

Ele riu e balançou a cabeça.

— Vamos, vamos. Tenho toalhas limpas lá dentro. Eu escrevo uma justificativa de atraso para você.

Considerando todos os treinadores do Colégio Chapel Hill, o treinador Fortes até que era bom, embora fosse parte do Complexo Industrial Esportivo que fazia com que Fofo Bolger e seus Minions Desalmados da Ortodoxia vencessem na vida.

(Vai, Chargers!)

— Futebol é coisa séria no Irã, né? — comentou o treinador.

— É sim.

— Você jogou muito quando estava lá?

— Acho que sim.

— Por que nunca participou das seletivas para o nosso time? Eu nem sabia que você jogava.

Pensei no treinador Henderson.

Pensei na minha falta de disciplina.

— Eu só não achava que era bom o bastante.

— Bom, a habilidade você já tem. Por que não tenta nas seletivas de outono?

Minhas orelhas arderam. Eu quase disse não para o treinador.

Quase.

Mas aquilo é o que Darius faria.

Darioush daria uma chance.

Pensei em como seria contar para Sohrab que entrei no time. E em como seria mandar fotos para ele do meu novo uniforme. E em como ele estreitaria os olhos e me daria parabéns.

Pensei em como poderia me divertir em campo, como fiz com ele e Asghar e até mesmo Ali-Reza e Hossein.

— Talvez eu tente... Quem sabe?

Darius, o Grande

Queria poder tomar banho depois da educação física.

Havia algo de especial em ficar limpo e fresco depois de um jogo de futebol.

Mas os garotos não faziam isso no Colégio Chapel Hill.

Em vez disso, limpei meu tênis com a toalha que o treinador Fortes me deu, me vesti e fui para a aula de geometria.

Minha garganta se contraiu na hora em que vi Chip Cusumano sentado na calçada ao lado do bicicletário depois da aula, enrolando a ponta do seu coque com o dedo e mexendo no celular com a outra mão.

Conferi minha bicicleta procurando por qualquer sinal de estrago, mas ela parecia bem e, além disso, Trent não estava por perto.

— Chip? — chamei.

— Ah. Oi. Onde você foi parar depois da educação física?

— Tive que limpar meu tênis.

— Merda de cachorro?

— É.

Chip balançou a cabeça.

— Precisa de alguma coisa?

— Não. Só queria me certificar de que sua bicicleta estava a salvo. Ainda me sinto mal por conta daquilo.

— Ah. Entendi. Está tudo bem agora.

— Que bom. Como foi a viagem? E seu avô?

— Você sabia disso?

— Sim.

— Hum. Foi boa. Muito boa. Obrigado.

Nós destrancamos nossas bicicletas e caminhamos até a estrada. Chip não parava de olhar para mim.

— Aconteceu alguma coisa?

— Não. Nada demais — disse Chip.

Ele sorriu novamente. Seus olhos se enrugaram, quase se estreitando.

— Você só parece diferente, de algum jeito.

Dei de ombros.

— Talvez você tenha trazido um pouco do seu ancestral contigo.

— O quê?

— Darius, o Grande. Ou Darioush. Você tem esse nome por causa dele. Certo?

Fiquei surpreso que Cyprian Cusumano, Minion Desalmado da Ortodoxia (talvez), tivesse feito aquela conexão.

Fiquei surpreso por ele saber a pronúncia correta.

Fiquei surpreso com o fato de que nem por um segundo ele tentou transformar aquilo em uma piada.

— Sim. Quer dizer, me chamo Darius por causa dele, mas tenho quase certeza de que não somos parentes.

— Bom, é legal do mesmo jeito.

Chip arrumou a faixa que mantinha seu cabelo no lugar.

— Olha, estou feliz que você voltou, Darius!

— Hum. Obrigado.

— Legal. Até mais.

— Sim. Até mais.

Chip me seguiu por mais de um quilômetro, rindo sobre como era constrangedor se despedir e continuar andando junto na mesma direção, até que ele virou à direita em uma avenida e eu continuei seguindo reto.

Eu não sabia o que fazer com a sua mudança de atitude repentina e inexplicável.

Talvez ele tivesse razão e eu estivesse, de alguma forma, diferente.

Talvez eu tivesse trazido um pouquinho de Darius, o Grande, comigo.

Teria que perguntar para Sohrab o que ele achava.

Nós trocávamos e-mails todos os dias.

Bom, era mais dia sim, dia não, levando em conta o deslocamento temporal envolvido na espera por uma resposta. Sohrab vivia meio dia à frente, no futuro.

É por isso que eu odeio viagens no tempo.

Naquela noite, pedimos sushi no restaurante japonês que ficava ao lado do escritório do meu pai. E assistimos ao episódio "Família", quando o capitão Picard vai para a França visitar seus familiares e se recuperar depois de ter sido devorado pelo Borg.

Era a primeira vez que ele via sua família em anos.

— Sou só eu, ou isso já é coincidência demais?

Meu pai riu.

— Não é só você.

Minha mãe se sentou do meu outro lado durante os créditos de abertura. Eu e meu pai nos viramos para encará-la.

— Que foi? Eu gosto desse episódio. Se passa todo na fazenda.

— Vinícola — corrigiu meu pai.

Minha mãe passou o braço por cima de mim para dar um tapinha no rosto do meu pai.

— Tanto faz.

Meu pai pegou a mão dela e a beijou, e isso a fez rir.

Ela passou o episódio inteiro deslizando os dedos pelos meus cabelos. Era muito bom ficar ali, no meio daquele sanduíche de pai e mãe.

(Laleh ficou entediada antes mesmo da recapitulação do episódio anterior terminar).

Eu e meu pai assistimos até os créditos finais, então levantei para preparar um chá. Vovó e Oma haviam me levado até a Cidade das Rosas quando voltamos de viagem, para comemorar meu aniversário, e eu peguei um pouco de chá do Sri Lanka para experimentar.

Enquanto eu infusionava, meu pai pegou um par de xícaras para nós e as deixou sobre a mesa da cozinha. Ele se sentou e esperou por mim.

A gente começou a fazer isso na maioria das noites, depois de *Star Trek*.

Nos sentamos juntos e eu contei sobre o meu dia para ele. Era nossa nova tradição.

Servi a xícara dele, depois a minha, e a levei até o nariz para sentir o aroma. Meu pai me imitou.

— Hummm — disse ele, torcendo o nariz. — Limão?

— Sim. E algumas notas florais.

Ele cheirou de novo, e então bebeu um gole.

— É bom.

— É, suave.

Bebemos e conversamos. Eu estava um pouco nervoso de contar para o meu pai o que o treinador Fortes havia me dito, mas ele me surpreendeu.

Stephen Kellner estava cheio de surpresas naqueles dias.

— Não deixe ele te pressionar — aconselhou meu pai. — Mas se você quiser jogar, todos nós vamos torcer por você.

— Tudo bem. Talvez. Não sei se vou ter tempo. Queria me inscrever para o estágio na Cidade das Rosas ano que vem.

— Remunerado ou não?

Minhas orelhas arderam.

— Não.

— Tudo bem, vai ser bom para você.

Encarei meu pai — Stephen Kellner, o Super-homem — com seus dedos envolvendo uma xícara, bebendo um chá de Ceilão refinado, e me dizendo que não tinha problema em pegar um trabalho não remunerado em uma área que não tinha nada a ver com a dele.

— Sério?

— Sério. É isso que você ama. Certo?

— Sim.

— Então está tudo bem.

Terminamos aquela chaleira e, enquanto eu buscava nossos remédios, meu pai colocou o bule no fogo para mais uma rodada.

— Algum descafeinado desta vez.

Minha mãe e Laleh apareceram novamente enquanto eu colocava a chaleira com chá de jasmim sobre a mesa.

— Tem cheiro de sabzi — disse Laleh.

Ela decidiu não colocar um cubo de gelo, já que eu havia fervido a 80°C, sem chegar ao ponto de ebulição.

— Lembra o cheiro do jardim do Babou — disse minha mãe.

Nos sentamos ao redor da mesa, bebendo, rindo e sorrindo, mas, de repente, todos ficaram meio quietos.

Era um silêncio do tipo bom. Do tipo que dá para se enrolar nele, como um cobertor.

Meu pai olhou para mim.

— Tudo bem, filho?

— Sim, pai — respondi.

Dei um gole longo e tranquilo em meu chá.

— Estou muito bem.

Nota do autor

Ao contar a história de Darius, eu queria mostrar como a depressão pode afetar uma vida sem necessariamente controlá-la — tanto para a pessoa que vive com a doença, quanto para alguém que ama pessoas que também vivem com ela.

Eu tinha doze anos quando fui diagnosticado com depressão severa, e passei quatro anos acompanhado do meu psiquiatra tentando encontrar o medicamento certo (ou, como acabei descobrindo, uma combinação de remédios e terapia) para lidar com meus sintomas. Sei que sou uma pessoa de muitos privilégios: como minha família já tinha um histórico de depressão, meus pais sabiam como me tratar, e me deram todo o apoio que eu precisava. Tive sorte porque a minha depressão nunca me levou a me machucar fisicamente.

A depressão tem formas diferentes para cada pessoa: para mim, ela se manifestava com a necessidade de comer (muito) em busca de conforto. Em evitar a escola por um mês porque eu não conseguia sair da cama e encarar o dia. Em não fazer minha lição de casa porque eu não enxergava sentido em nada.

Até hoje, ela se manifesta. Às vezes, na vontade de ficar em casa, jogando video games sem pensar, quando não sinto vontade de interagir com o mundo lá fora.

Viver com depressão pode te deixar preso em um ciclo de motivações confusas, sempre imaginando o pior das pessoas, ou pensando que elas estão imaginando o pior de você.

Pode te fazer afastar as pessoas porque você não acredita que merece o tempo delas.

Pode te obrigar a tomar remédios para sobreviver — para combater a automutilação ou pensamentos suicidas — mesmo que eles entorpeçam algumas partes que você nem sabia que existiam (e vale muito a pena).

Pode te fazer acreditar que as pessoas que te amam nunca amam o bastante.

Mas a depressão pode ser tão difícil de observar quanto é de vivenciar. É frustrante amar alguém e não poder ajudá-lo.

É frustrante repetir o mesmo ciclo de desentendimentos de novo, e de novo.

É frustrante ter que repetir para si mesmo constantemente que, se você ao menos pudesse descobrir o segredo, poderia fazer tudo melhorar — mas você não pode.

Mas, independentemente de qualquer coisa, a depressão não precisa controlar a sua vida.

Se você está vivendo com depressão, existe alguém que pode te ajudar.

Se alguém que você ama está enfrentando a depressão, há esperança.

Exige tempo, gentileza e perdão.

Eu ainda estou aprendendo a cuidar de mim e das pessoas que amo.

Se você está aprendendo também, seguem algumas fontes para te ajudar.

Centro de Valorização da Vida: cvv.org.br

No Brasil, o Sistema Único de Saúde (SUS) oferece atendimento psicológico e psiquiátrico gratuito através dos Centros de Atenção Psicossocial (Caps). Para mais informações, acesse o site da prefeitura da sua cidade.

Agradecimentos

Existem muitas pessoas que fizeram parte do processo de colocar este livro no mundo, mas se eu usar o taarof que cada um de vocês merecem, os agradecimentos vão ficar maiores do que o livro.

Obrigado à minha agente, Molly O'Neill, por ser uma campeã incansável, uma aconselhadora sábia, e por ser a melhor parceira nesta jornada que eu poderia ter. Obrigado por seus conselhos generosos, suas ligações excelentes e pelo bolo incrível.

Obrigado ao time da Root Literary: Holly Root, Taylor Haggerty e Chelsea Glover-Odom, por todo o apoio.

Obrigado à minha editora, Dana Chidiac, que entendeu o coração do meu livro, e me ajudou a levar a melhor versão possível para o mundo. Obrigado por sua paciência, sua paixão, seu olhar aguçado e seu bom humor infinito.

Em todas as etapas deste processo, me senti muito sortudo por ser parte da família Penguin. Obrigado à todo o time que investiu tanto em Darius: Lauri Hornik, Nomrata Tiparthi, Nancy Mercado e Kristen Tozzo.

Obrigado Regina Castillo, pelo seu copidesque incrível e por incluir minha primeira meia-risca.

Obrigado à designer Samira Iravani, por esta capa linda e inesquecível. Ainda sinto arrepios toda vez que olho para ela. Obrigado ao Adams Carvalho pela ilustração deslumbrante. E obrigado a Theresa Evangelista, diretora de arte, por fazer tudo isso acontecer.

Obrigado a Mina Chung por deixar a parte de dentro do livro tão linda quanto a parte de fora.

Obrigado à minha estrela da publicidade, Kaitlin Kneafsey, e a toda a equipe de publicidade, especialmente Shanta Newlin e Elyse Marshall.

Obrigado ao time de marketing, incluindo Emily Romero, Erin Berger, Caitlin Whalen e, especialmente, Hannah Nesbat. Pinguins persas unidos!

Obrigado ao time de escolas e bibliotecas, liderado por Carmela Maria, e ao time de vendas, comandado por Debra Polansky.

Obrigado ao time da Listening Library, especialmente Aarom Blank, Emily Parliman, Rebecca Waugh e ao narrador fantástico Michael Levi Harris, por dar vida ao Darius em forma de audiolivro.

Obrigado a todo o time de produção. Segurar este livro em minhas mãos foi a realização de um sonho.

Obrigado a Laila Iravani, Parimah Mehrrostami e Iraj Imani, por preencherem os espaços que faltavam no meu conhecimento.

Obrigado a Janet Reid, a mais famosa dos peixes, por me dizer para seguir em frente e conquistar o mundo.

Obrigado a Brooks Sherman, pelas ideias e inspirações.

Obrigado a todos os livreiros, bibliotecários, professores e blogueiros que espalharam a palavra de Darius.

Obrigado à minha família do chá no noroeste: James Norwood Pratt, Valerie Pratt, Emeric Harney, Rob Russotti, Tiffany Talbott e, por último, Steven Smith. Chá é amor.

Obrigado a Andrew Smith, Christa Desir e Carrie Mesrobian, pelo encorajamento, amizade e conselhos.

Obrigado a Arvin AHumadi, Becky Albertali, Laurie Halse Anderson, Sara Farizan, Nic Stone, Jasmine Warga e John Corey Whaley por amarem Darius tanto quanto eu.

Obrigado Lana Wood Johnson, por me manter são. Obrigado Kosovo Jackson, por me manter honesto. Obrigado Lucie Witt, por me manter rindo. Obrigado Mark Thurber, por manter de pés no chão. Obrigado Ronni Davis, por me fazer continuar.

Obrigado Nas Kurth, que estava com Darius desde o comecinho (e que rascunho era aquele!). Sem você, esse livro não seria o que ele é.

Obrigado à minha Comunidade Incrível, por sempre me protegerem; a Josh e Sheila, por todo o amor por *Star Trek*; a Marcie, pelos chás e conversas; a Alan e Pam, por serem mestres na arte do chelo kabob; a Jeff, JoAnn pela sociedade e todas as piadas; a Kristina, Rachel e Q, pelos brunches de domingo e os tacos às terças-feiras.

Obrigado aos meus pais, Kay e Zabi, por me darem o espaço que eu precisava para me tornar quem eu sou.

Obrigado à minha irmã, Afsoneh, por sempre me apoiar.

Obrigado à minha família. Este livro é para vocês.

E, finalmente, obrigado a você, leitor. Que o seu lugar nunca esteja vazio.

Este livro foi impresso pela Lisgráfica,
em 2021, para a HarperCollins Brasil.
O papel do miolo é Pólen Soft 80g/m²,
e o da capa é Cartão Supremo 250g/m².